U0015636

元曲

中文經典100句

玄奘大學中語系季旭昇教授　總策畫
文心工作室　編著

〈出版緣起〉

站在文化巨人的肩膀上

季旭昇

「犁明即起，灑掃庭廚。忘著窗外，一片籃天白雲，令人腥情振忿。隨便灌洗一下，整理遺容之後，走到客聽，粘起三柱香，拜完劣祖劣宗，希望祖宗給我保屁。然後匆匆敢往朋友的壽宴，為朋友舉殤祝壽，大家喝的慾罷不能。談到朋友的事葉出現危機，我就建議他要摒持理念、拿出破力。朋友也免勵我要多用功，才能寫出家譽戶曉、擲地有聲的文章。晚上我開始發糞讀書，日以繼夜的終於寫完這一篇文章。」

這是用現在見怪不怪的錯字集錦而成的一篇小文，果然可以「擲地」，但是未必「有聲」。近年來，這種錯字太多了，老師開始憂心、家長開始憂心、社會賢達開始憂心，只有學生和教育主管當局不憂心，教育主管當局甚至於還要進一步削減中小學的國語文授課時數。終於，社會的憂心迸發了，由各界組成的「搶救國文聯盟」日前已起來呼籲教育主管當局要正視這個問題，不要坐視國家競爭力一日一日的衰落。

身為文化事業一分子的商周出版，老早就在正視這個問題了，所以洞燭機先地策畫了「中文可以更好」系列，為文字針砭、為語文把脈，希望把這些年語文界的毛病治好。各界反應還不錯。

語文的毛病治好了，體質還是不夠強壯。商周出版認為進一步要熬十全大補湯，讓我們的語文更強壯。這「十全大補湯」就是「中文經典一〇〇句」系列。

《荀子．勸學篇》說：

「吾嘗終日而思矣，不如須臾之所學也。吾嘗跂而望矣，不如登高之博見也。登高而招，臂非加長也，而見者遠；順風而呼，聲非加疾也，而聞者彰。假輿馬者，非利足也，而致千里；假舟楫者，非能水也，而絕江河。君子生非異也，善假於物也。」

學畫一定要先從芥子園畫譜學起。芥子園畫譜是初學者的「經典」。張大千的畫藝要更上層樓，所以要去千佛洞臨壁畫。千佛洞是張大千的「經典」。學書法的人要學二王顏柳，二王顏柳是書法界的「經典」。

經典是古代聖賢才智的結晶，是民族文化的源頭。

多認識經典可以讓我們站在巨人的肩上，長得更快、更高。

多認識經典可以讓我們的思想、文字帶有民族智慧、民族風格。

《論語》、《史記》、《古文觀止》、《孟子》、《詩經》、《莊子》、《戰國策》、《唐詩》、《宋詞》、《世說新語》、《資治通鑑》，《昭明文選》、《六祖壇經》、《曾國藩家書》、《老子》、《荀子》、《韓非子》、《兵法》、《易經》、《淮南子》（「中文經典一〇〇句」已出版），這幾本書應該是現代國民的「最低限度必讀經典」，做為這個民族的一份子，沒有讀過這幾本書，就稱不上這個民族的「知識分子」。

但是，現代人實在太忙了，大人忙著五光十色、小孩忙著被教改、社會忙著全民英檢、國家忙著走出去，人人都在盲茫忙，商周出版因此為忙碌的人們燉一鍋大補湯，用最活潑簡明的文句，把經典的精粹提煉出來，讓大家可以在「三上」（馬上、枕上、廁上）閱讀。在做完文字針砭、為語文把脈、把病痛治好後，讓我們來培元固本，增強功力，站在文化巨人的肩膀上，看得更高，飛得更遠！

（本文作者爲台灣師範大學國文系退休教授，現任玄奘大學中語系教授）

〈專文推薦〉

品味元曲裡的真切生命

高美華

元曲包括散曲與雜劇，作家在形式、音調與精神上，展拓了豐富的創造性，賦予了強韌的新生命，堪稱是元代的靈魂。因為元代是蒙古人統治的時代，漢人受異族歧視，讀書人更是沒有出路，形成一個價值錯亂、是非顛倒的世界，原有的秩序和尊嚴，都不復存在。要在這樣的時代生存，勢必要突破傳統的思維，才能開創生機；士人的地位一落千丈，當他們融入庶民生活後，看到的世界更真實，體會到的生命更真切，所以作品呈現的內涵就更多姿多采了。

元曲的作家身分有官員、倡優、隱士、坐賈、樂工和許多無名氏，他們的籍貫遍及全中國，可知的包括河北、浙江、山東、江蘇、山西、河南、江西、安徽、陝西、湖南、蒙古、西域、青海、福建、吉林、高麗等地。就音樂而言，元曲遠源於上古歌謠、樂舞，以及隋唐燕樂、曲子詞等，並吸收大量詞牌音樂和各民族、各地方的民間曲調。就創作題材而言，其內容駁雜廣大，各色人物、美醜畸形、瑣事八卦、歷史時政、米鹽棗栗、山河勝景等等，幾乎無所不包。其感情直接奔放，情天恨海、嬉笑怒罵、諧謔調笑、憤世嫉俗，文質雅俗，無所拘限。涵蓋之廣、包羅之大、用情之真、感慨之深，都是迸發創意和生命力的泉源。

廿一世紀也是創意為主的時代，文化交流、學科跨界、多元多樣、解構重組，正統學問和制度架構，一再受到挑戰。唯有包容乃能成其大，元曲的精神正可作為這個時代的借鑑；文化的根越深厚，開創的枝葉也更繁茂。但元曲的世界遼闊無邊，現代的知識千百萬倍於古代，所以從精選的作品中，我們可以快速吸取精華，觀微知著。《中文經典一〇〇句——元曲》的編纂，正是迎合時代需求的設計，由學有專長的編輯群逐條爬梳、探源撰寫，讓我們在輕鬆省力的情況下，欣賞美文名句，引發一些靈感、採擷一些創意，相信那是一種幸福的享受。

本書包括：相思、處世、賞景、慨時四大領域，分別以曲作原句作標題，即：斷腸人在天涯（馬致遠）、退一步乾坤大（王實甫）、良辰美景奈何天（湯顯祖）、讀書人一聲長歎（張可久），大都膾炙人口，令人感到親切。透過註解說明，我們可以想見面對這人生四大課題時，古人的情感和智慧如何沉澱發光、歷久彌新，在欣賞文學美的同時，也發現生命的美。王國維論元曲說：「元曲之佳處何在？一言以蔽之曰：自然而已矣。」我們讀這些精句，就像感受元曲在格律和生命舞臺上，經過千錘百鍊後回歸自然的動人魅力，是值得我們品味咀嚼的！

（本文作者爲成功大學中文系副教授）

〈導讀〉

與唐詩宋詞並稱的文學瑰寶「元曲」

一、元曲的起源

什麼是「元曲」呢？元曲包含散曲及劇曲，是盛行於元代的詩歌和戲劇文學。「散曲」是在詩和詞之後，中國文學上新興的一種詩歌形式；「劇曲」則是更複雜的戲劇表演藝術，由演員以說白、動作、歌唱、舞蹈等方式來演出故事，在北方有雜劇，在南方有南戲。

原本宋代流行的詩歌和戲劇，使用的是中原地區為主的音樂和語言，但是隨著時間發展，南、北方傳入的民間音樂，使新的曲調出現，再加上方言聲調的不同，舊有的曲調逐漸沒落；在內容上也因為文人太過於講究修辭，漸漸失去了活力；加上元代廢除了科舉制度，漢族文人失去施展抱負的舞台……種種原因，使得元代文人開始創作新的文學體裁，用來寄託他們的感情和理想，「元曲」便成為了中國文學史上的新明星。

二、散曲與劇曲

（一）散曲

散曲和樂府、宋詞相似，是一種詩歌體裁。依照音樂曲調，即曲牌格律，填寫曲詞。

表現方式主要為歌唱，內容包含歷史、社會、抒情……等等。散曲的形式有小令和套數兩種。

小令：元人又稱為「葉兒」，是散曲的單位。小令中又有幾種形式，所謂「尋常小令」指的是最單純的一種小令形式，以單一曲牌填寫曲詞，例如大家喜愛的〈天淨沙．秋思〉：「枯藤老樹昏鴉，小橋流水人家。古道西風瘦馬，夕陽西下，斷腸人在天涯。」，就是一首在六十字以內，並且一韻到底，不能換韻的標準小令佳作。另外還有一種「帶過曲」，則是作曲者作完一曲，感覺還不夠盡興，繼續填寫兩到三支同宮調的曲牌而成，例如常見的〈雁兒落帶得勝令〉、〈十二月帶堯民歌〉等。

套數：又稱為「散套」，是一種體制比較龐大豐富的組曲，由許多首同宮調的曲牌支曲所組成。整套套曲最少必須包含三種曲牌，並以「尾聲」作結，而且首尾要同韻。

（二）劇曲

劇曲是除了套數，還要加上賓白等旁白和臺詞，由演員唱唸、動作，以敘述故事的表演形式。在元代以前便已經開始發展，到了元代更加成熟茁壯。因為中國南北音樂及方言的差異，而發展出北方雜劇及南方南戲等兩種戲劇型態。雜劇通常以歷史和社會案件等故事為多，能夠傳達劇作家的理想與民眾心理，例如講述主角含冤而死，終於真相大白，懲奸除惡的《竇娥冤》，就是元雜劇名著。

而流行於南方的南戲，劇作體制較雜劇更為自由，它使用南方的方言及音樂曲調，與北方雜劇的風格不同，故事內容也多屬於家庭與愛情故事，例如名著《琵琶記》，就是描述主角悲歡離合的婚姻故事。

雜劇之體制：

1.一本四折：雜劇一個劇本中，包含四折，以四折為限。一折中的曲子限為同一宮調，並需一韻到底。

2.楔子：元雜劇中，可以在四折之外，以一二支小令來補充劇情，置於第一折前，或是各折中間。

3.角色歌唱：元雜劇中主要的角色為末（男性角色）、旦（女性角色）、淨（喜劇角色）三種。雜劇中每折限一人獨唱。

4.題目正名：用來總結全劇的兩句或四句詩句。劇末由後台伶人唱唸，並以其中幾字作為全劇定名。例如《竇娥冤》的題目正名是：「秉鑑持衡廉訪法，感天動地竇娥冤」，以末句後三字作為劇名簡題。

南戲之體制：

1.不限齣數：南戲一本劇本中，以「齣」為單位，不限數量，往往長達數十齣。一齣之中不限宮調，也可以換韻。

2.副末開場：副末是南戲中的固定角色，負責於第一齣開場時，唸誦兩首詞，分別介紹作者創作理念及劇情大意。並且與後台即將登場角色互相問答，引出主要劇情。

3.角色歌唱：南戲的主角通常是生（男性）與旦（女性），年紀都在中年以下。一齣之中不限一人獨唱，主角和配角都可以獨唱、合唱或輪唱。

4.題目及下場詩：南戲在第一齣之前，就有四句七言詩，介紹劇情大意，即題目，例如《琵琶記》的題目為：「極富極貴牛丞相，施仁施義張廣才。有貞有烈趙貞女，全忠全孝蔡伯喈。」而每一齣結束時，又由下場角色唸四句七言詩，是為下場詩，例如第二十八齣《琵琶記·五娘尋夫上路》的下場詩：「為尋夫婿別孤墳，只怕兒夫不認真。流淚眼觀流淚眼，斷腸人送斷腸人」。

三、元曲的特色

元曲是一種平民化的文學形式，在多方面表現出它的自由與豐富特性：

1.題材豐富：散曲的內容，包含歷史典故、感嘆世局、寫景抒情、歌詠愛情等各種題材，不同於較偏重於抒情和愛情描寫的「詞」。劇曲方面，也有歷史、社會、家庭、愛情、宗教等各種故事內容，題材相當豐富。

2.襯字的使用：曲和詞需要依照曲牌填寫曲詞，都是長短句。詞必須要遵守曲牌的格律，有固定的字數，但是曲則自由許多，可以為了文意的完整，在規定的字數之外，再增加襯字。

3.用韻較自由：詩詞和曲都是需要講究押韻的文體，詩詞要求押韻時要區分平、上、去、入四聲，曲則不用。在用韻上相對來說，「曲」更加的自由而且合於口語自然的聲調。

4.方言俗語：元曲既然受到民間里巷的音樂影響，地方的方言還有俗語也跟著一起寫進曲詞，形成與詩詞的文人筆法相當不同的平民氣質，顯得生動又活潑。

四、代表人物作品與派別

散曲依照風格，可以分為豪放派與清麗派。豪放派多使用質樸的口語，情感直率自然，代表作家有馬致遠、張養浩等，清麗派的作品則以華美的辭藻、清雅優美的意境入曲，代表作家為張可久、喬吉等。

豪放派的作品如馬致遠的〈撥不斷〉：「菊花開，正歸來。伴虎溪僧鶴林友龍山客，似杜工部陶淵明李太白。有洞庭柑東陽酒西湖蟹。哎！楚三閭休怪。」。描寫自己歸隱之後的生活，閒居交遊的樂趣十足，表現出曠達的胸懷。清麗派的作品如喬吉的〈水仙子・尋梅〉：「冬前冬後幾村莊，溪北溪南兩履霜。樹頭樹底孤山上。冷風來何處香？忽相逢縞袂綃裳。酒醒寒驚夢，笛淒春斷腸，淡月昏黃。」藉由尋找梅花，描寫自己失意的懷抱，表現出清幽脫俗的氣質。

雜劇的代表作家及其著名作品，有關漢卿《竇娥冤》、《拜月亭》、王實甫《西廂記》、白樸《梧桐雨》、《牆頭馬上》、馬致遠《漢宮秋》，還有鄭光祖及喬吉等，俱為名家。南戲則有著名之四大南戲《荊釵記》、《白兔記》、《拜月亭》和《殺狗記》等，還有高明的《琵琶記》，將南戲帶入精緻化的局面。

五、明清以後的發展

元代散曲到了末期，就像宋詞一樣，也逐漸走向追求格律、講究華美修辭的境地，取代了原有的質樸活力。隨著北方的文人南下，文化重心的南移，明代以後，散曲創作的熱情依然不減。而受到南方音樂的影響，北方的音樂曲牌和南方的音樂曲牌有了更多結合創作的機會，形成更多南北合套的組曲，南曲甚至有取代北曲的趨勢。

雜劇到了明代以後，作品流於宮廷化、文人化，為了迎合王公貴族的口味，修辭更加華麗複雜，不適合於舞台上實際演出，因而逐漸沒落；南方的南戲則繼續盛行，並採納雜劇的內涵，發展成包含南北戲曲特點的形式，就是我們通常稱為「明傳奇」的明代戲劇，展開了新的輝煌旅程。其中，湯顯祖和他的愛情名著《牡丹亭》成就最高，影響也最大。這股傳奇的熱潮持續到清初，有洪昇描述唐明皇及楊貴妃故事的《長生殿》，以及孔尚任描寫明末侯方域和李香君故事的《桃花扇》等兩部重要劇作，此後便漸趨沒落了。

斷腸人在天涯

Contents／目錄

Contents／目錄

良辰美景奈何天

讀書人一聲長歎

Contents／目錄

斷腸人在天涯

你道方徑直如線，我道侯門深似海

名句的誕生

（梅香云）小姐，為甚麼著我接他去？（正旦唱）

你道為什著你個丫鬟迎少俊，我則怕似趙杲送曾哀[1]。（梅香云）這裡線也似一條直路，怕他迷了道兒[2]？（正旦唱）你道方徑直如線，我道侯門深似海[3]。

～元．白樸．《牆頭馬上》第二折

完全讀懂名句

1.趙杲送曾哀：此謂裴少俊一去不回。北宋民間諺語：「趙巧（一說：老）送燈臺，一去不回來」，相傳木匠魯班請徒弟趙巧（老）送燈臺去給海龍王，趙巧（老）自作聰明地仿作一個燈臺送去，沒想到從此以後就沉在海底，不能回來了。

2.迷了道兒：迷路。

3.侯門深似海：比喻官宦顯貴人家的門禁森嚴，外人不容易進出。

語譯：梅香說：「小姐，你為什麼要我去接裴公子？」李千金回答：「你問為什麼找你這個丫鬟去迎接少俊，因為我怕少俊就像送燈臺的趙杲一樣，一去不回。」梅香又說：「這是一條直線，你還怕他迷了路？」李千金又說：「你說這是一條筆直如線的路，我卻說官宦顯貴人家的門禁森嚴，外人很難進出。」

作者背景小常識

白樸（約西元一二二六～一三〇七年），字太素，一字仁甫，號蘭谷，隩州（今山西河曲）人。白樸七歲遭亂，其母被虜，其父遠出，於是隨元好問流寓山東。在元好問的指導下，學問日進，聲譽卓著，但因幼經離亂，與父母分離，悒鬱無歡，不肯出仕。後移家金陵（今南京），常從諸遺老放情山水，終日以詩酒為樂，晚年北返。白樸的雜劇成就很高，與關漢卿、馬致遠、鄭光祖並稱「元曲四大家」。所作雜劇現知有十六種，今存《牆頭馬上》、《梧桐雨》、《東牆記》三種，多描寫愛情故事。散曲今存套數四套，小令三十七首，大體可分作「歎世」、「寫景」、「詠唱戀情」三類。「歎世」之作具放曠超脫之風，曲文率直，不事雕琢，表現對現實的憤慨。「寫景」作品文字工麗，別有風致。「詠唱戀情」則細膩含蓄，風格淡雅莊重。另有詞集《天籟集》傳世。

劇曲的故事

白樸《牆頭馬上》與關漢卿的《拜月亭》、王實甫的《西廂記》、鄭光祖的《倩女離魂》，合稱為「元代四大愛情劇」。

此劇全名為《裴少俊牆頭馬上》，共四折。故事敘述工部尚書之子裴少俊遵父命遠赴洛陽，為御花園挑選奇花異草。裴少俊與隨從張千騎馬來到洛陽，途經李總館的後花園，隔牆見到一位絕色佳人——李千金。兩人一見鍾情，互相贈詩，李千金並在詩中約其「莫負後園今夜約，月移初上柳梢頭」，不料仍被守著庫房門的奶娘發現，兩人動之以情、說之以理地說服奶娘成全，私奔離家。

兩人至長安後，裴少俊不敢稟告父母，遂將李千金藏匿在後花園中，並孕育了一子一女。一日，孩子在花園中玩耍，不巧正好被裴尚書撞見，大為震怒的他以為李千金是歌妓倡優，故極力辱罵、刁難她。李千金理直氣壯為自己的愛情辯護，但最終仍是不敵封建家長的強勢，少俊只好寫下休書，暫送千金回洛陽守節，再遠赴京城應考。所幸，少俊得中狀元，裴尚書明白事情原委後，向千金賠禮，於是全家團圓，共享天倫之樂。

名句的故事

李千金與裴少俊一見鍾情，相約後花園盡訴情意。然月上柳梢頭後，竟遲遲未見心上人，李千金焦急地等待著，期盼下一秒情郎便能出現。時間一分一秒過去，她擔心情郎言而無信，卻還是忍不住為他找理由：他應是找不到路吧！所以不能準時前來赴會。

於是，她懇求丫鬟梅香到外面等他，梅香對小姐殷切的盼望心知肚明，仍故意捉弄她，直道：「方徑直如線」，不可能迷路。但心焦的小姐以一句「侯門深似海」，幽幽道出心聲：封建、禮法的桎梏，對有情人來說，就如同緊箍咒一般，要見一面都不容易！

歷久彌新說名句

「侯門深如海」，相傳唐代有個名叫崔郊的秀才，他瞞著姑姑，與她美麗的婢女相戀。司空于頔（ㄉㄧˊ）不知婢女早已心有所屬，以四十萬買下了她。之後，崔郊飽受相思折磨，常在于府附近徘徊，盼望能見她一面。終於在寒食節這一天，兩人見了面。崔郊將所寫的詩送給她：「公子王孫逐後塵，綠珠垂淚滴羅巾。侯門一入深如海，從此蕭郎是路人。」愛才的于公看到這首詩後，不僅成全這對有情人，更致贈豐厚的禮品，讓兩人安穩度日。

明末清初劇作家袁于令曾與人爭奪一妓女，被其父扭送官府，在獄中他將自身經歷寫成《西樓記》，敘述才子于鵑與名妓穆素徽一見鍾情，友人趙伯將不甘一片痴心一無所獲，加上懷恨于鵑曾令他當眾出糗，故煽動于鵑父親派人趕走素徽、老鴇等人。臨行前，素徽寫信約于鵑話別，但信件陰錯陽差竟成了斷髮、空信。素徽久等不至，旁人以「侯門如海怕難達」揶揄，老鴇更將她賣與池相國公子，素徽堅拒，抵死不肯屈從。而于鵑自素徽走後，相思成疾，幸得友人胥長公協助，救出素徽，使有情人終成眷屬。

「侯門深如海」試煉有情人的堅貞，若能通過這重重樊籬枷鎖，必能得償宿願。

怎將我牆頭馬上，偏輸卻沽酒當壚

名句的誕生

只一個卓王孫[1]氣量卷江湖，卓文君[2]美貌無如。他一時竊聽求凰曲[3]，異日同乘駟馬車，也是他前生福。怎將我牆頭馬上，偏輸卻沽酒當壚[4]。

～元．白樸．《牆頭馬上》第四折

完全讀懂名句

1. 卓王孫：西漢四川富商。
2. 卓文君：卓王孫之女，喪夫不久便與才子司馬相如私奔。成家後，兩人開了間酒鋪，後因卓王孫接濟，清貧的生活才有所改善。
3. 求凰曲：原指古琴曲〈鳳求凰〉，司馬相如為卓文君演奏的樂曲，因曲詞「鳳兮鳳歸故鄉，遨遊四海求其凰」提及自己雲遊四海，尋找人生伴侶，故後用以比喻男子求偶。
4. 沽酒當壚：賣酒。指卓文君與司馬相如開店，由文君賣酒。

語譯：西漢四川富商卓王孫胸襟廣大，美麗的卓文君聽得司馬相如所演奏的〈鳳求凰〉樂曲後，便與相如駕著馬車，相偕尋找幸福的人生，這是他前輩子修來的福氣。如今我這牆頭馬上的李千金，竟不如一個當壚賣酒的文君，叫人怎生不感慨萬千呢！

名句的故事

裴尚書發現兒子與李千金同居，氣急敗壞地要兩人離異，少俊為安撫父親寫下休書，將李千金送回洛陽後，便進京趕考應試。《牆頭馬上》第四折就描述兩人別後重聚的情景。

裴少俊一舉得中狀元，被派至洛陽擔任縣尹。來到洛陽後，少俊懇求李千金與他和好如初，但李千金執意不肯屈從。難道是她對少俊的感情不再了嗎？當然不是，從第四折一開始即可知：她一直心繫丈夫、兒女。之所以不肯認他，是為了堅持自己的信念，不肯妥協讓步。為此，少俊請父母一起動之以情、說之以理，但她仍理直氣壯地捍衛信念和尊嚴，譏諷尚書「只重禮法不顧真情」，直到一雙兒女的親情呼喚，終於使她點頭相認。但即使已經闔家團圓了，她仍要告訴公婆：自己並非倡優歌妓，她就像漢朝的卓文君一樣，是一個知道自己想要什麼，並勇敢追求所愛的女子。

歷久彌新說名句

白樸《牆頭馬上》的故事，取材自唐代白居易的詩作〈井底引銀瓶〉，但兩作品，因作者、時代不同，有著截然不同的思想。

白居易〈井底引銀瓶〉一詩，敘述一女子在後園嬉戲歡笑時，與一騎著馬立在垂楊旁的男子「牆頭馬上遙相顧」，遂與之私奔同居。但家長頻頻以「聘則為妻奔是妾」為由，藉機羞辱她，女子憤然出走，竟無處容身，讓人不禁悲從中來，掬一把同情淚。女子遇人不淑，白居易感同身受，告誡對愛情抱有幻想的女子，未經禮法的結合，即使相愛情深，也不能得到世人的尊敬，千萬「慎勿將身輕許人」。

《牆頭馬上》的故事情節與之近似，但故事的結尾，卻是有情人終成眷屬。白樸著意刻畫大家閨秀李千金衝破禮教和習俗枷鎖的表現，藉李千金之口：「怎將我牆頭馬上，偏輸卻沽酒當壚。」歌誦青年男女對愛情的執著和追求，諷刺封建制度對人性情感的桎梏與傷害。

異性相吸雖然是很自然的事情，主動表達好感，掌握自己的戀愛命運，這在今天都不是一件容易的事，何況是在禮教嚴明的古代呢！這就是這齣戲能感人七八百年的緣故吧！

欲寄君衣君不還，不寄君衣君又寒

名句的誕生

欲寄君衣君不還，不寄君衣君又寒；寄與不寄間，妾[1]身千萬難。

~元．姚燧．〈憑闌人．寄征衣[2]〉

完全讀懂名句

1.妾：舊時婦女的謙稱。

2.寄征衣：將禦寒衣物寄給戍守邊關的征人。征人指遠征在外的兵士，也泛指一般遠行在外的人。

語譯：想要寄冬衣給他，就怕他從此不回來了。不寄冬衣給他，又怕他會在冷天裡受涼，到底該寄還是不寄？可真讓我左右為難。

作者背景小常識

姚燧（西元一二三九～一三一四年），元代前期散曲作家、古文家。字端甫，號牧庵，洛陽人（位於今河南省）。他三歲喪父，由伯父姚樞撫養成人，曾奉元代大儒許衡為師，三十八歲被推薦為秦王府學士，其後累官至太子少傅、翰林學士承旨，知制誥兼修國史等職。

姚燧以散文創作著稱，他的文章氣勢剛勁雄偉，敘述轉折起伏，語言古雅深邃，《元史》說他的文辭「有西漢風」，宋末以來淺近平直的文風，為之一變。清人輯有《牧庵集》三十卷行世。

散文與詩詞之外，姚氏也工於作曲，與盧摯齊名，時稱「姚盧」，鍾嗣成《錄鬼簿》將他列於「前輩名公樂章傳於世者」。曲詞清新流暢，風格雅緻纏綿，惟現僅存散套一套、小令二十九首而已。

名句的故事

這首〈寄征衣〉文字非常淺白，卻生動地表達了望夫早歸的女子微妙矛盾的心情，情致婉轉纏綿。

當天氣變涼時，曲中的癡情女子正輾轉思量著是否該為出門在外的伊人寄送禦寒的衣物。寄了，怕他更不想回家；不寄，又捨不得伊人受凍。從寄征衣的兩難心緒，可以看出少婦深刻的掛念與盼望之殷切。

寄征衣是唐代特殊的社會現象。由於唐代早期施行府兵制，即兵農合一，每家都要出壯丁去當兵，國家不負擔士兵的衣食費用，當兵所需的衣物都要自行準備。每年秋涼以後，家家戶戶忙著給遠方的征人添製寒衣，正如李白〈子夜秋歌〉所云：「長安一片月，萬戶擣衣聲」，那些孤寂的思婦，將牽腸掛肚的思念，都化作陣陣擣衣聲。

玄宗天寶年間（西元七四二～七五六年），府兵制已廢除，不需再為征人「寄征衣」，寄送寒衣的對象，成為一般為生活而離鄉背井的遊子。不論是為征夫或遊子寄送寒衣，閨中婦女都飽嘗分離的痛苦、寂寞的滋味，不少文人便以〈寄征衣〉為題材，代其抒情寄意，直接或間接將思婦的離愁別恨、相思之苦，一絲一縷地寫進詩詞曲裡。

歷久彌新說名句

「欲寄君衣君不還，不寄君衣君又寒」，姚燧將女子的愛與怨代言得細膩婉轉。

唐、五代時，一位無名詩人在敦煌石窟內留下的〈送征衣〉，則以樸實的口吻直接表達內心的吶喊：「每歲送寒衣，到頭歸不歸」，都把思念伊人的女子形象栩栩如生地勾勒出來。

近人陳衍將元代有事跡可記的詩詞編成《元詩紀事》一書，其中〈閨閣篇〉記載了一個古代女子託物寄詩的故事，由女性的角度傾訴自己寄衣的心情，寫得真實感人：

住在洞庭湖畔的女子劉氏，因丈夫葉正甫在京城作官，許久不曾返家，劉氏給丈夫寄寒衣時就寫了一首詩送給他：「情同牛女隔天河，又喜秋來得一過。歲歲寄郎身上服，絲絲是妾手中梭。剪聲自覺和腸斷，線腳那能抵淚多。長短只依先去樣，不知肥瘦近如何。」剪聲如同腸斷，線腳抵不過淚多，道出相憶相思的淒楚，而衣服長短只能依照記憶中離開時的模樣，因為不知道你近來肥瘦改變有多少，更是把時空阻隔的無奈，深刻地表達出來。

現代知名作家張拓蕪與其表妹自幼訂下婚約，卻因戰亂而分隔兩岸四十餘年，爾後透過海外友人寄來表妹親手為其縫製的布鞋一雙，令拓蕪先生涕淚縱橫，聞之者亦唏噓不已。

詩人洛夫為之寫下頗為感人的〈寄鞋〉一詩，其末段云：「鞋子也許嫌小一些。我是以心裁量，以童年、以五更的夢裁量。合不合腳是另一回事，請千萬別棄之若敝屣。四十多年的思念，四十多年的孤寂，全都縫在鞋底。」

相隔千年的〈寄衣〉與〈寄鞋〉，實有異曲同工之妙。

夕陽西下，斷腸人在天涯

名句的誕生

枯藤老樹昏鴉[1]，小橋流水人家，古道[2]西風[3]瘦馬。夕陽西下，斷腸人[4]在天涯[5]。

～元・馬致遠・〈天淨沙・秋思〉

完全讀懂名句

1.昏鴉：黃昏時紛飛歸巢的烏鴉。
2.古道：年久失修的荒僻道路。
3.西風：秋風。
4.斷腸人：飄泊他鄉、思家心切的遊子。
5.天涯：天邊，這裡指異鄉。

語譯：老樹上，枯藤盤繞，棲息著黃昏時紛飛巢的烏鴉。小橋下，流水潺潺，蜿蜒過幾戶人家。在年久失修的荒僻道路上，秋風蕭瑟，瘦瘠羸弱的馬匹踽踽前行。夕陽在西方緩緩落下，飄泊他鄉的遊子繼續在異鄉漂泊。

作者背景小常識

馬致遠（約西元一二五〇～一三二四年），號東籬，大都（今北京）人。早年熱衷功名，未能得志。與曲家李時中，雜劇藝人花李郎、紅字李二等合組「元貞書會」，被推為「曲狀元」，過著「酒中仙」、「風月主」的浪漫生活。晚年隱居田園，安享「林間友」、「塵外客」的閒適生活。

所作雜劇今知有十五種，現存《漢宮秋》、《岳陽樓》、《青衫淚》等七種。《漢宮秋》寫王昭君故事，描寫細膩，曲文優美，為其代表作。其餘多以神仙道化為題材，反映對現實的不滿和消極避世的思想。散曲現存小令一百多首，套數十七套。內容以感懷不遇，歌頌隱逸，描繪自然為主。風格以冷雋高妙，風神秀徹，放曠灑落見長。馬致遠是元代最負盛名的散曲家，《太和正音譜》稱其曲作為「朝陽鳴鳳」、「神鳳飛於九霄」，可謂推崇備至。

名句的故事

馬致遠的這首小令前三句只單純地說了九種景物形象：「枯藤、老樹、昏鴉、小橋、流水、人家、古道、西風、瘦馬」，就將秋日黃昏、旅人踽踽獨行的圖象描繪出來。其中，第一、三句「枯藤老樹昏鴉」及「古道西風瘦馬」書寫的全是蕭瑟的植物、悲涼的秋風、寂寥的古道、疲憊的瘦馬、倦歸的烏鴉，無不將秋日黃昏的蒼茫景色活現於紙上，而第二句「小橋流水人家」則藉著一彎流水、一座小橋、幾幢茅屋，表現出黃昏時分家人齊聚的尋常生活。在此兩種不同情調的感染下，名句「夕陽西下，斷腸人在天涯」的深意才能顯現得出。如果只是單寫秋日的蒼涼，或可表現旅人的孤獨，但透過簡單尋常的「小橋流水人家」，更可以牽動旅人的思鄉哀愁。由於其中用詞的精鍊、表意的豐富、思想的深邃、韻味的深長，使得王國維稱讚它：「純是天籟，彷彿唐人絕句。」

如果以內容字句相似的金代董解元《西廂記諸宮調》中的一首〈賞花時〉相較，更能顯得出〈天淨沙．秋思〉的精煉：「落日平林噪晚鴉，風袖翩翩吹瘦馬。一徑入天涯，荒涼古岸，衰草帶霜滑。瞥見個孤林端入畫，籬落蕭疏帶淺沙。一個老大伯捕魚蝦，橫橋流水，茅舍映荻花。」

歷久彌新說名句

名句「夕陽西下，斷腸人在天涯」寫出了異鄉遊子的心聲，自古以來，這類懷鄉、思鄉的作品甚多，如王維〈九月九日憶山東兄弟〉：「獨在異鄉為異客，每逢佳節倍思親」；或如崔顥〈黃鶴樓〉：「日暮鄉關何處是，煙波江上使人愁」；又如溫庭筠〈商山早行〉：「晨起動征鐸，客行悲故鄉。雞聲茅店月，人跡板橋霜」。每當見到其他人與家人團聚時，或為秋日、黃昏的蕭索景色所感染，滿懷思鄉之情的遊子，踽踽獨行於這樣清冷寂寞的環境中，便會感受到「斷腸」的心緒。

我們現在常說的「月是故鄉明」、「水是故鄉甜」、「親不親，故鄉人，美不美，鄉中水」，皆為強調故鄉的好，所以「他鄉遇故知」被列為人生四大喜事之一，而故鄉之所以被稱為故鄉，正因為人在異鄉、他鄉，相對而言才有「故鄉」，也才因此萌生「故鄉」之美之好的感觸。也因為記憶中故鄉的美好，於是「鄉愁」也就永恆存在。正如席慕蓉〈鄉愁〉一詩：「故鄉的歌是一支清遠的笛／總在有月亮的晚上響起／故鄉的面貌卻是一種模糊的悵惘／彷彿霧裡的揮手別離／離別後／鄉愁是一棵沒有年輪的樹／永不老去」。

體態是二十年挑剔就的溫柔

名句的誕生

體態[1]是二十年挑剔就的溫柔，姻緣是五百載該撥下的配偶，臉兒有一千般說不盡的風流[2]，寡人乞求他左右，他比那落伽山觀自在[3]無楊柳，見一面得長壽。

~元．馬致遠．《漢宮秋》第二折

完全讀懂名句

1. 體態：身形。
2. 風流：含蓄優雅的韻味。
3. 觀自在：即觀世音，以觀音喻昭君的美麗。

語譯：她的外形是無可挑剔的溫柔美麗，我和她的姻緣是五百年前就注定好的，她的臉上有說不完的韻味，我希望能夠陪伴在她身邊，因為她就像那落伽山的觀世音菩薩一樣美麗，看她一眼就能夠永生。

劇曲的故事

《漢宮秋》全名《破幽夢孤雁漢宮秋》，全劇四折一楔子，內容敘述漢元帝指派畫工毛延壽徵選天下美女入宮，毛延壽向王昭君索賄黃金一百兩，作為入宮寵幸的酬金，但遭到昭君的拒絕，心有不甘的毛延壽故意將她畫得奇醜無比，使其入宮後，隨即被打入長門冷宮。

一天，漢元帝閒步後宮時，聽到昭君正在彈奏琵琶，一見面驚為天人，愛其才藝及美色，因而封為明妃。這時怕被懲辦的毛延壽帶著昭君畫像逃到匈奴，慫恿單于索娶王昭君。漢元帝雖然捨不得昭君和番，但滿朝文武擔心無力抵擋匈奴大軍入侵，只能無奈地讓昭君出塞和番。單于大喜，率兵北還。沒想到行至漢番交界的黑龍江邊時，昭君因感念元帝對她的恩義，投江而死。

昭君出塞後，漢元帝終日鬱鬱寡歡，輾轉反側，恍惚得見佳人入夢，卻為孤雁哀鳴聲驚擾，哀傷之際，宮廷內竟傳來：昭君香消玉殞，單于恐與漢關係生變，將毛延壽綁送漢朝的消息，讓他更是唏噓不已，悲不可遏。

名句的故事

王昭君是中國四大美女之一，但她到底有多美？古代並無數位相機，但讀者仍可透過漢元帝的眼睛，知道這位「眉掃黛，鬢堆鴉，腰弄柳，臉舒霞」，讓人神魂顛倒、魂牽夢縈的美女「臉兒有一千般說不盡的風流」，「體態是二十年挑剔就的溫柔」，如此這般美麗的女子，當集三千寵愛於一身的，不是嗎！果然，元帝將昭君封為明妃後，說什麼也不願意須臾片刻暫離，他只希望分分秒秒、時時刻刻守在佳人身邊，即便只是看她一眼，也彷彿有了永恆的生命一般。但天不從人願，幸福如曇花一現般稍縱即逝，在國家無力抵禦外侮的情況下，王昭君無奈地踏上和番之旅。

至於，離開漢廷，在北國生活的昭君，又是過著怎樣的生活呢？歷史上，她成功地使兩國和睦相處，並傳佈中原文化到匈奴。但馬致遠寫作此劇時，卻讓昭君在途經交界處時，為保全民族的氣節，及展現愛情的忠貞，縱身躍入黑龍江中，讓人感歎「難道，美麗也是一種錯誤？」之餘，也明白作者揭露、嘲諷封建王朝的用意。

歷久彌新說名句

沉魚、落雁、閉月、羞花，是許多人對古代四大美女西施、王昭君、貂蟬、楊玉環的初步印象，但這些抽象名詞，或因缺乏更具體的文字描述，使得古代美女的形貌，多了一份矇矓模糊的想像空間。

所幸，《詩經．衛風．碩人》曾對齊侯女

兒，衛侯妻子莊姜的長相，有如下的文字形容：「手如柔荑，膚如凝脂，領如蝤蠐，齒如瓠犀，螓首蛾眉，巧笑倩兮，美目盼兮」，足見美女的外貌，必須有一雙纖細、光滑的手，皮膚白皙，猶如凝固羊脂，頸項潔白、豐滿，牙齒潔白整齊，前額豐滿、光潔，淡淡的眉毛，有著甜甜的笑容，眼睛明亮剔透。

至於，美人的身材為何？宋玉的〈登徒子好色賦〉說：「增之一分則太長，減之一分則太短」，曹植的〈洛神賦〉也說：「穠纖得衷，修短合度。肩若削成，腰如約素」，穠纖合度、恰如其份的身材，令人心嚮往之。

但美麗佳人若徒有外貌，個性、行為舉止、才藝，不能相得益彰，也不是真正的「窈窕淑女」。因此，〈洛神賦〉又繼續提出：「儀靜體閑，柔情綽態」、「習禮而明詩」，其儀容、體態嫻靜安閒，性情溫柔，高雅動人，出處進退，有理有據。如此文質彬彬，才貌雙全的女子，方能堪稱是「美人」，不是嗎？

不思量，除是鐵心腸，鐵心腸也愁淚滴千行

名句的誕生

呀！不思量[1]除是鐵心腸。鐵心腸也愁淚滴千行。美人圖今夜掛昭陽[2]，我那裡供養[3]，便是我高燒銀燭照紅妝。

～元．馬致遠．《漢宮秋》第三折

完全讀懂名句

1. 不思量：沒有考慮。
2. 昭陽：昭陽殿的簡稱，詩文戲曲多指皇后，或受寵幸嬪妃居住的宮殿。
3. 供養：意即元帝把昭君的圖像，有如神明一般地供奉著。

語譯：啊呀！除非是無情的人，要不然一定會想她的。即使是鐵心腸的人，也會難過地流下淚水。從今夜起，昭陽宮殿將點亮銀燭，像神明般地供養著昭君圖像。

名句的故事

當匈奴使者前來索娶昭君時，滿朝文武官員齊聲附議和親政策，直言要皇帝割捨情愛，以為黎民百姓社稷著想。但冠冕堂皇的藉口下，隱藏的其實是漢室積弱不振的危機，百官不知檢討，反而競相推諉，萬人之上的天子一句：「我那裡是大漢皇帝！」道盡他無能為力，無法保護愛妃的痛苦。

《漢宮秋》第三折寫元帝在灞橋為昭君餞行，看著脫去宮裝，換上胡服的明妃，心中充塞離別的淒楚與憤懣，再怎麼堅強、鐵石心腸的人，望著昭君隨番王、番使一步、一步……

逐漸縮小、遠去的背影，也不禁會潸然落淚，以後能再相見嗎？也許會，也許不會，但即使真的能再相見，也不能夠再像往日一樣恩愛、軟語呢喃了！

曲終人散，群臣們提醒君王該回宮了，然而對漢元帝來說，回到那個景物依舊，人事全非，再也沒有昭君的昭陽宮殿，也只是徒增傷感，「愁淚滴千行」罷了。忘卻愛妃的一顰一笑、與兩人往日的情衷，談何容易？

歷久彌新說名句

男女兩情相悅，地久天長共渡一生，是人間一大樂事，但情人因故各分東西，或是陰陽兩隔，時有所聞。在月明星稀的秋夜裡，一般人也許只是「兩處閒愁」，但對多愁善感的文人們來說，唯有筆墨丹青，方能聊慰思念之情。

其中，最膾炙人口的篇章應是蘇軾的〈江城子〉。東坡與王弗結婚後，蘇軾讀書，王弗隨侍陪伴一旁，可謂形影不離，情深意篤，不知羨煞了多少人。但天妒良緣，王弗撒手人寰後，東坡歷經政途失意、輾轉遷徙顛沛，夢醒時分感慨萬分，寫下：「十年生死兩茫茫，不思量，自難忘」，儘管生死隔絕，但王弗的身影，相處的點滴，至今仍是難以忘懷。驀然相見，千言萬語，不知從何說起。「惟有淚千行」道盡詞人內心深處不能忘懷亡妻的深摯感情。

金末元初杜仁傑〈太常引〉一詞，也記敘一午寐少婦，看著窗外的晴光，想起情人遠行前，曾許下早日回來的應承，不想他卻失約了，女主人「淚滴了、千行萬行」，決心爾今爾後「不思量」，但卻又禁不住道出：「不是不思量，說著後、教人語長」，她不是不想，而是太多的甜蜜回憶、別後的思念要說，不知從何說起，更見其思念之長與深了。

情人怨別離，竟夕起相思，千愁萬緒，全因別離故，願天下有情人朝朝暮暮相守一生。

新啼痕壓著舊啼痕，斷腸人憶斷腸人

名句的誕生

自別後遙山隱隱[1]，更那堪遠水粼粼[2]。見楊柳飛綿[3]滾滾，對桃花醉臉醺醺，透內閣[4]香風陣陣，掩重門暮雨紛紛。怕黃昏忽地又黃昏，不銷魂[5]怎地不銷魂，新啼痕壓舊啼痕，斷腸人憶斷腸人。今春，香肌瘦幾分，摟帶[6]寬三寸。

～元・王實甫・〈十二月帶堯民歌・別情〉

完全讀懂名句

1. 隱隱：模糊隱約，不清楚的樣子。
2. 粼粼：音ㄌㄧㄣˊ，清澈水面映照光線，光芒閃動的樣子。
3. 飛綿：隨風飛舞的柳絮。
4. 內閣：女子閨房。
5. 銷魂：無精打采彷彿失了魂魄。
6. 摟帶：腰帶。

語譯：分別後，眺望你離去的方向只見青山隱約，更難忍受目送江水奔流一去不回。看柳絮滾滾紛飛，豔麗的桃花襯著我醉醺醺的臉頰上兩抹嫣紅。陣陣風將花香吹進我的閨房，我關起門，黃昏時刻卻又下起了紛紛細雨。最怕黃昏到來，偏偏一下子又黃昏了。不想暗自神傷，此情此景卻又怎叫人不傷心？滴滴珠淚又流過才乾的淚痕，新舊淚痕堆疊，斷腸人思念著斷腸人。要知道今年春天我為情消瘦了多少？腰帶一繫才發現早已寬了三寸！

作者背景小常識

王實甫，生卒年不詳，名德信，字實甫。元朝大都（今北京）人。鍾嗣成的《錄鬼簿》把他列入「前輩已死名公才人」而位列於關漢卿之後，由此可推知他與關漢卿同時期而略晚，在元成宗元貞、大德年間（西元一二九五～一三〇七年）尚在世。早年曾作過官，後退隱，過著縱遊園林的生活，經常出入勾欄瓦舍中。著有雜劇十四種，今存《西廂記》、《麗春園》、《破窯記》三種，及《芙蓉亭》、《販茶船》片段。所作雜劇以青年男女爭取婚姻自由，追求幸福生活，反抗禮教約束為主題。善於刻畫人物內心世界，在融合古典詩詞和吸收民間口語的基礎上，形成自然優雅的藝術風格。其中以《西廂記》最為膾炙人口，被認為是北曲最好作品之一，當時號稱「天下奪魁作」，清初文人金聖歎更將之列為「六大才子書」之一。他散曲作品傳世不多，僅有小令一首、套曲三套（一套不全）。

王實甫與關漢卿開創了中國戲劇史上「文采」與「本色」兩個重要流派，對後世雜劇的寫作產生極大的影響。《太和正音譜》稱其為「花間詞人」，又言：「鋪敘委婉，深得騷人之趣。極有佳句，若玉環之出浴華清，綠珠之採蓮洛浦。」

名句的故事

〈十二月帶堯民歌．別情〉是王實甫唯一存世的一首小令，敘述女子送夫君遠行後觸景傷情的相思之苦。作者由遠而近，自送行處所見之「遙山」、「遠水」寫到庭院中「內閣」、「重門」，描述外界事物如何引發她的愁思；再寫其內心，以女子的口氣幽怨地寫出相思折磨，句式兩兩成對，疊字使全曲更添纏綿韻致。

「遙山」、「遠水」點出路程遙遠，山川阻隔，以及女子望穿秋水的深切思念。而眼前象徵別離的「楊柳」、桃花綻放的春景，使她自憐紅顏卻獨守空閨。自「新、舊啼痕」和

「今春」可看出分別多時，長期煎熬之下，女子形銷骨立，雖有「衣帶漸寬終不悔」的執著，仍不敵孤獨寂寥。想力圖振作，卻總又忍不住黯然神傷，極度易感，正如李清照〈聲聲慢〉：「守著窗兒，獨自怎生得黑。梧桐更兼細雨，到黃昏、點點滴滴」，此情此景，兩地相思，應是同樣地肝腸寸斷吧！

歷久彌新說名句

從《詩經》到《元曲》，皆有描寫閨怨的作品傳世，內容多為思念丈夫從軍遠行或在外經商，由男性文人以代言體的方式揣摩女子情思，以具體景物引發聯想、投射情感於外界事物，以勾勒思念之深。

本句所出現的「啼痕」、「斷腸」均是閨怨意象。唐代岑參的〈長門怨〉詩：「綠錢侵履跡，紅粉溼啼痕。」描寫漢代被武帝「金屋藏嬌」的陳皇后因善妒而失寵，謫居於長門宮，追憶往昔榮寵，苦等武帝臨幸，淚洗殘妝的閨怨情態。

「斷腸」一詞典出《世說新語．黜免》，描述東晉大將桓溫率部下乘船進入四川遇到的一件憾事：當桓溫的軍隊行至三峽時，有名士兵強行捕抓幼猴，母猴沿岸哀鳴，過了百餘里都不願離去，最後用盡氣力躍上船，力竭而死。眾人剖開母猴肚子一看，發現牠的腸子斷成好幾截。往後，淒楚的猿猴叫聲和「斷腸」便常用於懷鄉、思人、傷別的作品中，以強調悲傷至極。白居易〈答春〉一詩的「其奈山猿江上叫，故鄉無此斷腸聲。」便脫化於此。

碧雲天，黃花地，西風緊，北雁南飛。曉來誰染霜林醉？總是離人淚

名句的誕生

碧雲[1]天，黃花地，西風緊，北雁南飛。曉來誰染霜林醉？總是離人淚。

～元．王實甫．《西廂記》第四本第三折

完全讀懂名句

1. 碧雲：天空中的浮雲，多用於表達贈別之情。

語譯：天空中飄著浮雲，地面上落滿黃花，秋風蕭颯地吹襲，北方的雁鳥飛到南方過冬。清晨的時候，是誰用霜雪將楓葉林染紅，如同酒醉一般，點點都象徵著離人的眼淚。

劇曲的故事

《西廂記》全名《崔鶯鶯待月西廂記》，加工改造自唐代元稹所寫的傳奇小說《鶯鶯傳》、宋代以此為題材的各種說話、說唱、歌舞、金代董解元的《西廂記諸宮調》等。

《鶯鶯傳》寫張生在普救寺的西廂院與崔鶯鶯戀愛，後來又將她遺棄；北宋時期，崔鶯鶯與張生熱戀，後來遭到遺棄的悲劇以各種形式廣為流傳；到了金代董解元《西廂記諸宮調》，以崔、張相愛、私奔、團圓，取代了《鶯鶯傳》的悲劇結局。

元代王實甫《西廂記》寫書生張君瑞在上京趕考途中，於普救寺與前相國之女崔鶯鶯一見鍾情。張君瑞寄居寺內西廂，與鶯鶯僅一牆

之隔，兩人互相和詩，彼此有情，卻無法相見。此時叛將孫飛虎欲搶鶯鶯為妻，崔母宣布能解此危者得娶鶯鶯為妻。後來張君瑞解了此危，救了崔氏一家。但事後崔母悔婚，令君瑞與鶯鶯兄妹相稱。直到張生病倒書齋，鶯鶯才決定以身相許，終於在書齋內幽會成親。崔母發現後，拷問紅娘，紅娘據理力爭，譴責崔母之過。崔母無奈，允許二人婚配，但要張生立即赴考。最後，王實甫安排張君瑞考中狀元，獲得美滿婚姻。

名句的故事

本篇名句出自於張君瑞要上京赴考，鶯鶯、紅娘、老夫人在十里長亭送別時，鶯鶯、張生二人戀戀不捨的場景。因此，這折戲也常被稱作「長亭送別」。

王實甫特別把「長亭送別」這折戲安排在一片淒涼冷清的暮秋時節，讓這一特定的季節環境與離人的情緒相得益彰，也令離愁別緒的氣氛更容易烘托出來。

「碧雲天，黃花地，西風緊，北雁南飛」四句，分別描寫秋天的一種景物：秋天天空特別高、特別藍，地上飄落著零落的黃花，秋風淒緊蕭瑟，大雁由北方飛往南方，無一不是秋天最具代表性的景物特徵。

其實，下一句「曉來誰染霜林醉」中的紅葉也是深秋時節的特徵之一，只是王實甫換個方式描寫，以反問的語氣出之，並以「染」字加入了主觀感情，順便帶出了回答：「總是離人淚」，讓大自然客觀的現象「秋天樹葉轉紅」與主觀情感「離情依依之人的淚水」產生聯繫。原本一點關係都沒有的兩件事物，在為離別所苦的鶯鶯眼中，也有了密切的關係：就連樹林都為我們的分別而流了一夜的淚水，一夜之間，染紅了整片樹林。

歷久彌新說名句

「碧雲天，黃花地，西風緊，北雁南飛。曉來誰染霜林醉？總是離人淚。」這是《西廂記》第四本第三折的開場第一支曲子〈端正好〉，這首曲子，短短二十五個字，把讀者帶到一個愁思與秋景融為一體的境界之中。

不過，名句二十五個字也襲用了兩首古人的詩詞句子。

「碧雲天，黃花地」出自北宋名臣范仲淹的詞〈蘇幕遮〉開頭兩句：「碧雲天，黃葉地，秋色連波，波上寒煙翠。」藉著秋景來寫遊子鄉魂旅思以及愁腸思淚，正如汪中評論說：「此詞目觸秋色，牽引一片相思之作也。」王實甫用范仲淹〈蘇幕遮〉名句，同樣是以秋色牽引相思。

「總是離人淚」出自宋代蘇軾的詞〈水龍吟〉：「春色三分，二分塵土，一分流水。細看來、不是楊花，點點是、離人淚」此詞上片惋惜楊花飄墜，下片寫二成楊花委地變成了塵土，一成化成浮萍。最末在「離人」二字上扣思，楊花已盡，春色已盡，才會進一步想到楊花萬點都是離人之淚，表現了極其纏綿的情思。

名句「碧雲天，黃花地，西風緊，北雁南飛。曉來誰染霜林醉？總是離人淚」非常膾炙人口，以至於有王實甫寫完這首曲子後心碎而死的傳說，雖然並不可信，但可知王實甫這首曲子受人歡迎的程度。

這憂愁訴與誰？相思只自知，老天不管人憔悴

名句的誕生

這憂愁訴與誰？相思只自知，老天不管人憔悴。淚添九曲[1]黃河溢，恨壓三峰華岳[2]低。到晚來悶把西樓倚，見了些夕陽古道，衰柳長堤。

~元．王實甫．《西廂記》第四本第三折

完全讀懂名句

1.九曲：形容黃河曲折迴轉的樣子。

2.華岳：西嶽華山的別名。

語譯：心中的憂愁有什麼人可以傾訴？相思之苦只有自己心裡明白，老天爺才不會理會人因此憔悴。思念的淚水像九曲黃河般泛濫起來，內心的怨恨能將華山三峰都壓低。到黃昏獨自一人悶悶地倚坐在西邊樓臺，只看那夕陽照映在古老的小路上，路上依依楊柳，以及長長堤岸。

名句的故事

在《西廂記》第四本第三折的最後有連續六支〈耍孩兒〉，王實甫安排在老夫人擺下的贈別酒宴之後。當酒宴結束，張生就真的要離去了，此時鶯鶯總算可以當面與張生說說內心話，因此她先說自己的心情有多麼悲淒：「未飲心先醉，眼中流血，心內成灰」，接著叮嚀張生要保重身體：「鞍馬秋風裡，最難調護，最要扶持。」然而，就算有一瞬間的寬慰，仍忘不掉離別在即的悲哀，因此，這首〈耍孩兒．四煞〉說：「淚添九曲黃河溢，恨壓三峰

華岳低。」這種悲傷真可說是痛不欲生，淚水多到能使黃河為之氾濫，離愁別恨能將華山三峰壓得低，使用了誇張的筆法來寫鶯鶯心中被離別折磨得有多苦。可是這麼苦楚的心情，卻無人可以傾訴，這麼濃重的相思，也只有自己才清楚。這就是名句「這憂愁訴與誰？相思只自知，老天不管人憔悴」。

〈耍孩兒．四煞〉之後，鶯鶯先「閣不住淚眼愁眉」，又叮嚀：「此一節君須記：若見了那異鄉花草，再休似此處棲遲」，然後張生就此拜辭，獨留鶯鶯。因此，由老夫人離去至張生離開，鶯鶯所唱的曲子中，展現出「緊——鬆——緊——鬆」的情感曲折，高高低低，更顯出鶯鶯心情的波瀾起伏、跌宕回旋。

歷久彌新說名句

這首曲子最後三句「到晚來悶把西樓倚，見了些夕陽古道，衰柳長堤」，其實隱含許多古人詩句。如李煜〈相見歡〉：「無言獨上西樓，月如鉤。寂寞梧桐深院，鎖深秋。剪不斷，理還亂，是離愁。別是一般滋味，在心頭。」又如馬致遠〈天淨沙〉：「枯藤老樹昏鴉，小橋流水人家，古道西風瘦馬。夕陽西下，斷腸人在天涯。」再如柳永〈雨霖鈴〉下片：「多情自古傷離別，更那堪、冷落清秋節。今宵酒醒何處？楊柳岸、曉風殘月。」

王實甫化用這三首詞曲不僅僅是在表面如「西樓」、「夕陽古道」、「衰柳長堤」的用字遣詞上，更重要的是，這三首詞曲皆與離別有關：李煜「獨上西樓」正是因為剪不斷、理還亂的惱人離愁；馬致遠之所以「斷腸」也與離別後人在天涯有關；柳永更明說「離別」苦，而秋天「離別」更苦。

名句「這憂愁訴與誰？相思只自知，老天不管人憔悴」的心情仍屬抽象，為了將它具象化，王實甫除了用形象化、誇張的筆法寫下「淚添九曲黃河溢，恨壓三峰華岳低」外，「到晚來悶把西樓倚，見了些夕陽古道，衰柳長堤」還融合了前代詩人的名句，借用三首詞曲的意境來渲染鶯鶯的心情。

愁心驚一聲鳥啼，薄命趁一春事已，香魂逐一片花飛

名句的誕生

想鬼病[1]最關心，似宿酒迷春睡。繞晴雪楊花陌上，趁東風燕子樓[2]西。拋閃殺我[3]年少人，辜負了這韶華日。早是離愁添縈繫，更那堪景物狼籍。愁心驚一聲鳥啼，薄命趁一春事已，香魂逐一片花飛。

～元．鄭光祖．《倩女離魂》第三折

完全讀懂名句

1. 想鬼病：即相思病。
2. 燕子樓：唐代張愔（ㄧㄣ）築給愛妾關盼盼居住的樓房，張愔死後，盼盼獨居此樓十五年不嫁而死。後泛指女子的閨房。
3. 拋閃殺我：丟下我。

語譯：纏繞心中的相思病，讓我像宿醉一樣在這春天裡昏沉沉地睡去。迷濛中我彷彿化身漫天飛舞、雪片似的楊柳花，飛散在街道上，又憑著東風把我吹到了燕子樓的西側。那丟下我的青年，竟然白白地浪費了我的青春年華。我本來就被離愁糾纏，哪裡承受得了看到景物日漸凋零？聽到一聲聲的鳥鳴，哀愁的心不由得驚慌，我苦命的身子就隨著春天逝去，我的魂魄跟著這一片片飛落的花朵消散。

作者背景小常識

鄭光祖，字德輝，平陽襄陵人，生卒年不詳。鄭光祖所作雜劇共十八種，現存《伊尹耕莘》、《三戰呂布》、《無鹽破環》、《王粲登樓》、《周公攝政》、《老君堂》、《翰林

風月》、《倩女離魂》等八種，以《倩女離魂》最為著名。

劇曲的故事

《倩女離魂》一劇改編自唐代陳玄祐的傳奇小說《離魂記》，描述王文舉和張倩女的愛情故事。全劇加上楔子共分五個部分：

楔子的部分先交代故事背景，敘述王文舉與張倩女從小指腹為婚，但因文舉父母雙亡，一直未完成這門親事，一日張母邀文舉到家裡，不但沒有替兩人完婚，反而要倩女拜文舉為哥哥，讓倩女焦慮不已，不知道母親是什麼用意。

第一折敘述倩女對文舉情感已深，無奈母親嫌文舉尚未考取功名，不肯讓兩人完婚，於是文舉離開張家，準備進京應試，倩女只好在折柳亭為文舉送別，兩人依依不捨，互許諾言。

第二折敘述文舉離去後，倩女思念成疾，臥病不起，而魂魄則追隨文舉，一起赴京考試。

第三折描述文舉高中狀元，打算與倩女的魂魄回張家，不料在家鄉臥病的倩女卻誤會文舉另娶他人，肝腸寸斷。

第四折描述文舉帶著倩女魂魄返家，魂魄與倩女合而為一，化解誤會，兩人才正式結親，圓滿收場。

名句的故事

「愁心驚一聲鳥啼，薄命趁一春事已，香魂逐一片花飛」三句，是倩女因思念文舉而臥病在床，卻又苦等不到文舉音訊時，從盼望到失望又漸漸轉入絕望的心情。

倩女不知道自己的魂魄早已隨文舉而去，獨自守著空閨，等待情郎的消息。在無止盡的相思以及魂魄離開身體的雙重消磨下，倩女日漸虛弱，眼看春天將盡，百花凋零，不由得觸動了內心深處的痛。所謂「女為悅己者容」，每個女人總希望能把自己最美的一面呈現給心愛的人看，但如今情郎音訊全無，自己年華逐漸消逝，怎不教倩女心痛？更讓她哀慟欲絕的是，自己的病體不知道還能再撐多久，會不會等到情郎回來，自己早已香消玉殞，連最後一面都見不到了？

南朝著名的才子江淹在別賦裡說：「黯然銷魂者，唯別而已矣！」然而在生離死別之外，等待也是十分磨人的，何況等待一個不知歸期的人，偏偏倩女的身體又是如此虛弱，在生理與心理交互影響之下，更無限放大了心中的焦慮與愁緒。

歷久彌新說名句

「思鄉」與「閨怨」是中國古代文學作品的兩大題材。古代男子為了求取功名，或是奉命戍守邊疆，往往必須離鄉背井，而這一去，可能就是很漫長的一段時間，像漢代樂府詩的「十五從軍征，八十始得歸」，於是，濃厚的思鄉情懷便由此產生；另一方面，在男子離家後，女子往往必須獨守深閨，等待丈夫、情人的歸來，自然就形成幽深的閨怨。唐代詩人王昌齡的〈閨怨〉：「閨中少婦不知愁，春日凝妝上翠樓。忽見陌頭楊柳色，悔教夫婿覓封侯」，可說是閨怨的代表作品。

中國古代的「離魂」題材源自唐代陳玄祐的《離魂記》，鄭光祖則以同樣的題材完成了著名的雜劇《倩女離魂》，而明代著名的劇作家湯顯祖的《牡丹亭》也繼承了這個題材，成為膾炙人口的名作。

氣呵做了江風淅淅，愁呵做了江聲瀝瀝，淚呵彈做了江雨霏霏

名句的誕生

楚天秋，山疊翠，對無窮景色，總是傷悲。好教我動旅懷[1]，難成醉。枉了也壯志如虹英雄輩，都做助江天景物淒其[2]。氣呵做了江風淅淅[3]，愁呵做了江聲瀝瀝[4]，淚呵彈做了江雨霏霏[5]。

～元．鄭光祖．《王粲登樓》第三折

完全讀懂名句

1. 旅懷：羈旅者的情懷。
2. 淒其：淒涼的樣子。
3. 淅淅：狀聲詞。形容風聲。
4. 瀝瀝：狀聲詞。形容水聲。
5. 霏霏：雨絲綿密的樣子。

語譯：南方的天空已出現秋意，遠處層疊著翠綠山色，面對這一望無際的壯闊風景，總讓人特別感傷。讓我觸動了客居他鄉的愁緒，連想喝醉都變得那麼困難。枉費我滿腔豪情壯志像虹一樣貫穿天空，比擬多少英雄豪傑，卻都只是徒然助長江邊景物的淒涼而已。心中的氣一吐化成了淅淅的江風，心中的愁一吐化成了瀝瀝的江聲，我的眼淚一彈化成了綿密的江雨。

劇曲的故事

《王粲登樓》一劇是從東漢末王粲的〈登樓賦〉敷演而成。描述王粲岳父蔡邕為挫其傲氣，故意予以羞辱，逼令進取，又暗中加以幫助，使王粲久經不得志後，得以功成名就，最

後在曹植的說明下，終於真相大白，以團圓收場。全劇加上楔子共分五個部分：

楔子的部分由王粲母親交代王粲的背景及與蔡邕的關係，並指示王粲上京拜見蔡邕。第一折敘述蔡邕為了涵養王粲、挫其銳氣，故意讓他在客店中虛等月餘，又當面予以羞辱，再暗中要曹植資助他前往投奔荊王劉表。第二折敘述王粲投奔劉表後，因瞧不起劉表手下大將蒯越及蔡瑁，受到劉表冷落，依然得不到重用。第三折敘述許達於重陽佳節邀王粲登高飲酒，觸動王粲思親、思鄉及懷才不遇的心事。第四折描述王粲被皇帝舉用為大元帥，蔡邕前往祝賀，王粲卻仍記著當日受到的羞辱，並加以報復，幸賴曹植說明事情原委，才使真相大白。

名句的故事

「氣呵做了江風淅淅，愁呵做了江聲瀝瀝，淚呵彈做了江雨霏霏」三句，是王粲飄泊異鄉卻又有志無處伸的情形下，適逢重陽佳節登樓遠望，觸動內心的愁緒，因而發出的深沉感歎與悲鳴。

王粲離開家鄉、離開老母親，為的是希望闖出一片天，不料接連碰壁，有志難伸。王粲是一個才華洋溢的文士，照理說，他的才華應該足以讓他飛黃騰達、享盡富貴，偏偏他的個性孤傲，不屑與他人同列，這樣的個性使他的「才」沒能讓他因此平步青雲，反倒使他受盡屈辱，面對命運無情的捉弄與打擊，王粲當然是滿腹委屈、滿心不甘，但是縱使心有不平又能怎麼樣？他既無力改變現狀，又因功名未成，無顏返鄉，只能流落在荊州，鬱鬱寡歡。

古時有在重陽佳節登高的習俗，王粲於此佳節登樓遠望，懷才不遇而又流落異鄉的愁緒不禁齊上心頭，原本一直積鬱在內心深處的忿悶與哀怨全部傾洩而出，化成一聲又一聲的悲鳴。

歷久彌新說名句

〈登樓賦〉是王粲依附荊州劉表時，登臨

麥城城樓，遠眺故鄉，心中悲不自勝，因而寫作的一首辭賦，抒寫遭逢亂世，去國離鄉、懷才不遇的憂思。

中國古代的文人士子，往往以修身、齊家、治國、平天下為理想的人生模式，他們把個人的建功立業與救濟蒼生及國家興盛聯繫起來，形成宏偉的目標；然而，人生的旅途大多是困頓、坎坷的，古代失意的文人多到數也數不清，雖然傳統儒家教導這些文人要「得志，澤加於民；不得志，修身見於世。窮則獨善其身；達則兼善天下」（《孟子．盡心上》），但是面臨窮困不得志時，真正能夠坦然面對的，卻實在是少之又少，因此登樓抒懷便成為多數失意文人宣洩情緒的管道。

著名的登樓抒懷之作有唐代詩聖杜甫的〈登高〉、〈登樓〉，北宋王安石的〈桂枝香〉，以及南宋詞人辛棄疾的〈菩薩蠻書江西造口壁〉等，都是透過登高遠望，抒發去國懷鄉的心情。

一聲梧葉一聲秋，一點芭蕉一點愁，三更歸夢三更後

名句的誕生

一聲梧葉一聲秋，一點芭蕉一點愁，三更歸夢[1]三更後。落燈花棋未收，歎新豐[2]孤館人留。枕上十年事，江南二老[3]憂，都到心頭。

～元．徐再思．〈水仙子．夜雨〉

完全讀懂名句

1. 歸夢：夢見回到了故鄉。
2. 新豐：地名，故址在今陝西省臨潼縣北。
3. 江南二老：指在江南家鄉的雙親。

語譯：夜雨一滴滴地落在梧桐葉上，帶來一陣陣的秋意；夜雨一點一點地打在芭蕉葉上，引起一縷縷的愁思，三更時分從歸鄉的夢裡醒來後，再也難成眠。桌上的燈花已落盡，一盤殘棋還未收拾，可歎我孤孤單單地滯留在這新豐的旅店裡。浮沉十年的過往，江南雙親的擔憂，全都湧上心頭。

作者背景小常識

徐再思，字德可，元朝嘉興（今浙江）人。好食甘飴，故號「甜齋」。為人聰敏，曾任嘉興路吏。生卒年不詳，約與張可久、貫雲石同時，為元代後期的散曲名家，所作並無雜劇，專力於小令，與貫雲石（號酸齋）齊名。其散曲集《甜齋樂府》和貫雲石的《酸齋樂府》，因兩人字號相映成趣，後世有好事者將其合輯名為《酸甜樂府》。但貫雲石曲風豪放飄逸，徐再思曲風清麗秀雅，兩人風格並不相同。現存小令一百零三首，主要內容多寫江南

風光和閨情春思。《太和正音譜》評其詞「如桂林秋月」。

名句的故事

本篇以客中聽雨的情景，寫出羈旅中難以排遣的孤寂與鄉思。

功名無成，漂泊他鄉的遊子，雨夜獨宿旅店，其心境自是寂寞淒涼。歸家的好夢被風雨聲驚醒，午夜夢迴孤燈獨坐，千萬思緒都湧上心頭。

起首「一聲梧葉一聲秋，一點芭蕉一點愁，三更歸夢三更後」三句鼎足而對，讀來抑揚頓挫，反復迴旋，一如纏綿不去的悒鬱心結。梧桐有著濃濃的秋意，雨打芭蕉使人不忍卒聽，這二種意象歷來均與「愁」字連結在一起，此處用一聲梧桐葉落就是一聲秋，一點雨打芭蕉就是一點愁的造語方式，不但營造出秋雨連綿不絕、鄉愁陣陣襲人的困頓景象，也流露出秋夜聽雨的悲涼。

句中的「一聲」、「一點」、「三更」的重複使用，加強了曲中的音律感與節奏感，彷彿三更時分點點滴滴的雨聲歷歷可聞，千愁萬緒正隨著雨聲，一點一滴的在眼前渲染開來，彷彿還能感覺到詩人愈來愈沉重的心情。此三句化用晚唐詞人溫庭筠〈更漏子〉：「梧桐樹，三更雨，不道離情正苦。一葉葉，一聲聲，空階滴到明」，而能情景交融，顯得貼切自然，沒有造作的痕跡。

此曲是廣為傳誦的佳作，徐再思生平官職不顯，確曾離開家鄉，在外飄泊十餘年，此曲寫秋夜愁懷，傷感中帶著悲涼的情緒，十分真摯感人，應是他羈旅生涯的真實寫照。

歷久彌新說名句

詩人午夜夢迴，眼看著桌上燈花落盡，一盤殘棋猶未收拾，忍不住「歎新豐孤館人留」，此處的「新豐孤館」暗用初唐名臣馬周在新豐被店主冷落的故事。

據《舊唐書》記載：馬周年輕時家境貧寒，但勤奮讀書學問廣博。馬周尚未得志時，曾經投宿在新豐的旅館裡，主人只忙著招呼那些商販，根本不理會他，馬周便向店主要了一斗八升的酒，獨自在一旁喝起悶酒來。詩人感歎自己就像失意時的馬周一樣，空有才能卻無處施展抱負，只能孤單地困守在異鄉的旅店，面對變化如棋局的人生，又該如何收拾這場殘局？

「枕上十年事」則化用唐代沈既濟的傳奇小說《枕中記》的故事：盧姓書生因為科考失利，只好守在家鄉種田，某日在邯鄲道上遇見道士呂翁，兩人相談甚歡，席間盧生自歎貧困，深以未能飛黃騰達為憾。這時店主人正準備蒸黃粱飯，盧生忽覺昏昏欲睡，呂翁取出一個瓷枕讓他倚枕而臥。

夢寐中盧生回到家裡，幾個月後娶了溫柔美麗出身高貴的崔氏女為妻，第二年中了進士，此後官運亨通，做過京兆尹、中書令，直封燕國公。生子五人，都頗有才華，更與高門聯姻。五十餘年間，兒孫滿堂，家中良田、佳麗、錢帛不可勝數，過著奢侈佚樂的生活，直到八十多歲年老成疾，走完這享盡榮華富貴的人生。此時盧生一驚而醒，看見自己還是身在旅店裡，呂翁仍在身旁，店主的黃粱飯還沒蒸熟哩！

詩人回顧十年來的奔波追尋，浮沉起落，竟也像枕上的幻夢一場。離鄉背井的辛酸，思親的悵惘，隨著秋夜愁雨，點點滴滴，翻騰心頭。

平生不會相思，才會相思，便害相思

名句的誕生

平生不會相思，才會相思，便害相思。身似浮雲，心如飛絮，氣若游絲。空一縷、餘香在此，盼千金遊子[1]何之[2]。證候[3]來時，正是何時？燈半昏時，月半明時。

～元．徐再思．〈折桂令．春情〉

完全讀懂名句

1. 千金遊子：千金，是尊貴的意思。遊子，指旅遊在外的人。
2. 何之：到哪兒去了？
3. 證候：發病的症狀。

語譯：生平不懂得什麼叫相思，才剛懂得相思的滋味，便害起相思病來。身體像飄浮的雲朵，心思如紛飛的柳絮，氣息像細微的游絲。空留下一縷餘香在此地，所盼望的心上人卻已不知浪跡到何處去了。相思病的症狀什麼時候發作得最嚴重呢？是燈光半昏半亮的時候，是月亮微明微暗的時候。

名句的故事

此曲寫閨中女子的相思，將情竇初開的少女情懷寫得入木三分，生動傳神。

名句「平生不會相思，才會相思，便害相思」一氣呵成，將初嚐相思滋味的少女心態一步步的推演開來，連用三個「相思」卻都有不同的意涵。根本不懂得什麼叫相思的時候，「相思」二字對少女而言只是模糊的概念名詞，沒有實際的意義。及至剛懂得什麼叫相思，此時的「相思」意味著戀愛的酸甜滋味。才初嚐戀愛的滋味，接著便害起相思病來，第三個「相思」是有證候的相思病。如此層層推衍，又反復迴繞「相思」主題，讓人也感覺到相思的步步逼進。

前三句為引子，導出相思病候的發作，接下來的三句用「浮雲」、「飛絮」、「游絲」這些飄浮不定之物，象徵相思的難以捉摸。「身似浮雲」寫女子的坐立難安，「心如飛絮」點出她的魂不守舍，「氣若游絲」形容她的氣息奄奄。這些具象的比喻，把不可名狀的相思病症描繪得栩栩如生。那麼，這樣的病，多半又在何時發作呢？末二句點出是「燈半昏時，月半明時」，因為更深人靜，孤燈獨坐，愈顯得寂寞淒涼。

此曲樸實無華，用自然的語調娓娓道來，卻頗能盡其情致，可謂深得相思三昧。

歷久彌新說名句

相思是對所愛之人的強烈思念，是一種驅之不盡的愁苦，它不是病，但害起相思來可真要命，男男女女都會害相思，證候來時都一樣寢食難安、心神不寧。唐代李白的詩大都豪放瀟灑，其〈秋風辭〉卻流露著婉轉的柔情：「長相思兮長相憶，短相思兮無窮極，早知如此絆人心，何如當初莫相識。」長長的相思是難以忘懷的往日回憶，此刻湧上心頭的思念，卻又毫無止境，難以遏止。如果早知道相思是如此的讓人牽腸掛肚，倒不如當初不相識。用平實的語言，將戀人間百轉千迴、揮之不去的相思，刻畫得生動而感人。

近代哲人胡適曾在好友張慰慈的扇子上，寫了兩句話：「愛情的代價是痛苦，愛情的方法是要忍得住痛苦」，後來他覺得這個意思可以入詩，就用〈生查子〉的詞調寫了一首〈小詩〉：「也想不相思，可免相思苦。幾次細思量，情願相思苦」，短短幾句話，道盡天下間正忍受相思折磨的有情男女的心聲。相思使人欲拒還迎，因為有了刻骨銘心的愛才會有相思，愛有多深相思就有多苦。

青衫淚，錦字詩，總是相思

名句的誕生

玉纖[1]流恨出冰絲[2]，瓠齒[3]和春吐怨辭。秋波[4]送巧傳心事，似鄰船初聽時。問江州司馬[5]何之？青衫淚[6]，錦字詩[7]，總是相思。

～元．徐再思．〈水仙子．彈唱佳人〉

完全讀懂名句

1. 玉纖：形容女子纖細如玉的手指。
2. 冰絲：指琴絃。
3. 瓠齒：整齊而潔白的牙齒。瓠，音ㄏㄨˋ，瓜名，種子色白、排列整齊。
4. 秋波：形容女子的眼睛如秋水般明亮。
5. 江州司馬：唐代詩人白居易曾貶官為九江郡司馬。司馬，古代官名。
6. 青衫淚：典出白居易的〈琵琶行〉：「江州司馬青衫濕」。青衫，指古代低職等文官的官服。
7. 錦字詩：指前秦的蘇蕙寄給丈夫的織錦回文詩。後人用以比喻情書。

語譯：纖纖玉手撥動琴絃，流洩出帶著幽恨的琴音。有著潔白牙齒的口中，傾吐出哀怨的歌辭。如秋水般明亮的眼睛，靈巧地傳遞了她的心事，就像白居易初次聽到鄰船的琵琶聲時。問江州司馬將往何處去？青衫淚濕，錦字題詩，兩方面都是相思。

名句的故事

此曲運用白居易〈琵琶行〉的典故，不但描述眼前佳人的彈唱神情，還蘊含彼此間相知相惜的情意，顯得貼切自然。

白居易的〈琵琶行〉作於他被貶為江州司馬的第二年。他於潯陽江頭送客時，偶然聽到鄰船美妙的琵琶聲，遂邀請琵琶女移船演奏。從言談間，白居易得知她的不幸遭遇，深覺兩人同是浪跡異鄉的失意者，於是有感而發，寫下長篇的〈琵琶行〉。藉著敘述琵琶女淒涼的身世，抒發自己受壓抑被貶謫的鬱悶心情，留下「同是天涯淪落人，相逢何必曾相識」、「座中泣下誰最多？江州司馬青衫濕」的佳句。

此處的「青衫淚」，沿用「江州司馬青衫濕」之意，一方面讚美彈唱佳人曲藝高超，哀怨的演唱讓自己深為感動；一方面用江州司馬的青衫，比擬自己的失意與漂泊，寓有「同是天涯淪落人，相逢何必曾相識」的感傷。

「錦字詩」引用蘇蕙寄給丈夫織錦回文詩的故事。據《晉書．列女傳》說：前秦苻堅時期，秦州刺史竇滔有個極具才華的妻子，名叫蘇蕙。後來竇滔因故獲罪，被發配到沙州去服役，蘇蕙因想念丈夫，就將自己的思念之情寫成回文詩，用五色絲線織成《璇璣圖》，不論反復循環都可以成詩，文詞相當淒涼婉轉。後人為這故事加上圓滿結局：《璇璣圖》傳到苻堅手中，他看了很受感動，因而赦免竇滔的罪，並讓他官復原職。

此處「青衫淚」指作者本人，「錦字詩」指彈唱佳人，縱然二人有相知相惜的情意，但此去一別，相會不知何期，也難怪徐再思會感歎：留給彼此的只有無盡的相思了。

歷久彌新說名句

白居易以後，歷代詩人常以「青衫濕」或「青衫淚」的典故來表示由於內心的悲痛而傷心流淚。

宋代司馬光〈錦堂春〉：「席上青衫濕透，算感舊、何止琵琶」，是說讓人流淚的「傷心事」何止是琵琶女的身世。當時司馬光正因政治上的失意，離開京師退居洛陽，可見他感慨鬱悶的心情。

元代雜劇作家馬致遠將〈琵琶行〉長詩，改編成白居易與長安名妓裴興奴的戀愛故事，依「江州司馬青衫濕」之句，將此劇名為《青衫淚》：

白居易在長安任吏部侍郎時，曾與名妓裴興奴往來密切，興奴頗有才氣，尤善琵琶，她看重白居易的才華，願以終身相託。白居易被貶為江州司馬後，有一位叫劉一的茶商聽說興奴貌美，便以錢財賄賂鴇母，騙興奴白居易已死，趁機娶了興奴。某日劉一與興奴夜泊江州，興奴月下彈撥琵琶寄託哀思，恰好白居易與元稹泛舟江中，聽到熟悉的琵琶聲便上船探訪，興奴哭訴情由，白居易感慨不已。趁劉一醉臥之時，元稹讓白居易攜興奴乘舟而歸，自己一路巡訪回京，向皇上奏明事情始末，皇帝下詔，白居易復起用為侍郎，興奴歸白居易。

糠和米，本是相依倚，被簸揚作兩處飛

作者背景小常識

高明（約西元一三〇七～一三五九年），字則誠，自號菜根道人，浙江瑞安人。他出身於書香門第，秉性聰敏，早年在家鄉讀書，即以博學著稱，是理學家黃溍（ㄐㄧㄣˋ）的弟子，深受儒家思想的影響。高明為官剛正清廉，聲譽頗佳。因拒絕當時已經降元的方國珍邀留，即日解官退隱，晚年隱居在寧波城東的櫟社，以詞曲自娛，並創作了《琵琶記》。他擅長書法，詩文詞曲均工，原有《柔克齋集》二十卷，已經亡佚，經近人收輯，尚存詩文五十多篇。所作戲曲《琵琶記》是南戲由民間俚俗文學過渡到士大夫創作的轉捩點，被後世譽為「南戲之祖」。

名句的誕生

糠[1]和米，本是相依倚，被簸[2]揚作兩處飛。一賤與一貴，好似奴家與夫婿，終無見期。

～元．高明．《琵琶記》第二十一齣

完全讀懂名句

1. 糠：穀類的皮。
2. 簸：音ㄅㄛˋ，指簸箕，一種把米揚起以去除糠皮的器具。

語譯：糠和米，本來是依附在一起，被簸箕揚起分成兩處飛。一個貧賤、一個富貴，就好像我與夫婿，永遠沒有相見的時期。

劇曲的故事

書生蔡伯喈與趙五娘方新婚兩月，恰逢朝廷開科取士，伯喈以父母年已八旬，意欲留在家中服侍父母。但蔡父硬要他去「改換門閭」、「揚名顯親」，伯喈再三陳情，蔡婆也反對，但都拗不過固執的蔡父，只好揮淚拜別家人，離鄉赴試。

而後伯喈高中狀元，牛丞相有一女尚未婚配，奉旨要招新科狀元為婿。伯喈以父母年邁，在家無人照顧，況且已有妻室，不能再婚重娶，要辭婚、辭官回鄉，但牛丞相與皇帝不允許，被迫留在京城與牛小姐成親。

自伯喈離家後，家鄉陳留郡連年鬧饑荒，五娘任勞任怨，盡心服侍公婆，自己則背著公婆私下吞糟糠度日。蔡公、蔡婆先後在饑荒中去世，五娘親手將公婆埋葬，又繪成兩老遺像，身背琵琶，沿路彈唱乞食，往京城尋夫。

五娘尋至牛府，牛小姐知道她的身世後十分同情，便安排五娘與伯喈相見，伯喈得知父母雙亡悲痛萬分，即刻上表辭官，攜帶五娘和牛小姐回鄉守孝。牛丞相上奏朝廷說「蔡伯喈不忘其親，趙五娘孝於舅姑，牛氏能成人之美」，皇帝下詔，旌表蔡氏一門。

名句的故事

「糠和米，本是相依倚」是第二十一齣戲裡趙五娘吃糠時的唱詞。此處是《琵琶記》中極其重要的一段高潮戲，充分反映出趙五娘勇於承擔苦難和自我犧牲的高貴品格。

這齣戲一開始便將趙五娘的困境展現在人們面前：「亂荒荒不豐稔的年歲，遠迢迢不回來的夫婿，急煎煎不耐煩的二親，軟怯怯不濟事的孤身己」，在連年災荒，丈夫不歸，公婆埋怨的情況下，五娘典盡衣物千辛萬苦買來飯食，供養二老，自己卻躲在一邊吃糠，公婆懷疑她背地裡吃好東西，她也不敢說分明。

趙五娘吃糠時，從糠的難以下咽，想到自己的命運和糠一樣，受盡舂杵撥弄各種折磨，而這糠和米，本來是依附在一起，被簸揚才作

「兩處飛」，就如同自己與丈夫的分離；米貴糠賤，也像二人分別後的遭遇，白米好比是遠在京城的夫婿，粗糠就像五娘自己，忍不住發出「終無見期」的感歎。作者用豐富的聯想，恰如其分的比方，深刻地表達五娘心中的哀怨。

當公婆發現她吃的是糠，問她：「怎的吃得？」她寬慰老人說吃糠強過吃草根樹皮，而且以蘇武嚙雪吞氈、神仙餐松食柏作比方，說吃些無妨。而且她還說出最重要的理由是：「奴須是你孩兒的糟糠妻室」，「糟糠妻室」指貧賤時的妻子，此處五娘以此自喻，不但承續前段「糠和米」的感歎心緒，也表明甘為貧賤之妻的心志。

歷久彌新說名句

趙五娘自喻為「糟糠妻室」，出自漢代宋弘的故事。據《後漢書．宋弘傳》記載：後漢光武帝劉秀的姐姐湖陽公主新寡，劉秀有意為她另續一門親事，她看中了才貌出眾的大臣宋弘，劉秀要先試探宋弘的意思，對他說：「俗話說『人顯貴了就會換交新朋友，發了財就會娶新老婆』，這樣也算合乎人之常情吧？」宋弘回答說：「我聽到的是『貧賤之交不可忘，糟糠之妻不下堂』。」意思是說：貧賤時結交的朋友是真朋友，不能相忘；不得志時娶來的妻子曾與自己共患難，不能離棄。光武帝聽了此話，就對湖陽公主說：「這事不成了！」

同樣在漢朝，有像宋弘這樣「糟糠之妻不下堂」的大丈夫，也有負心棄妻唯利是圖的小人。《後漢書．郭泰傳》記載：桓帝時，黃允才能出眾頗有聲名，當時的名士郭泰見了，對他說：「你有過人的才華，足以成大事業，但恐怕在道德上不堅定而失去這能力。」後來黃允得到司徒袁隗重視，想要將侄女許配給他，黃允知道此事就先把妻子夏侯氏給休了。夏侯氏離家前宴請宗親道別，席上揭發好幾樁黃允所隱匿眾人之事，他從此就不為當世所用了。

趙五娘進入牛府後，在公婆畫像背面題詩用以感悟蔡伯喈，所說：「宋弘既以義，黃允何其愚」，用的就是這兩個典故。

舊絃已斷，新絃不慣。舊絃再上不能，待撇了新絃難拚

名句的誕生

舊弦已斷，新弦不慣。舊弦再上不能，我待撇了新弦難拚1。一彈再鼓，又被宮商2錯亂。

～元．高明《琵琶記》第二十二齣

完全讀懂名句

1. 拚：音ㄆㄢˋ，捨棄。
2. 宮商：音階的高低。

語譯：舊弦已經斷了，新弦還彈不習慣。舊弦無法再接上，想要撇掉新弦又難以捨棄。一彈再彈，又將那音階高低給錯亂了。

名句的故事

「舊弦已斷，新弦不慣」是第二十二齣戲裡蔡伯喈彈琴時的唱詞。蔡伯喈在荷池邊彈琴排遣愁懷，牛小姐要他彈個適合眼前景色的〈風入松〉，他錯彈出〈思歸引〉來，牛小姐不悅，認為伯喈有意賣弄，兩人先有一段對話：

（生）這弦不中彈。（貼）這弦怎地不中？（生）當原是舊弦，俺彈得慣。這是新弦，俺彈不慣。（貼）舊弦在那裡？（生）舊弦撇了多時。（貼）為甚撇了？（生）只為有這新弦，便撇了舊弦。（貼）怎地不把新弦撇了？（生）便是新弦難撇。（介）我心裡只想著那舊弦。（貼）你撇又撇不得，罷罷！

（生）是正生、小生，此處指蔡伯喈。（貼）是貼旦的簡稱，是比較次要的旦行角色，俗稱二旦。此處指牛小姐。（介）指戲劇中的動作。

新弦、舊弦，暗示舊婦與新婦，喻指趙五娘與牛小姐。這段對白，話中有話，細膩深刻地傳達出伯喈的矛盾心理，相府的安逸生活與牛小姐的溫婉使他難以割捨，卻又放不下往日與趙五娘的夫妻之情，左右兩難無法平靜的內心，使他生活的「宮商」錯亂了。對話之後伯喈接著唱出「舊弦已斷，新弦不慣」的這一段唱詞，就是他複雜情感和矛盾心態的總結。

歷久彌新說名句

《琵琶記》改編自宋代戲文《趙貞女蔡二郎》，原劇寫蔡伯喈進京中了狀元，他貪戀功名富貴，入贅相府。其妻趙貞女進京尋夫，蔡伯喈拒不相認，放馬踹死趙五娘，使天神震怒。最後，蔡伯喈被暴雷轟死。

類似這種書生負心的題材，在宋代各種民間伎藝中，還有《王魁負桂英》、《陳叔文三負心》等。這表明書生負心婚變現象在當時相當普遍，因宋代科舉制的發達，為寒士提供了一條「朝為田舍郎，暮登天子堂」的捷徑，而權貴豪門便以聯姻當做拉攏的手段，書生攀龍附鳳拋妻棄子的行為，引起市井小民的厭惡，便透過戲曲等民間伎藝加以撻伐。

高明的《琵琶記》主要在宣揚名教觀念與「子孝妻賢」的思想，重新塑造蔡伯喈的形象，把他刻畫成一個充滿矛盾性格的寒門書生，由於他辭試父不從、辭官君不從、辭婚太師不從，在一連串的不得不之下，才使他人在相府心念故鄉陳留，縱然娶了溫柔美貌的牛小姐，還是念念不忘糟糠之妻趙五娘。

史書上的蔡邕，字伯喈，不但是東漢的文學家、書法家，還善鼓琴、妙解音律。《後漢書．蔡邕傳》說：蔡邕的鄰人請他喝酒，他走到鄰家門口，聽見裡面傳來的琴音帶有殺心，就轉身而去。主人追問緣故，蔡邕說明原因，大家都覺得很奇怪。彈琴者說：「我剛才彈琴時，看見螳螂正在捕蟬，而蟬快要飛走了，我心中惟恐螳螂失去那蟬，這難道是殺心而表現在琴音中嗎？」蔡邕微笑著說：「這就是了！」

羈懷縈掛，人情澆詐，相逢休說傷時話

名句的誕生

羈懷[1]縈掛，人情澆詐[2]，相逢休說傷時話。路波蹅[3]，事交雜。秋光何處堪消暇[4]？昨夜夢魂歸到家。田，不種瓜；園，不灌花。

～元．湯式．〈山坡羊．書懷示友人〉

完全讀懂名句

1. 羈懷：長久漂泊在外，寄居異鄉的心情。
2. 澆詐：淺薄、狡詐。
3. 波蹅：崎嶇不平，此指有許多折磨。蹅，音ㄔㄚˇ。
4. 消暇：排遣、消磨空閒的時光。

語譯：長久在異鄉漂泊，心中不免時時牽掛。如今世人多半淺薄狡詐，與人相遇時，最好別說抱怨時局的話。人生的道路坎坷不平，充滿許多波折磨難，偏偏人事關係又錯綜複雜。縱有大好秋景，哪有地方能消磨時光呢？昨晚我在夢中，魂魄飛回了闊別已久的家鄉。田地裡，已沒有種植瓜果；小園裡，已沒有澆灌鮮花。

作者背景小常識

湯式，字舜民，號菊莊，象山（今屬浙江）人。元末明初曲家，生卒年不詳。

元末曾任象山縣吏，但不得志，落魄江湖。到了明朝，流浪寄居北方，不再出仕。作品大多散佚，雜劇《瑞仙亭》、《嬌紅記》均已不存，僅散曲《筆花集》有明抄本傳世。

名句的故事

「書懷」是中國文學傳統一個重要的典型，這種「書寫懷抱」以寄託理想的傳統，可以上溯到《詩經》詩以言志、不平則鳴的大主流中，湯式這首曲也是其中一例。

本篇名句表面上說「休說傷時話」，但這卻是湯式基於在外漂泊多年，閱盡虛矯的世情所提出的見解。事實上，湯式把要說的「傷時話」都藏在文字底下。「路波踏，事交雜」既寫羈旅漂泊之苦，也為「人情澆詐」做了具體的描述。身處這樣險惡的社會中，眼前即使秋高氣爽，哪裡有地方能夠安心欣賞呢？對於遊子來說，自然只有時時掛在心上的故鄉了。曲子最後三句將情感推向高潮，以「夢魂歸到家」實現心中的想望，眼前所見卻是家鄉田園荒蕪的情況。寥寥數語，就道盡了因時局動盪而不能歸家的傷感，也對時局做了深刻的批判。湯式以「不說」的反作用力，讓全曲顯得更有張力。

歷久彌新說名句

元末明初，戰亂頻仍，湯式有家歸不得，只能浪跡江湖，將滿腹愁思寄託於詩文之中。除了這首〈山坡羊．書懷示友人〉外，他曾寫過一首〈慶東原．京口夜泊〉：「故園一千里，孤帆數日程，倚篷窗自歎漂泊命，城頭鼓聲，江心浪聲，山頂鐘聲。一夜夢難成，三處愁相併。」家鄉路途遙遠，夜晚又只有獨自一人時，總是激起遊子的思鄉情緒。在這樣的夜晚，不禁令湯式感歎自己一生漂泊，恐怕是命中注定。曲子接下來寫鼓聲、浪聲、鐘聲，三句鼎足而對，一氣呵成，用語平白如話，簡簡單單就營造出愁情輾轉的遊子形象。將兩首曲子一併觀之，也可看出湯式在創作上「俗中求雅」的語言特色。

乍相逢如夢裡，誰承望得重會

名句的誕生

乍[1]相逢如夢裡，誰承望[2]得重會，這的是有真情誰怕隔年期[3]。雖不似孟母三移[4]將賢聖擬，子要我用心學藝[5]，我將那三場[6]的文字慎攻習[7]。

～明．朱有燉．《曲江池》第三折

完全讀懂名句

1. 乍：忽然、突然。
2. 誰承望：誰想得到。承望，料想。
3. 隔年期：相隔一年的約期。期，約定。
4. 孟母三移：即「孟母三遷」。戰國時代思想家孟子的母親重視環境教育，為了讓孟子有良好的仿效對象，曾三次舉家遷移擇鄰而處。
5. 藝：儒家經典《詩》、《書》、《易》、《禮》、《樂》、《春秋》，統稱為六經或六藝。
6. 三場：明代科舉考試分為初場、二場、三場三道關卡。
7. 慎攻習：好好地攻讀研習。慎，謹慎、慎重，有重視之意。

語譯：乍然相逢，宛如置身夢中，有誰料想得到你我能再重逢？如果兩人以真情相待，又哪會擔心相隔一年之久的約期呢？你要我用心學習的苦心，雖然不適合用孟母三遷的典故來比擬，但我一定會好好努力鑽研三場科考的典籍文章。

作者背景小常識

朱有燉（ㄉㄨㄣˋ）（西元一三七九～一四三九年），號誠齋，明太祖朱元璋之孫；繼承父親的爵位為周王（封地為今河南開封），卒後諡號為「憲」，世稱「周憲王」。朱有燉博學好文、通曉音律，一生創作雜劇達三十一種，總稱為「誠齋傳奇」或「誠齋樂府」。著作有《東書堂集古法帖》、《誠齋新錄》、《元宮詞》、《誠齋樂府》等。明代文人李夢陽〈汴中元宵〉詩，就以歌姬們「齊唱憲王新樂府」描寫元宵燈會熱鬧場景，由此可見其作品受歡迎的程度。

朱有燉不但是位多產作家，更跳脫章法，一改元雜劇四折為一本的作法，編為五折，也不再拘泥於一折由一種角色主唱到底的方式，開啟明代雜劇體制演變之先河。

劇曲的故事

《曲江池》一劇全名《李亞仙花酒曲江池》，共五折二楔子，改編自元人石君寶的同名劇作，兩者皆取材自唐代文人白行簡的《李娃傳》。故事敘述滎陽（今河南）書生鄭元和至長安赴試，邂逅鳴珂巷娼女李亞仙，兩人一見鍾情。不久，鄭元和花光盤纏，嫌貧愛富的鴇母便使計連夜搬離，令他一夕間淪為乞丐。此時，鄭父因得到推薦，來長安等待朝廷分派職務，隨行的老僕在街上認出正在行乞的元和。一直以為兒子早已遇害的鄭父勃然大怒，認為其有辱家門，命僕人痛打不肖子，棄置曲江池邊。

奄奄一息的鄭元和在曲江池邊呻吟，恰巧李亞仙循聲而來，見他為己淪落至此，她不僅與鴇母斷絕關係，更拿出積蓄供他讀書。兩年後，鄭一舉高中狀元，被任命為四川成都府參軍。然而李亞仙自念出身微賤，勸元和另娶門當戶對之女並決定離開。鄭元和到任後，在成都巧遇擔任府尹的父親，父子重修舊好。得知李亞仙的節義之行後，鄭父命子正式迎娶，朝廷更賜封李為汧（ㄑㄧㄢ）國夫人。

名句的故事

鄭元和與李亞仙兩人在曲江邊再度重逢後，原本鄭滿腔憤恨，指責李不念舊情，甚至表示「再難收潑下的水」。沒想到李同樣也被鴇母蒙在鼓裡，並為鄭守志不移。「乍相逢如夢裡，誰承望得重會」之句便是出現在兩人重新相聚、前嫌盡釋的場景。

鄭元和得知李亞仙非但沒有變心，還願意散盡千金資助自己攻讀學業，感覺像是在夢境般難以置信，也體認到只要真心相待就不怕時間的考驗。而自己的人生有機會重回士人的軌道，鄭元和當然卯足全力發憤用功。

劇中表彰書生歧路知返和娼女的高潔情操，以父子團圓、孝子賢婦做為忠孝兩全的完美結局，可看出朱有燉藉此灌輸百姓倫理綱常與女子應忠貞守節的觀念，達到社會教化的目的。

歷久彌新說名句

「乍相逢如夢裡，誰承望得重會」描畫鄭李幾經波折相逢後的恍若隔世之感，其中「夢」字堪為句中關鍵，深刻表現出有情人既驚又喜、半信半疑的心理。

宋代著名詞人晏幾道膾炙人口名作《鷓鴣天》，也以相逢如夢的手法摹寫別後重逢之景：「從別後，憶相逢。幾回魂夢與君同。今宵賸把銀釭照，猶恐相逢是夢中。」昔日兩情相悅，分別之後只能於夢中相聚；如今美夢成真，卻令人不敢置信。不禁拿起銀燭臺照了又照，唯恐兩人的重逢又是另一場好夢而已。

在交通與書信往來皆不便的古代，戀人分隔兩地，「夢中相會」是漫長等待中的心靈寄託，夢裡的美好時光與夢醒時分的惆悵，更加深了相思之苦。因此，當好不容易如願以償相會時，深怕又是再一次的失望，反而懷疑起眼前所見的事實。在驚疑參半之中，不知讀者們是否也體會出其中委婉又纏綿的情意呢？

思鄉淚，遠戍人，夜更長砌成幽恨

名句的誕生

思鄉淚，遠戍人[1]，夜更長砌[2]成幽恨。四年餘瘴海[3]愁春，夢兒中上林[4]花信[5]。

～明．楊慎．〈落梅風〉

完全讀懂名句

1.戍人：貶謫他鄉，不得歸返之人，此指作者自己。

2.砌：堆積。

3.瘴海：南方邊境（此指雲南）濕熱蒸鬱，瘴癘之氣如海瀰漫。

4.上林：上林苑，故址在今陝西省長安縣西，秦朝建造的宮庭花園，漢武帝擴建之，司馬相如寫有《上林賦》，極寫上林苑的奢華，此處泛指花園。

5.花信：花開的消息。百花依時而開，一年共分為二十四花信。

語譯：我遠謫外地，每每因為思念家鄉而淚流不盡，尤其夜裡更深人靜，只能任憑幽怨暗恨層層堆積。四年多來我身處瘴氣如海的南蠻之地，即使春天也沾惹著滿滿的哀愁，只在夢裡啊，又回到當年趁著花期遊園賞花的情景。

作者背景小常識

楊慎（西元一四八八～一五五九年），字用修，號升庵，四川新都人，與解縉、徐渭合稱「明代三大才子」。為官敢言直諫，因得罪明世宗，當朝受廷杖屈辱，謫戍雲南三十年，終生不得還。

楊慎博學廣作，著述高達百餘種。《明史》予他「明世記誦之博、著作之富，推慎為第一」的評價。韻文作品題材多元，主要分為「思鄉懷歸」、「反映民間疾苦」與「寫景述志」等，描寫雲南風光的作品尤有特色。他的代表鉅作當推以詩詞連綴而成，從三代寫到元明的長篇敘史之作《二十一史彈詞》。其中「說秦漢」的〈臨江仙〉（滾滾長江東逝水）寫出時代分合的亙古情懷，氣勢宏闊，被毛宗崗選為《三國演義》卷頭詞，後世傳誦不已。著有散曲集《陶情樂府》，夫人黃峨亦能吟詠，後人合錄夫婦二人作品為《楊升庵夫婦散曲》。

名句的故事

楊慎被貶雲南三十年，這大半輩子離家別妻的淒涼遭遇，實肇因於明代喧騰一時的「大禮議」政治鬥爭事件。明武宗駕崩時無子，亦無在世的親兄弟可以繼承皇位，眾臣於是迎接武宗的堂弟朱厚熜（ㄘㄨㄥ）繼位，是為明世宗（年號嘉靖）。世宗即位之後，想要尊奉已故生父為「皇考」，但楊廷和（楊慎之父）等舊臣認為此舉於「禮」不合，恐亂封建綱紀，故而產生爭執。廷和退休之後，楊慎繼承父志，堅持世宗即位，視同已過繼皇家，僅能稱自己的生父為「皇叔考」，此時世宗勢力已經穩固，開始以激烈手段對付進諫群臣，楊慎因遭貶謫。

以現今的角度觀之，雙方立場一在「情」，一在「禮」，原無對錯，然一旦扯入政治鬥爭，再有至高皇權的獨裁專斷，其影響力便能傷人至深。楊慎原與妻子黃峨過著詩文唱答、琴瑟合鳴的生活，卻因得罪世宗從此終生坎坷顛沛，令人歎息。此曲寫於楊慎謫居雲南的第五年，在淒楚孤單的夜裡，夢著從前春日賞花的歡樂情景，今非昔比，更形感傷。

曲中將幽恨愁緒層層堆疊，「砌」成足以將人壓迫得窒息的圍牆，將所有美好隔絕在外，教人既回不了美好過往，又望不見燦爛前程。「砌」字的運用承自宋代秦觀〈踏莎行〉，秦氏曾以「砌成此恨無重數」形容這種無所遁逃的漂泊無望之感，最末二句寫道「郴（ㄔㄣ）江幸自繞郴山，為誰流下瀟湘去？」江水兀自繞著青山，水再多情，山終究屹立不動，以此叩問，這半生的離家辛苦，究竟在追尋什麼？改變了什麼？到底為誰辛苦為誰忙？

歷久彌新說名句

楊慎因觸怒龍顏，慘遭長年貶謫，足見帝王權威能定臣下禍福。然即使生在帝王家，亦多有身不由己的境遇。五代十國中的南唐後主李煜早年長於宮中，舞文弄墨，不知人間疾苦，豈料一夕之間，南唐為宋朝所破，李煜被俘擄到開封，連自己最心愛的小周后也被宋太宗據為己有，生命情調硬生生斷裂成兩段，前喜後悲。他寫了一闋詞〈浪淘沙〉：「簾外雨潺潺，春意闌珊，羅衾不耐五更寒。夢裡不知身是客，一晌貪歡。獨自莫憑欄，無限江山，別時容易見時難。流水落花春去也，天上人間。」寫的同樣是春夜難眠，思念昔日歡悅的深沉慨歎，春天何其美好，卻也脆弱而易逝，輕易就被人間遭遇沾惹成悲涼淒清的冷澀溫度，失去了再回首，今昔對照，更教人情何以堪？

淚流襟上血，愁穿心上結

名句的誕生

空庭月斜，東方既白，金雞驚散枕邊蝶[1]。長亭[2]十里，唱陽關[3]也。相思相見，相見何年月？淚流襟上血[4]，愁穿心上結。鴛鴦被冷雕鞍熱[5]。

～明．黃峨．〈羅江怨．寄遠〉

完全讀懂名句

1. 枕邊蝶：化用《莊子．齊物》「莊周夢化蝴蝶」典故，此處指好夢。
2. 長亭：古人於路旁設置涼亭供人憩息，有「十里一長亭，五里一短亭」之說，此指送別之處。
3. 陽關：位於今敦煌市西南七十餘里，在玉門關之南，故稱「陽關」，為邊塞關口，親友相送常止於此。此處指送別歌曲〈陽關曲〉。
4. 淚流襟上血：淚流過度而出血，染紅了衣襟，極言離別之悲痛。
5. 雕鞍熱：馬鞍都坐熱了，形容長時間騎馬奔波。

語譯：空洞的庭園裡月影斜傾，天就要亮了，一聲雞鳴劃破寧靜，驚醒美夢。當年十里長亭，依依送別，我倆不捨地唱著陽關曲。時光流轉，我日日相思卻無從相見，待到相見該已是何年何月？止不住痛哭，已然淚流成血，愁緒揪著心頭千纏百結，我在鴛鴦被裡淒冷，遙想你在遠謫的路上奔波勞苦，馬鞍都坐熱了。

作者背景小常識

黃峨（西元一四九八～一五六九年），字秀眉，四川遂寧人。明朝工部尚書黃珂之女，幼通經史，能詩文，有「曲中李易安」之稱。二十歲嫁與楊慎為繼室，夫妻詩文往來，琴瑟合鳴。後楊慎遭貶雲南，黃峨歸四川為夫婿料理家務，夫妻兩地相隔，時常作詩文唱和，以〈寄外〉詩名動當時。丈夫楊慎對其極為敬重，明代文學家徐渭亦稱黃峨「才藝冠女班」，對其創作自歎不如，甘拜下風。作品與丈夫楊慎多有混雜，後世編有《楊升庵夫婦散曲》。

名句的故事

楊慎乃世宗當朝首輔楊廷和的大公子，黃峨為工部尚書黃珂之女，夫妻二人時相唱和，羨煞多少世人。豈料一紙貶謫令，教這段佳話轉眼變調，演成人生哀歌，淒淒涼涼三十餘年。此曲所道，正是夫妻離別的人間悲苦。

那一年，楊慎因「大禮議」事件被貶雲南，黃峨聞訊，趕赴北方護送丈夫前往謫地，一路餐風露宿，滿面風塵。行至江陵，楊慎不忍連累妻子，加之故鄉乏人料理，乃請黃峨歸返新都老家相候，於是一個往雲南，一個回四川，從此二人聚少離多，韶光年華只得耗損於無盡的相思與等待之中。

回想最初，楊慎二十二歲高中狀元，到黃家拜訪，當時黃峨只有十二歲，二人有一面之緣，當下黃峨便對楊慎十分欽慕。長大之後，她終於如願嫁與楊慎，當花轎行至四川新都，一時鄰里爭睹，好不熱鬧。二人新婚後居於榴園之中、桂湖之畔，留下許多美麗的唱和詩篇，黃峨曲中所說的「枕邊蝶夢」，指的大概就是這些綺麗往事。

不料好夢僅止五年。貶謫令下，江陵一別，鴛鴦被裡不再是溫存而是無盡孤單，相思相見成為奢求，可憐伊人在遠路成途顛簸，如此椎心淒楚如何不教人滴淚成血，悵惘不能自禁？

最後，楊慎以七十之齡客死雲南，當時黃峨年已六十，毅然徒步往雲南奔喪，迎回夫婿靈柩。十年之後，終得如願與夫婿同柩長眠。

歷久彌新說名句

由於陽關為邊塞隘口，送行不得不止於此，故而堆疊了歷朝歷代幾多黯然銷魂的故事。

唐朝詩人王維送好友出使塞外，便在陽關送別，當時正值春日，楊柳青青。詩云：「渭城朝雨浥清塵，客舍青青柳色新，勸君更進一杯酒，西出陽關無故人」（〈送元二使安西〉），陽關之外，但見風沙煙塵，蠻荒坎坷，再沒有中原故舊的溫暖召喚，臨別舉杯，但願彼此珍惜這短暫的最後團圓。別後，就是漸行漸遠，生死無訊的景況了。

王維的詩句唱出千古心聲，在唐代當時，就曾以歌曲形式廣為流傳，後人依此詩譜曲，稱〈渭城曲〉、〈陽關曲〉或〈陽關三疊〉，成為「送別」的經典曲詞，為古琴十大名曲之一。所謂「三疊」是以同一個曲調反復變化，疊唱三次，直至現代，知名曲謠〈王昭君〉裡亦有「陽關初唱，往事難忘／陽關再唱，觸景神傷／陽關終唱，後事淒涼」的「三疊」意象運用，在迴環反復的旋律之中，情緒逐步堆疊，由含蓄傾訴而至激動沉鬱，道盡離別心聲。

青山隱隱遮，行人去急，羊腸鳥道馬蹄怯

名句的誕生

青山隱隱遮，行人去急，羊腸鳥道[1]馬蹄怯。鱗鴻[2]不至，空相憶也。惱人正是，正是寒冬節。長空孤鳥滅[3]，平蕪[4]遠樹接，倚樓人冷闌干熱。

～明．黃峨．〈羅江怨〉

完全讀懂名句

1. 羊腸鳥道：崎嶇險峻的山路。
2. 鱗鴻：魚和雁，借指書信。
3. 長空孤鳥滅：寬闊的天空裡沒有任何飛鳥掠過，極度孤寂。化用柳宗元「千山鳥飛絕，萬徑人蹤滅」的意境。
4. 平蕪：曠野草地。

語譯：極遠處的青山若隱若現，行人急急地離去了。他走的羊腸小徑何等崎嶇，連馬也要怯步不前。我在這裡日思夜盼，盼不得一點點他的消息，只能徒然相思相憶罷了。更惱人的，是這個嚴寒冬時，偌大的天空裡沒有任何飛鳥掠過的生機，但見曠野連接著遠樹，一片荒蕪，我痴痴倚著闌干感受涼意，倒是闌干被我熱切的候盼偎得暖熱了起來。

名句的故事

此曲寫的同樣是楊慎被貶雲南之後，黃峨獨守空閨，盼不得歸人的心情。黃峨倚樓極目眺望，想望伊人離去的背影，怎奈青山橫亙在天際，無從穿透。

北宋歐陽脩也曾以女性的口吻，描摹過這

樣的心情：「寸寸柔腸，盈盈粉淚，樓高莫近危闌倚。平蕪盡處是春山，行人更在春山外」（〈踏莎行〉）倚樓登高是為了遠望，然而視野終有極限，遠處的春山為思婦畫下邊界。但思念的焦慮，卻驅使著她痴痴地望、痴痴地等，因為她心愛的人正走到春山之外，對於他的牽掛是無法被現實給阻攔中止的，是無論如何都要穿透到邊界之外的，春山隱隱，遮得住目光、遮不住想念。

想念隨伊人紛飛到邊界之外，陪著伊人走在那羊腸鳥道之上，崎嶇勞苦感同身受，連「馬兒也怯步了」的細節都體會得一清二楚，這時若有封書信傳達平安，或許讓人心下舒坦一些，可惜盼了又盼，盼不得隻字片語，只能更受相思煎熬。如此心緒讓人難免不理性地嗔怪，怪天氣嚴寒，凍得飛鳥盡絕，誰來送信？

此曲所說的「鱗鴻」，即一般常用的「魚雁」。為什麼魚雁能夠借指書信呢？雁鳥定期南飛，往來有期，讓人可以信賴，故而自古有「飛雁傳書」之事。那麼「魚」呢？莫非魚兒也會傳信？原來是古人為求攜帶方便，會把信紙放在雙面都刻成鯉魚形狀的木盒裡，是以「鯉魚」、「雙鯉魚」也就成為書信的代名詞了。漢代古詩十九首中的〈青青河畔草〉便有「客從遠方來，遺（音ㄨㄟˋ，贈送）我雙鯉魚」的詩句。「鯉魚」肚裡的隻字片語，可是千古思婦恆長候盼的。

歷久彌新說名句

相傳，在很久很久以前，有一個堅信愛情的美麗少婦，日日夜夜在山崖邊等候久久未歸的丈夫，日子一天天過去，少婦竟然僵化成為石頭。人們不勝唏噓，把石頭叫做「望夫石」，代代訴說這個故事。

此曲末句「倚樓人冷闌干熱」改以溫度對比來表達同樣無窮盡的思念等待。因為久立闌干，是以感知外界天冷；至於能把闌干偎熱，則間接言說了作者長時間佇立的痴態。李白〈玉階怨〉詩云：「玉階生白露，夜久侵羅襪」，入夜之後溫度降低，水氣逐漸凝結，佳人原地站立不動，到了把羅襪沾溼的地步，可以想見等候時間的漫長。那種生命失去重心，魂不守舍的出神身影，令人讀之生憐。

晚唐溫庭筠亦有詞〈夢江南〉，同樣描寫倚樓等候的思婦心情：「梳洗罷，獨倚望江樓。過盡千帆皆不是，斜暉脈脈水悠悠。腸斷白蘋洲。」佳人早起梳洗，滿懷希冀，倚江而望，每艘船的經過都教人企盼，是不是良人歸來了？如此這般，不斷地重複著希冀—幻滅—希冀—幻滅的心情波動，再回過神早已是日暮時分，一天就這麼過去了，深沉的閨怨在此詞境之中載浮載沉、日復一日、無止無盡。

宋代柳永的〈八聲甘州〉換一個角度，從游子立場感念思婦心情：「想佳人，妝樓顒（ㄩㄥˊ，盼望）望，誤幾回、天際識歸舟」，游子在外，不好意思明言相思，於是繞個彎，寫當下此時，我的佳人必定正在我啟程的原處數著船兒，盼我歸來吧？此中含蓄表達了男性對於愛情的相信與憐惜，讓思婦的等待有了無怨無悔的理由。

百計思量，沒箇為歡處。白日消磨腸斷句，世間只有情難訴

名句的誕生

忙處拋人[1]閒處住。百計思量，沒箇[2]為歡處。白日消磨腸斷[3]句，世間只有情難訴。玉茗堂[4]前朝復暮，紅燭迎人，俊[5]得江山助。但是[6]相思莫相負，牡丹亭上三生路[7]。

～明．湯顯祖．《牡丹亭》第一齣

完全讀懂名句

1. 忙處拋人：指離開繁忙的官場。《牡丹亭》完成於西元一五九八年，湯顯祖正在此年罷職回到臨川。
2. 箇：「個」的異體字。
3. 腸斷：形容非常悲傷。
4. 玉茗堂：湯顯祖自取的書齋名。
5. 俊：相當於今日口語的「美」，此指文章的秀美。
6. 但是：只要。
7. 牡丹亭上三生路：牡丹亭是約定再世姻緣的地方，即杜麗娘死而生與柳夢梅團圓的愛情故事。

語譯：離開繁忙的官職生活，回到悠閒的家鄉居住。想來想去，沒有一個能讓自己心情歡暢的地方。白天透過閱讀令人哀怨的詩句來消磨時間，覺得人世間只有情最難說得清楚明白。在玉茗堂內反復思索考慮，不覺已從早上到了需要點亮燭火的傍晚。優美的江山風景使我的文章也為之生色。只要不辜負相思的情感，一定能夠得到《牡丹亭》這樣團圓美滿的結局。

作者背景小常識

湯顯祖（西元一五五〇～一六一六年），字義仍，號若士，亦號海若，又號清遠道人，別號玉茗堂主人。江西臨川人，明代偉大的戲劇家、文學家。青年時代因不肯接受首輔張居正的拉攏，結果兩次落第。直到萬曆十一年（西元一五八三年）三十三歲，即張居正死後次年，始中進士。為官期間，與東林黨人鄒元標、顧憲成等交往甚密。終因不滿朝政腐敗，棄官回臨川閒居，寓所號「玉茗堂」。在文學創作上，主張「情至說」，肯定「情」是生活的客觀規律，與當時社會「理」的教義相對立；又反對以王世貞為首的擬古派，主張抒寫性靈。特別熱愛戲曲藝術，收藏元人雜劇達千種，各本佳句，都能口誦。劇作有《紫簫記》、《紫釵記》、《牡丹亭》、《南柯記》、《邯鄲記》等傳奇，後四齣均包涵夢境內容，故並稱「臨川四夢」或「玉茗堂四夢」。

劇曲的故事

《牡丹亭》全名《牡丹亭還魂記》，又簡稱《還魂記》。寫南宋時太守杜寶之女杜麗娘從小生長在家規甚嚴的家庭中，在某個春日偷偷瞞著父母與丫頭春香同遊後花園，擾亂了一片春心；回來後又在夢中與素不相識的書生柳夢梅幽會，盡男女之歡。夢醒後幽懷難遣，抑鬱而死，葬女於官衙花園之內。後來，杜寶離任，柳夢梅上京赴試時路過此地，在花園內拾得杜麗娘臨終前的自畫像。他觀畫思人，竟然和杜麗娘的陰魂相會。最後，柳夢梅挖墓開棺，杜麗娘起死回生，兩人結為夫婦；然而，杜寶堅不承認兩人的婚事，幸好柳夢梅考中狀元，由皇帝出面解決，完成大團圓結局。

名句的故事

名句出自《牡丹亭》第一齣〈標目〉，說明創作緣起。第一句「忙處抛人閒處住。百計思量，沒箇為歡處」講他對現實社會的失望：

湯顯祖不肯趨炎附勢，不願同流合污，對官場黑暗、權貴皆有譏刺，而受到與日俱增的攻擊與迫害；最後在萬曆二十六年厭倦仕途，棄官還鄉。第三句「玉茗堂前朝復暮，紅燭迎人，俊得江山助」談的是創作過程，第四句「但是相思莫相負，牡丹亭上三生路」講創作主旨，也就是只要堅定彼此的情愛，相思不移，就可以像《牡丹亭》一樣證明我們的愛情是三生石上註定好的。

名句所在的第二句「白日消磨腸斷句，世間只有情難訴」則說明了湯顯祖「一生四夢，得意處惟在牡丹」的「得意」之處，「得意」在內容訴說的是讓人斷腸之情，斷腸之情「難訴」在哪裡？當《牡丹亭》寫到杜麗娘遊園之後，見到「裊晴絲，吹來閒庭院，搖漾春如線」，想起自己的寂寞春情，因此埋怨父母耽誤了她的青春，讓自己美好的青春年華如即將過完的春天一樣：「原來姹紫嫣紅開遍，似這般都付與斷井頹垣。」將杜麗娘十六歲的情思點染出來；而這種受春光引誘，發現自己的生命如春天一樣美麗、也一樣易逝的複雜心情，的確難以捉摸，也「難訴」。

歷久彌新說名句

有人說：《牡丹亭》一出，幾令《西廂記》減價。在《紅樓夢》中讓林黛玉聞之傷心的正是《牡丹亭．驚夢》一齣的名句。雖然《牡丹亭》較《西廂記》才子佳人愛情故事、較《紅樓夢》大觀園內的小兒女情愛更奇幻，在夢中幽媾，也不因生死而阻擋了相愛，但標舉出的「情不知所起，一往而深，生者可以死，死者可以生」的「情之至」卻是共通的。

因此，《紅樓夢》裡的林黛玉總是蹙著眉、含著淚，正是由於名句所稱的「百計思量，沒箇為歡處。白日消磨腸斷句，世間只有情難訴」所致；《西廂記》中張君瑞與崔鶯鶯分別，「想著你廢寢忘餐，香消玉減，花開花謝」，夢見崔鶯鶯私奔前來與自己相見，皆是「情之至」的表現。

世間何物似情濃？整一片斷魂心痛

名句的誕生

拜月堂空1，行雲徑擁。骨冷怕成秋夢。世間何物似情濃？整一片斷魂心痛。

～明．湯顯祖．《牡丹亭》第二十齣

完全讀懂名句

1. 拜月堂空：古時未婚婦女常在中秋時拜月，向嫦娥祈求早日覓得良緣。中秋夜雨，杜麗娘纏綿病榻，因此無人拜月，故稱拜月堂空。

語譯：中秋夜雨，無人拜月，也因天候不佳，雲層厚重，無人賞月。天冷，窗外風吹雨打，使原本已經瘦骨崚崚的我（杜麗娘）更感到寒冷。人世間有什麼比情還要更深更重？我的全部身心都因深情而感到疼痛，我的整個魂魄也因為深情而將要被吹散了。

名句的故事

出自第二十齣〈鬧殤〉的名句「世間何物似情濃？整一片斷魂心痛」標舉出「情」是世間最濃最重的價值，這也是湯顯祖在《牡丹亭》中所大加頌揚的主題。湯顯祖所歌誦的「情」，並非單純敘述杜麗娘、柳夢梅之間的愛情故事，而是通過感情與禮教的衝突而顯現出來的。杜麗娘是南安太守之女，她的身份規定了她的一舉一動必須具備三從四德，從〈閨塾〉一齣由腐儒陳最良講述《詩經．關雎》，便知道她的父親以講「后妃之德」的〈關雎〉作為對她的期望。此外，老師再三提醒她作為一個好好的女孩子是「手不許把鞦韆索拏，腳不許把花園路踏」，開口閉口都是「聖人千言萬語」，要杜麗娘所有的言語行動都得合乎禮教。

崇尚自由的杜麗娘雖然表面上聽從父母、老師的教誨，維持她大家閨秀的身份，但絲毫不減她對後花園的興趣，一方面「忙」問「花園在哪裡」、「可有什麼景致」，抑制不住內心的驚喜，但另一方面仍得維持知書達禮的淑女身分沉靜地說「原來有這等一個所在」。這裡看似前後矛盾的言行，應是其教養、地位所致，展示了情與理衝突的第一個回合。

因此，湯顯祖特地在〈牡丹亭記題辭〉的最後提出：「嗟夫！人世之事，非人世所可盡。自非通人，恆以理相格耳！第云理之所必無，安知情之所必有邪！」可見，世間一般人總以「理」來衡量看待萬事萬物，認為任何事都應遵循「理」或「禮」，可是湯顯祖特別安排一個夢中私會，與現實生活的被禁錮相對；再安排杜麗娘夢醒之後一病不起、懷春而死，與現實生活中太多女子被不合理的婚姻活活逼死相對。

這種強調「至情」的觀點，是為了情，生者可以死，死者可以生，杜麗娘在〈鬧殤〉一齣從生而死，〈回生〉一齣死而復生，都是為了突出杜麗娘是世間「有情人」。因此在〈鬧殤〉中，湯顯祖借杜麗娘之口說：「世間何物似情濃？整一片斷魂心痛。」說明杜麗娘為情而「夢其人即病，病即彌連，至手畫形容，傳於世而後死」。

歷久彌新說名句

同樣以詰問開頭，歌詠「情之動人」的其實不只湯顯祖，早在金代元好問親耳聽聞的野雁殉情故事，有所感觸，作詞〈摸魚兒．雁丘詞〉，開頭：「問世間，情為何物？直教人生死相許。」同樣說明至情可以讓人忘卻對死亡的恐懼，直以生死相許來相互對待。

金庸的《神鵰俠侶》雖然是武俠小說，但其中主角楊過、小龍女的愛情故事，卻讓許多讀者魂牽夢縈，直當作一部愛情小說來看。《神鵰俠侶》就以元好問的〈摸魚兒．雁丘詞〉破題，以「問世間，情為何物？直教人生死相許」貫串全書，襯托著兩人至死不渝的愛情。這個故事的發生背景正是禮教甚嚴的南宋，師徒相戀的兩人，所要對抗的真正力量就是禮教，這與湯顯祖《牡丹亭》運用的手法如出一轍——同樣通過感情與禮教的衝突顯現出情感之深切濃重。

「問世間，情為何物？直教人生死相許」雖然與名句「世間何物似情濃？整一片斷魂心痛」如此相似，但元好問〈摸魚兒．雁丘詞〉卻更為人熟知，這與金庸《神鵰俠侶》實關係密切。尤其小龍女師姊李莫愁初登場時唱了一次，臨死前也當作絕命詞再唱了一次，她的人生可以說是圍繞著這個問題在打轉，可憐的是始終繞不出來，最後將自己困在「被棄」的苦戀當中。元好問的「問世間，情為何物？直教人生死相許」適合當作她一生的基本曲調，名句「世間何物似情濃？整一片斷魂心痛」又何嘗不適合呢？其實也不只李莫愁，《射鵰英雄傳》中的瑛姑不也適合嗎？

梅子青青小似珠，與我心腸兩不殊

名句的誕生

海棠花發[1]燕來初，梅子青青小似珠，與我心腸兩不殊[2]。你知無，一半兒含酸一半兒苦。

～清．趙慶熺．〈一半兒．青梅〉

完全讀懂名句

1.發：開放、開花。

2.兩不殊：沒有兩樣。

語譯：海棠花綻放、燕子剛飛回來的季節，那像珍珠般小巧的青梅，正和我的心沒什麼兩樣。你知道嗎？就是一半是酸溜溜的，一半是苦澀的。

作者背景小常識

趙慶熺（西元一七九二～一八四七年），字秋舲，浙江仁和（今杭州）人，生於清高宗乾隆五十六年，卒於清道光二十七年，年五十六歲。道光二年（一八二二年）進士，中進士後並未立即登館閣，而居家授徒等待朝廷任命，一等就近二十餘年，才授任為陝西延川知縣，又因病不克赴任，後改官浙江金華府教授，未及到任便病亡。因懷才不遇，專意於詞章之學，尤善於詞曲，為清代著名散曲作家。著有《蘅香館詩稿》、《楚遊草》、《香消酒醒詞》等書，另外散曲集《香消酒醒曲》一卷。

名句的故事

這首曲子表面上是一篇詠物之作，實際上卻是藉物抒懷，描寫男女戀愛時那種青澀酸苦的感受。

首句用海棠花開、燕子飛來的畫面，點出時序又來到初春時候。在這樣的季節裡，不由得令主角春心大動，萌生對愛情的遐想與期待。一抬頭望見樹上結滿珍珠般小巧玲瓏的青梅，更是觸動主角細膩的心事，那一顆顆小小的梅子，正好和自己現在的心情一樣啊！接著主角又自言自語似地問那心愛的人知不知道自己的心情是什麼？顯現主角心中期盼對方能了解，又怕對方不了解的心思，所以問完又自問自答，說自己的心情就和這些青梅一樣，一半酸，一半苦。

愛情這個課題，是自古多少男女解不開的難題，但它就是有種魔力，即使可能酸苦，卻仍吸引著男男女女們前仆後繼地投入，至死不渝，無怨無悔。

歷久彌新說名句

王國維在《人間詞話》中提及：「一切景語皆情語也。」在文學作品中，描寫景色的文字常是為了襯托出作者或主角內心的情感。在這首曲子中，首句寫初春的海棠和燕子，其實也就是因為主角春心蕩漾，所以對於春天的景物特別敏感、特別注意，也因而當春天來臨時，更特別容易觸動深藏已久的心事。

「一半兒含酸一半兒苦」一句採用了「語意雙關」的手法，一方面呈現未熟的梅子非酸即苦的特性，另一方面也點出男女在愛情還未降臨時，彷徨不安的酸苦。古代對情感的表達向來比較含蓄，因此「雙關」在古典詩文中很常出現，像晚唐詩人李商隱〈無題〉詩的「蠟炬成灰淚始乾」，就是蠟淚、眼淚雙關。劉禹錫的〈竹枝詞〉：「東邊日出西邊雨，道是無晴卻有晴。」詩中就是用「晴」和「情」諧音來達到雙關的效果。

退一步乾坤大

賢的是他，愚的是我，爭什麼！

名句的誕生

南畝耕[1]，東山臥[2]。世態人情經歷多，閒將往事思量過。賢的是他，愚的是我，爭什麼！

～元．關漢卿．〈四塊玉．閒適〉四首之四

完全讀懂名句

1. 南畝耕：南邊的田畝。因南坡向陽，利於植物生長，故田地多向南開墾。後泛稱田畝。典出《詩經．小雅．甫田》：「今適南畝，或耘或耔。」《詩經．大雅．大田》：「俶載南畝，播厥百穀。」
2. 東山臥：指東晉謝安隱居東山（今浙江省上虞縣西南），不肯出仕的故事，後用以比喻隱居不仕。典出《世說新語．排調》。

語譯：耕種在南坡的田畝，隱居在東山。經歷過世態炎涼、人情冷暖，空閒時將種種往事思量、回顧。賢能的是他，愚笨的是我，有什麼好爭的呢！

作者背景小常識

關漢卿（約西元一二一七～一二九七年），號已齋、己齋叟，元朝大都（今北平）人，隸籍太醫院戶。在大都長期從事雜劇創作，是大都雜劇寫作組織「玉京書會」中最活躍的代表作家。關漢卿多才多藝，能吟詩演劇，歌舞吹彈。所作雜劇六十餘種，現存《竇娥冤》、《救風塵》、《拜月亭》、《單刀會》等十五種，內容以揭露社會黑暗、抨擊貪官污吏為主，也有取材自歷史故事。劇作結構緊湊，手法多樣，語言通俗活潑，人物形象鮮明，藝術成就極高。散曲作品現存小令五十二首，套數十四套，前者以活潑婉麗見長，後者具豪爽淋漓之氣。或寫離愁別恨，或寫景抒情，或記敘愛情，時而悲歌慷慨，時而風流豔冶。語言通俗，既自鑄偉詞，又擅用口語。

名句的故事

第一、二句「南畝耕，東山臥」寫歸隱後的田園生活，而作者歸隱山林實為歷經世態炎涼、人情冷暖之後才下的決定。隱居後，開始慢慢地將過去經歷的紅塵俗事一一反省、回顧，經過這樣的思量才發現「賢的是他，愚的是我」，有什麼好爭的！

因此，名句「賢的是他，愚的是我，爭什麼」的思想含量非常大，可以想像作者在名利場上經歷了爾虞我詐，在人世間沾染了一身是是非非，看盡了黑白顛倒、賢愚不分，於是心灰意冷，終於放下一切，歸隱山林；這個「放下」，就是不再「爭」了。既然懂得逢迎拍馬的人永遠是對的，既然真正的賢愚之分沒人在乎，那麼「爭」有什麼用呢？爭名利？爭權位？爭輸贏？爭對錯？到底要爭什麼呢？爭得了又如何？能爭得了一世嗎？還不如「離了利名場，鑽入安樂窩」，來得悠閒快活吧！

名句出自關漢卿〈四塊玉．閒適〉四首之四，前一首「之三」其實可以與此曲參照來看：「意馬收，心猿鎖，跳出紅塵惡風波。槐陰午夢誰驚破？離了利名場，鑽入安樂窩，閒快活。」這是表明要與世間種種煩擾風波隔絕，決心退隱的心情，與「之四」對照，「之三」是退隱前下決心的心情，「之四」則是隱居後對前塵往事的回顧。不過，用詞造句雖然不同，但皆指出了人世間的風波險惡，只有「不爭」，才是安閒舒適、全身保性之道。

歷久彌新說名句

明代前七子之一的康海曾經寫過一曲〈雁兒落帶得勝令〉，其中有句話：「閒中件件思，暗裡般般量。真是個不精不細醜行藏，怪不得沒頭沒腦受災殃。從今後花底朝朝醉，人間事事忘。」正德三年，李夢陽入獄，康海傾力為他奔走，夢陽因此得救。但正德五年八月，康海反被李夢陽歸為專權的宦官劉瑾一黨，遭罷官；康海的〈雁兒落帶得勝令〉正是在罷官後所寫，抒發自己的怨憤之情。「閒中件件思，暗裡般般量」豈不正是關漢卿的「閒將往事思量過」。而他自嘲「真是個不精不細醜行藏，怪不得沒頭沒腦受災殃」又與關漢卿「賢的是他，愚的是我，爭什麼」有異曲同工之妙！只是康海寄情於戲劇樂曲，正是以「花底朝朝醉」來忘記人間諸事；而關漢卿則說「南畝耕，東山臥」，藉歸隱田園遠離爭名奪利的現實社會。

馬致遠〈風入松〉也有一句：「葫蘆提一向裝呆」，說明其人生態度：「裝呆」不是真呆，畢竟再聰明有能力又如何？只會招來怨妒禍害，倒不如裝呆賣傻。這與名句「賢的是他，愚的是我，爭什麼」懷有同樣的心情。

雖無刎頸交，卻有忘機友

名句的誕生

黃蘆岸白蘋渡口，綠楊隄紅蓼[1]灘頭。雖無刎頸交[2]，卻有忘機友[3]。點[4]秋江白鷺沙鷗，傲殺人間萬戶侯[5]。不識字煙波釣叟。

～元．白樸．〈沉醉東風．漁父〉

完全讀懂名句

1.紅蓼：植物名。蓼科蓼屬，一年生草本。多生於水邊。莖高一尺餘，葉呈披針形，夏秋之際開淡綠或淡紅色的小花。莖葉味辛辣，可用來調味，全草亦可入藥，有解毒、消腫、止痛、止癢等作用。蓼，音ㄌㄧㄠˇ。

2.刎頸交：可以同生共死的朋友。典出《史記．廉頗藺相如列傳》：「卒相與驩（ㄏㄨㄢ，同「歡」，友好），為刎頸之交。」

3.忘機友：寧靜淡泊、與世無爭的朋友。

4.點：一觸即起。

5.萬戶侯：漢朝制度，封侯者食邑有萬戶，後泛指大官。

語譯：黃蘆布滿於岸邊，白蘋漫生在渡口；綠色楊柳遍堤上，粉紅蓼花蓋灘頭。雖然沒有生死至交，但有忘卻機心的朋友：也就是點水於秋江之上的白鷺、沙鷗。煙波江上不識一字的釣魚老翁。傲氣更勝人間的萬戶侯。

名句的故事

白樸此曲通過對漁夫生活的讚美，抒發自己對寧靜恬淡生活的嚮往之心。小令中的前兩句「黃蘆岸白蘋渡口，綠楊隄紅蓼灘頭」，描繪了一幅無比美麗的河岸風光，黃蘆、白萍、綠楊、紅蓼，色彩繽紛，多姿多彩；而漁夫每天正可以好好欣賞這美麗的河岸風景，徜徉其間。

如果說這與世隔絕的美好生活中有什麼遺憾，大概就是缺少了生死與共的知交好友，可是這個遺憾卻很容易被補足了，因為漁夫有那些沒有心機的朋友：也就是白樸後面將提到的「白鷺沙鷗」。動物不會考慮私利，但人類往往無法去除名利之心，所以白鷺與沙鷗反而是漁夫最好的朋友。

「點秋江白鷺沙鷗」中，「點」形容無拘無束、自由自在的心境，即形容白鷺沙鷗在秋江上自由自在的生活；而白樸寄情於山水，將白鷺、沙鷗當成知音的心情，便躍然紙上了。以白鷺、沙鷗當成知音，白樸並非第一人，唐代劉長卿有詩〈負謫後登干越亭作〉：「牢落機心盡，惟憐鷗鳥親」，宋代方岳〈送史子貫歸覲且迎婦也〉詩：「久住西湖夢亦佳，鷺朋鷗侶自煙沙」，宋代陸游〈烏夜啼〉詞也有：「鏡湖西畔秋千頃，鷗鷺共忘機」，無不讚揚鷗鷺沒有心機，是文人隱居、遠離俗世後最好的朋友。

因此，最後白樸大力讚揚漁夫雖然為「不識字煙波釣叟」，但擁有人間難覓得的忘機友，就勝過當朝的高官貴族了；從「傲殺人間萬戶侯」就足以體會白樸對功名富貴的蔑視態度。

歷久彌新說名句

小令題為〈漁父〉，歌頌漁夫生活，其實這裡的漁父並非單純以捕魚為生的人，指的是棄絕功名的隱士，而頌揚隱士生活的內容，又是中國古典文學中常見的主題。

在中國文學，最早也最有名的「漁父」應出自《楚辭．漁父》，敘述屈原被放逐後「顏色憔悴，形容枯槁」，見到了漁父，他對漁父說明自己被放逐的原因：「舉世皆濁我獨清，眾人皆醉我獨醒」，充份表現出自己的悲憤不平；而漁父勸說：「聖人不凝滯於物，而能與世推移。世人皆濁，何不淈（ㄍㄨˇ，攪動）其泥而揚其波？眾人皆醉，何不哺其糟而歠（ㄔㄨㄛˋ，飲）其釃（ㄌㄧˊ，薄酒）？」（真正的聖人不會拘泥，而能順應環境。如果人世混濁，何不也攪動泥水隨波逐流？如果眾人都沉醉未醒，何不也一起暢飲，與世浮沉呢？）見自己說不動屈原，便唱歌離去：「滄浪之水清兮，可以濯吾纓；滄浪之水濁兮，可以濯吾足。」雖然屈原不願同流合污的性格值得讚賞，但漁父言談、歌詞間的哲理似乎較屈原更曠達。這種豁達及智慧便成了中國文學中「漁父」的基調。

處江湖之遠的漁父，成了中國文人居廟堂之高外的最佳選擇，而歌頌漁父生活的文學作品，就成了常見的主題，如歷代文人作〈漁歌子〉、〈漁父詞〉來表達思想，唐代張志和〈漁歌子〉：「西塞山前白鷺飛，桃花流水鱖魚肥。青箬笠，綠蓑衣，斜風細雨不須歸。」何等瀟灑超然！宋代陸游在〈鵲橋仙〉中自許為漁父：「潮生理棹，潮平繫纜，潮落浩歌歸去。時人錯把比嚴光，我自是無名漁父。」清代王士禎〈題秋江獨釣圖〉：「一蓑一笠一扁舟，一丈絲綸一寸鉤，一曲高歌一樽酒，一人獨釣一江秋。」無一不是表達文人對漁父的閒散與曠達的欣羨之情。

孔子說：「仁者樂山，智者樂水」，漁夫鎮日在河岸間來來去去，與水、與鷗、與鷺打交道，他如何能不閒散、如何能不豁達、如何能不聰明？

千古是非心，一夕漁樵話

名句的誕生

忘憂草[1]，含笑花[2]，勸君聞早冠宜掛。那裡也能言陸賈[3]，那裡也良謀子牙[4]，那裡也豪氣張華[5]。千古是非心，一夕漁樵話。

～元．白樸．〈慶東原〉

完全讀懂名句

1. 忘憂草：即「萱草」，《詩經．衛風．伯兮》：「焉得萱草，言樹之背。」傳云：「萱草可以忘憂。」《述異記》：「萱草又稱忘憂草。」植物名，百合科萱草屬，多年生草本。葉細長，自根際叢生。莖頂分枝開花，花形似百合，呈橙紅或黃紅色。花尚未全開時，可採做菜食。

2. 含笑花：植物名。木蘭科含笑花屬，常綠灌木或小喬木。原產於廣東。葉互生，柄有細密毛茸。花瓣黃白色，呈長橢圓狀，有香味。除供觀賞外，亦可提煉香油。

3. 陸賈：漢初楚人，辯才無礙，曾出使南越招降趙陀，官拜大中大夫，著有《新語》。

4. 子牙：即姜太公呂尚，輔佐周武王伐紂。

5. 張華：字茂先，西晉方城人。博學能文，武帝時封為廣武縣侯，著有《博物志》。

語譯：看看忘憂草，想想含笑花，勸你趁早離開官場。能言善辯的陸賈去哪了？足智多謀的姜子牙去哪了？豪氣干雲的張華去哪了？千古歷史的是非功過，都成了漁人、樵夫們的晚間的閒聊內容。

名句的故事

〈慶東原〉一曲提到三位歷史人物：陸賈、姜子牙、張華。陸賈曾為漢高祖劉邦出使諸侯各國，也為「馬上得天下」的漢高祖總結歷史上國家成敗的經驗教訓，即後來所稱的《新語》；姜子牙善於用兵，為周文王拜為師，周武王稱為「尚父」；張華則力勸晉武帝伐吳，雖然中途一度未有所獲，但仍獨堅持伐吳必克的信念，果然成功滅吳，使西晉成為自漢末以來的短暫統一時代，開啟太康時期的安定富足。然而，漢初重要政治家、外交家的陸賈，幫助武王滅商、奠定周朝有功的姜子牙，及堅持信念、豪氣干雲的張華最後皆難免一死。

因此，白樸認為：人難免一死，哪怕你能言善辯如陸賈，哪怕你足智多謀如姜子牙，哪怕你豪氣干雲如張華，遲早都得面對死亡。既然終究一死，又何必在意建功立業、揚名天下呢？爭了一世，最後不過也只是成了漁人樵夫閒談的內容；倒不如早早歸隱山林，擺脫凡塵俗事的羈絆，如同漁人樵夫一樣，過著與世無爭的生活吧！名句「千古是非心，一夕漁樵話」正為說明歷史上的英雄好漢其實都只是時間的過客，倒不如多看看「忘憂草，含笑花」，盡情享受生活的美好。

白樸曾經被舉薦，但堅持不肯為官，後來更是過著放情山水、以詩酒為樂的生活，〈慶東原〉一曲充份表現出他放曠超脫的思想。

歷久彌新說名句

類似白樸〈慶東原〉「千古是非心，一夕漁樵話」所表達的思想，同時代馬致遠的散套〈夜行船．秋思〉也有「想秦宮漢闕，都做了衰草牛羊野，不恁麼漁樵沒話說。」藉著秦漢的華麗宮闕及連天衰草的對比，說明哪怕曾經擁有強盛國力，興建阿房宮、未央宮，最後仍不免面臨衰敗，這種朝代興衰變革的無常，最後都只成了漁人樵夫聊天時的故事。

而明代文學家楊慎以〈臨江仙〉說秦漢：

「滾滾長江東逝水，浪花淘盡英雄。是非成敗轉頭空，青山依舊在，幾度夕陽紅？白髮漁樵江渚上，慣看秋月春風。一壺濁酒喜相逢，古今多少事，都付笑談中。」清初毛宗崗將此詞加入《三國演義》中，又借此表達了他對三國英雄豪傑們的慨歎。

甚至孔尚任《桃花扇．餘韻》一齣，直接藉著樵子蘇崑生、漁翁柳敬亭的對答閒話，鋪寫為「續四十齣」，以《桃花扇》故事後所引發的興亡感慨為內容；其中〈秣陵秋〉一曲從陳後主亡國，直唱到明末，有「江山江山，一忙一閑，誰贏誰輸，兩鬢皆斑」的感歎。這簡直是名句「千古是非心，一夕漁樵話」淋漓盡致的發揮，雖然簡繁有別，但精神是一致的。

今朝有酒今朝醉，且盡樽前有限杯，回首滄海又塵飛

名句的誕生

今朝有酒今朝醉[1]，且[2]盡樽[3]前有限杯，回首滄海[4]又塵飛。日月疾，白髮故人稀。

～元．白樸．〈陽春曲．知幾〉四首之二

完全讀懂名句

1. 今朝有酒今朝醉：語出唐末詩人羅隱七言絕句〈自遣〉，全詩作「得即高歌失即休，多愁多恨亦悠悠。今朝有酒今朝醉，明日愁來明日愁。」
2. 且：副詞，將要的意思。
3. 樽：酒器。《玉篇．木部》：「樽，酒器也。」
4. 滄海：比喻人事變遷。

語譯：趁今天有酒，就該暢飲酣醉，即將飲盡酒瓶前面的這幾杯，回顧一生的變遷，如同灰塵一般隨風亂飛。日月運行如此疾速，我已滿頭白髮，舊識親友也愈來愈稀少了。

名句的故事

名句「今朝有酒今朝醉，且盡樽前有限杯，回首滄海又塵飛」出自以〈知幾〉為題的散曲中。〈陽春曲．知幾〉共包括四首小令，此句出自第二首。曲末「日月疾，白髮故人稀」寫人生短促、世事無常，年老的故人大都去世，帶有無限感喟、無限淒涼。這是白樸實際生活的寫照：白樸的父親白華曾是金朝顯貴，金末，他的母親被蒙古軍擄獲，他則與父親失散，自幼即飽經喪亂。金亡之後，與遺老

們放情山水，以詩酒為樂。因此，名句「今朝有酒今朝醉，且盡樽前有限杯，回首滄海又塵飛」，正反映出詩人當時的生活與思想情感。

《易．繫辭下》：「子曰：知幾其神乎？幾者，動之微，吉之先見者也。」也就是說，「知幾」是預先察覺出事物將要發生的變化，並予以迴避。白樸的〈知幾〉，亦說明了他的人生態度：對現實的不滿、對人生的感慨，以至於內心苦悶、不肯作官，只能縱情詩酒，以詩酒自娛忘憂。

歷久彌新說名句

〈陽春曲．知幾〉的第一首也很有名：「知榮知辱牢緘口，誰是誰非暗點頭，詩書叢裡且淹留。閒袖手，貧煞也風流。」曲中表達了白樸對現實的態度，以詩書為樂，對世事冷眼相看，寧可過著清貧的生活，也不願意與黑暗現實同流合污。尤其是前兩句，說明了白樸對於榮、辱、是、非清清楚楚，但不表露出來，只能「牢緘口」、「暗點頭」，揭露出元代現實的黑暗、人民思想受到嚴酷的鉗制。

至於白樸的立場，更透過「風流」兩字清楚表明：風流是形容人才英俊傑出；自己沉醉於詩書之樂中，對俗事袖手旁觀，就算貧困到了極點，也是「風流」俊傑的人才。

配合名句「今朝有酒今朝醉，且盡樽前有限杯」，可見白樸主張的生活是由詩書及酒所構成的，因此第三首曲有「不因酒困因詩困」、「詩酒樂天真」等句子。將一至三首合觀，才能得到白樸人生態度的全貌。若再透過第四首曲「張良辭漢全身計，范蠡歸湖遠害機，樂山樂水總相宜」，更可見白樸為何必須「知榮知辱牢緘口，誰是誰非暗點頭」，這是為了效法張良、范蠡「全身」、「遠害」，難怪白樸不去作官，除了縱情詩酒，就是恣情於山水之間。四首〈陽春曲．知幾〉一併觀之，才真正展露出預先察覺事物將要發生的變化，並予以迴避的「知幾」意義——為官招禍，不如縱情詩酒山水。

不達時皆笑屈原非，但知音盡說陶潛是

名句的誕生

長醉後方[1]何礙[2]，不醒時有甚思[3]？糟[4]醃[5]兩個功名字，醅[6]渰[7]千古興亡事，麴[8]埋萬丈虹霓志[9]。不達時皆笑屈原[10]非，但知音盡說陶潛[11]是。

～元．白樸．〈寄生草．飲〉

完全讀懂名句

1. 方：卻
2. 礙：妨礙，在此指煩心、掛心的事。
3. 思：思慮、意識，在此指憂慮、煩惱。
4. 糟：酒糟，穀物釀酒過濾後的殘餘物質。
5. 醃：用大量鹽或糖保存食物。
6. 醅：音ㄆㄟ，未過濾的濁酒。
7. 渰：音ㄧㄢˇ，被水掩蓋之意，在此指抹消、去除。
8. 麴：釀酒的酵母。
9. 虹霓志：指極大的志向與抱負。此處比喻志向像彩虹一樣從地下延伸到天上。
10. 屈原：戰國時楚國三閭大夫，愛國詩人，曾勸諫楚懷王聯齊抗秦，最終不被採納。當楚國被秦國所滅，他因此絕望地投汨羅江自盡。
11. 陶潛：即陶淵明，東晉的大詩人，少年有大志，曾於朝廷任官。晚年棄官歸隱，徜徉在喝酒、寫詩的世界。

語譯：長時間酒醉之後，卻還有什麼可煩惱呢？在睡夢中，還有什麼好憂愁的呢？用酒糟把功名兩個字醃起來吧！用濁酒把歷史上各個朝代的權力鬥爭沖掉吧！用酒麴把和天一樣高的志氣給埋掉吧！困頓時，屈原不願與世浮沉的行為未免可笑，只有以詩酒自娛的陶淵明，才能稱得上是我的知己。

名句的故事

白樸這首曲的開頭，明顯轉用唐朝詩人李白〈將進酒〉的「但願長醉不用醒」一句，曲題為〈飲〉，化用〈將進酒〉點題，理所當然。而名句「不達時皆笑屈原非，但知音盡說陶潛是」則應該是轉用唐代大詩人白居易晚年對屈原和陶潛兩人的態度。

白居易曾在與朋友的唱和或詠懷之作中多次提及陶潛和屈原。他對陶潛的態度是：「嘗聞陶潛語」（〈酬吳七見寄〉）、「酒足勝陶潛」（〈書事詠懷〉）。同時，他也在這類詩中表達了對屈原的否定：「長笑靈均不知命，江蘺叢畔苦悲吟。」（〈詠懷〉）、「獨醒從古笑靈均，長醉如今學伯倫。」（〈詠家醞十韻〉）靈均是屈原的字，伯倫則指東晉「竹林七賢」裡縱酒放達的劉伶。從上述這些與飲酒有關的詩作，正可看出白居易對屈原和陶潛兩人的評價是「非屈原」而「是陶潛」。有趣的是，相傳白樸在家族世系上，是白居易的後人，對於白居易的詩文理當爛熟於胸，進一步繼承祖先的想法似也順理成章。

歷久彌新說名句

在白樸這首以〈飲〉為題的曲子中，屈原和陶潛分別佔據天平的兩端。屈原是不得志的詩人典型，楚國被滅後，他絕望自殺的行為，在歷史上有兩極的評價。

西漢末年揚雄對屈原的行為並不認同，他「以為君子得時則大行，不得時則龍蛇，遇不遇命也，何必湛身哉！」（見《漢書．揚雄傳》）此外，班固在〈離騷序〉一文中也評論屈原「露才揚己」、「責數懷王」、「忿懟不容」、「沉江而死」，並且說：「謂之兼《詩．風雅》而與日月爭光，過矣！」

不過，歷史上也不乏肯定屈原的人。西漢

的賈誼視屈原為知音。賈誼被貶後曾作〈弔屈原賦〉自況，其中「鸞鳳伏竄兮，鴟梟翱翔」拿鳳凰比喻屈原，鴟梟比喻小人，借弔古而傷今，感歎無才德的人竟能位居顯赫高位，賢臣反被驅逐。司馬遷被漢武帝判宮刑，而後發憤撰寫《史記》，其中〈屈原賈生列傳〉甚至把屈原和賈誼兩人歸在同一篇，也是這種心情的投射。

到了唐代，屈原被大量歌詠，如詩人戴叔倫就以〈三閭廟〉表達對屈原的同情：「沅湘流不盡，屈子怨何深？日暮秋風起，蕭蕭楓樹林。」流不盡的江水就如同屈原的悲憤那般綿長不絕，配上蕭蕭的秋風、似血的殘陽與楓紅，淒涼的景色更襯出詩人心中哀怨之深。

對中國文人來說，陶潛可謂屈原的「改良版」。陶潛曾在朝中任官，但他在東晉滅亡前就已經隱居，並回到田園詩酒的生活。陶潛在南朝梁的《昭明文選》中，就已備受稱讚，說他：「其文章不群，詞采精拔。」蘇東坡更把陶潛許為知己，不僅作了百餘首的「和陶詩」，還稱讚他的詩：「似大匠運斤，不見斧鑿之痕」。這種對陶詩的高度評價，其實是一種心理投射，為不得意的人生與詩酒生活找一個偉大的典範。

成也蕭何，敗也蕭何，醉了由他

名句的誕生

咸陽[1]百二山河[2]，兩字功名，幾陣干戈[3]。項廢東吳[4]，劉興西蜀[5]，夢說南柯[6]。韓信[7]功兀的般[8]證果[9]，蒯通[10]言哪裡是風魔[11]？成也蕭何，敗也蕭何，醉了由他。

～元．馬致遠．〈蟾宮曲．歎世〉

完全讀懂名句

1.咸陽：咸陽，秦朝首都，代指秦地。

2.百二山河：一說為其險固之勢得天獨厚，百中取二；一說為可以二擋百；更有一說為百之二倍，即言二百萬軍力也。雖解說各異，但皆指秦地險固。

3.干戈：干，盾牌；戈，一種平頭戟。干戈合稱即戰爭之意。

4.項廢東吳：指秦末時，楚項羽敗死烏江。東吳，今長江下游安徽東部與江蘇一帶。

5.劉興西蜀：指秦末時，漢劉邦興起於漢中。西蜀，今陝西省南部、湖北省西北部。

6.夢說南柯：人生虛幻，猶如南柯一夢。典出唐人李公佐《南柯太守傳》。

7.韓信：原在項羽麾下，因蕭何引薦而成為劉邦陣營之大將，功高震主，被誣以叛亂罪名而亡。

8.兀的般：如此這般。

9.證果：本佛家語，借指果報。

10.蒯通：即蒯徹，稱蒯通是因史家避漢武帝劉徹之諱。為韓信謀士，曾力勸韓信背漢自立，韓信不聽，而佯狂為巫。蒯，音ㄎㄨㄞˇ。

11.風魔：瘋癲。

語譯：秦朝的地勢險要，仍有許多英雄豪傑前仆後繼地領兵前來，干戈相向，究其意圖，想來也不過是建功立名而已。當年氣蓋山河的西楚霸王項羽自刎於烏江；從漢中發跡的劉邦開創一代盛世，成也好，敗也好，今日看來皆縹緲如南柯一夢。看那為劉邦取天下的名將韓信是何下場吧！不就是被贓以叛亂罪名冤死嗎？回想曾勸他自立為王的蒯徹所言，才知絕非癲狂之論！再說那曾力薦他封侯拜將的宰相蕭何，最終卻也是他獻計誣陷韓信致死。與其被這些成敗是非所擾，還不如讓美酒迷醉自己，任無常的世事自個兒演化去！

名句的故事

楚漢相爭的故事流傳千古，為人所津津樂道。該時漢王劉邦因得張良、韓信、蕭何這「漢初三傑」，而能奪天下、建王朝，但其只能共患難，不能同富貴的狹隘胸襟，終於寫下一幕幕兔死狗烹的殘酷史實。

軍事奇才韓信早年在項羽處不得重用，投奔到劉邦陣營，慧眼識英雄的蕭何多次保奏，卻不被重視，讓韓信一度棄職而走。聽聞風聲的蕭何不及稟奏漢王即追出東門，直到月上樹梢才追回他。事後蕭何以「國士無雙」表明追回韓信之必要，力薦他為大將軍，讓劉邦得以東出陳倉、定三秦，乃至於襲魏、破代、平趙、下燕、定齊、擊楚，打下大好江山。

當大勢底定後，深諳劉邦性格的張良有先見之明，早早便辭官保全。但韓信對劉邦卻始終懷抱著感恩之情，面對武涉與蒯徹兩名辯士的輪番遊說，雖有猶豫，終究「不忍背漢」。於是，他先是被劉邦撤軍權，由齊王改立為楚王；後劉邦又採陳平之計，將他降為「淮陰侯」；最末，呂后和蕭何密謀，殺害韓信於長樂宮，並誅連三族。

韓信受死前曰：「吾悔不用蒯通之計，乃為兒女子所詐，豈非天哉！」蕭何一人，成就他又毀滅他，世事之變化竟是如此弔詭！莫怪乎聰明如蕭何，晚年要自毀清譽，假扮庸俗的貪財之徒，鬆懈劉邦的警覺，以保全自己的身家性命。

歷久彌新說名句

韓信枉死，歷來不少文人都曾為他抱屈。明代詩人駱用卿一首〈題韓信廟〉，被當時詩壇領袖譽為「此題淮陰廟絕唱」：「逐鹿中原漢力微，登壇頻蹙楚軍威。足當躡後猶分土，心已猜時尚解衣。畢竟封侯符蒯徹，幾曾握手到陳豨。英魂漫灑荒山淚，秋草長陵久落暉。」漢王劉邦原本沒有足夠的實力爭奪中土，直到韓信登壇立將才能擊敗項羽的楚軍。實力足以和劉邦、項羽三分天下的韓信，雖已被蒯徹說服至心有猶豫，卻仍掛念著劉邦的解衣之情不願背漢。但被降為淮陰侯一事，終究證明了蒯徹之言為真。之後傳言他與叛將陳豨曾握手密談，哪裡有這樣的事呢？如今一代英豪的亡魂只能在荒塚內默默流淚，獨自品味秋草綿延的蒼涼暮色。

退一步乾坤大，饒一著萬慮休

名句的誕生

退一步乾坤大，饒[1]一著[2]萬慮休。怕狼虎惡圖謀[3]。遇事休開口，逢人只點頭。見香餌莫吞鉤，高抄[4]起經綸[5]大手。

～元．王實甫．〈集賢賓〉

完全讀懂名句

1. 饒：退讓、饒恕。
2. 一著：著，音ㄓㄨㄛˊ，下棋。動一子稱一著。
3. 圖謀：策劃謀略以達成企圖。
4. 抄：抄手，兩臂在胸前環抱交叉，表示不參預、不捲入某事
5. 經綸：經綸都是絲線，梳理絲線，引申為妥善籌劃、治理有序的意思。

語譯：與人發生爭執，退一步海闊天空，讓一子愁煩皆休。小心提防惡人似虎狼等著算計你。遇到事情不要隨便發表意見，碰到人時只管微笑點頭。見到香餌千萬別中計上鉤。就算你才能出眾，最好還是雙手抱胸，別隨便干預插手。

名句的故事

《集賢賓》全套十一曲，具體地描述王實甫晚年退隱後，兒婚女嫁、衣食不缺的生活，表現他當時的人生態度和閒適情趣。由於關於王實甫的史料不多，故本套曲特別值得重視。表面上，王實甫規勸世人吞聲忍讓，少管閒事，不因貪小而失大、處處提防遭人算計。其實，這些看似消極退縮的處世原則，顯示他過

去曾因不懂得「退一步」、「饒一著」而吃過苦頭；「遇事」喜歡「開口」，「逢人」不會「點頭」，導致禍從口出，因此勸人少管閒事，並暗示他退隱的原因。在當時政治黑暗的時代，仕途凶險，漢人處境格外艱辛，一不小心便可能獲罪下獄。縱使王實甫只做過小官，難免有壯志未酬之感，但要保全性命又不願同流合污，只能毅然歸隱以求明哲保身，歌頌田園的樂趣，將懷才不遇的憂悶及針對社會現實的牢騷寄寓在退隱生活之中。

歷久彌新說名句

人生豈能萬事如意？總有與他人意見不同發生爭執的時候，若能「退一步」、「饒一著」，改變自己的心境及待人接物的態度，不但可使自己心境開闊進而達到「乾坤大」、「萬慮休」的境界，結果或許能因此皆大歡喜。諺語說「一爭兩醜，一讓兩有」，便是這個道理。本句蘊含深刻人生處世哲理又容易朗朗上口，故傳誦甚廣，除了勸慰他人外，亦可作為座右銘用以提醒自己。

中國古代兒童啟蒙書目《增廣賢文》中亦收錄類似名句「忍一句，息一怒，饒一著，退一步」。清代文人鄭板橋〈難得糊塗〉寫道：「聰明難，糊塗難，由聰明而轉入糊塗更難。放一著，退一步，當下心安，非圖後來福報也。」也是勸人不與人爭適時退讓，以求心安理得無所掛慮。

勸世名句「忍一時風平浪靜，退一步海闊天空」則脫化於南北朝傅昭所撰《處世懸鏡》的〈忍之卷五〉：「忍一言風平浪靜，退一步海闊天空」。

閒來幾句漁樵話，困來一枕葫蘆架

名句的誕生

白雲深處青山下，茅庵草舍無冬夏，閒來幾句漁樵話[1]，困來一枕葫蘆架[2]。你省的也麼哥？你省的也麼哥？煞強如[3]風波千丈擔驚怕。

～元．鄧玉賓．〈叨叨令．道情〉

完全讀懂名句

1. 漁樵話：和漁人樵夫閒談幾句。
2. 葫蘆架：葫蘆瓜的棚架。
3. 煞強如：勝過。煞：強調語氣。

語譯：在白雲盡頭的山腳下，用茅草搭蓋幾間房舍，悠閒自在地過日子，渾然不覺季節的變化。無事的時候和漁人樵夫閒話幾句家常，疲倦了就隨意睡倒在葫蘆瓜棚架下。你能理解嗎？你能明白嗎？這樣的生活強過在千丈風波中擔驚受怕。

名句的故事

起首兩句描述隱者的居處環境。在白雲青山的環繞下，過著不知季節變換的歲月，真有遺世獨立之感。接著以「閒來幾句漁樵話，困來一枕葫蘆架」為人們展現山居恬靜自適的生活情調。「漁、樵」常被做為隱居的象徵，因為他們遠離人群終日與大自然為伍，過著與世無爭、澹泊自在的單純生活。葫蘆瓜架是農家周遭常見的景物，表示隱者蓋幾間茅屋與漁樵為鄰，以務農為生，自給自足。無事的時候和漁人樵夫閒話幾句家常，疲倦了就隨意睡倒在葫蘆架下，怡然自得，好不愜意。

接著話鋒一轉，問道「你了解嗎？你明白嗎？」用問句反復提醒人們切實領悟：這樣悠閒自在的生活，遠比身不由己地隨著宦海的變幻起伏，時時得擔驚受怕要好太多了。

元代以武力建國也以此治國，在蒙古人統治期間，君主王公只知掠奪財貨與土地，高官大吏幾乎全為蒙古人壟斷，科舉的廢止斷絕了讀書人的生路，使讀書人被置於「九儒十丐」的卑賤地位。一位無名文人寫的〈朝天子〉說：「不讀書有權，不識字有錢，不曉事倒有人誇薦。」反映當時政治黑暗，社會混亂的現象。在異族的長期壓迫下，讀書人滿腔入世的理想逐漸轉為憤世，終而產生避世的想法。本篇所營造的環境，正是作者心目中的桃花源。

歷久彌新說名句

此曲以隱居生活的逍遙與官場的險惡做對比，從而勸誡世人要看破紅塵，超脫物累。作者亦藉由此曲，抒發他面對政治黑暗、仕途波折所產生的歸隱之思。

鄧玉賓在曲中描述隱居生活的逍遙，但對於風波千丈的官場，或許受限於小令字數，並未多所著墨。在他的套曲中，便對宦海風波的險惡狀態做了較詳盡的敘述。〈一枝花〉說官場如「蜂衙蟻陣，虎窟龍潭」般險惡，當官就像「連雲棧上馬去了銜，亂石灘裡舟絕了纜。取驪龍頦（ㄏㄞˋ，下巴）下珠，飲鴆鳥酒中酣」，以馬去銜、舟絕纜、取龍珠、飲鴆酒，形容其驚險可怖之狀。縱然是戰戰兢兢的守著職務，也難保如〈粉蝶兒〉所說：「若一朝，犯制條，凶星來照，一霎兒早不知消耗」、「比著他有使命向門前呼召，唬的早吃丕丕的膽戰心搖」、「鼎鑊斧鉞斬身刀，輕輕地犯著，便是天條」，當官的終日惟恐觸犯天條，聽到召喚就嚇得膽戰心搖，一旦犯事，斧鉞加身性命難保。兩首作品都將宦海沉浮的驚惶與悲慘描繪得淋漓盡致。鄧玉賓曾官至同知，官場上的遭遇或許是他的切身體會。

無官何患，無錢何憚，休教無德人輕慢

名句的誕生

無官何患，無錢何憚[1]，休教無德人輕慢。你便列朝班，鑄銅山[2]，止不過只為衣和飯，腹內不飢身上暖。官，君莫想。錢，君莫想。

～元．張養浩．〈山坡羊〉

完全讀懂名句

1. 憚：害怕、畏懼。
2. 銅山：產銅的礦山，可用來鑄銅錢。

語譯：沒有官職，有什麼好憂患的，沒有錢財，有什麼好擔心的；不要讓自己因為沒有品德，被人看輕了。你即便是列於朝廷之上、坐擁金山銅山，不過是為了穿衣與吃飯。只要不餓到肚子，身上有衣物保暖。高官權位，你不必貪想。金銀財寶，你無需奢望。

作者背景小常識

張養浩（約西元一二七〇～一三二九年），字希孟，號雲莊，歷城（今山東濟南）人，自稱齊東野人。篤學不輟，年少時就文名遠揚。元仁宗時官至中書省參知政事，是元代曲家中少數官至高位者。英宗即位後，辭官歸里，過著退隱生活。文宗天歷二年（西元一三二九年）關中大旱，出任陝西行御史臺中丞，竭力賑災，到任四個月，卒於任上，居民在曲江池畔立祠祭祀。文宗至順二年（西元一三三一年），追封濱國公，謚文忠。作品有《三事忠告》、《牧民忠告》、《歸田類稿》行世，散曲集有《雲莊休居自適小樂府》，簡稱《雲莊樂府》，存小令一百六十一首，散套兩套。內容或寫山林景物、田園情趣，風格清麗婉約；或敘仕途險惡、官場黑暗，格調曠達俊朗；或抨擊社會、關心民情，有濃厚的現實感。為馬致遠之後的重要作家。

名句的故事

張養浩此曲表達了自己的價值觀：寧可「無官」、「無錢」，不可「無德」，而且開頭三句便揭示出了主題。「官」、「錢」恰巧是社會上、官場上人們競相爭逐的目標，馬致遠〈夜行船．秋思．離亭宴帶歇指煞〉形象化地描寫這種情況：「看密匝匝蟻排兵，亂紛紛蜂釀蜜，急攘攘蠅爭血」，將汲汲營營於名利的人們比作「蟻排兵、蜂釀蜜、蠅爭血」，可是張養浩卻表現出不屑一顧的態度，認為「無官、無錢」沒什麼了不起的，只是不可「無德」而被人看不起。後面仍緊扣著「官」、「錢」而發，「列朝班」即作官，「鑄銅山」是為了財富，人人為了這兩項奔走鑽營，到頭來也「止不過只為衣和飯」，為的不過就是穿衣吃飯而已，吃飯能吃多少？穿衣能穿幾件？不過就是「腹內不飢身上暖」而已。看透這些的張養浩用「止不過只為」來表達他的鄙夷。

因此最後張養浩正面提出自己的看法：「官，君莫想。錢，君莫想」，也回應了開頭，只是開頭以問句提起，最後以肯定口吻總結；尤其是「莫」字，加強了語氣，表現出決絕的情感。

歷久彌新說名句

像張養浩這樣直言對「官」、「錢」的不屑者，如晉朝王衍「常嫉其婦貪濁，口未嘗言錢字。」甚至呼錢為「阿堵物」，嫌它擋住去路、阻卻視線。這與西晉出現一批極力聚斂、大肆揮霍的富豪，產生競逐富貴的社會風氣有關，當時有何曾「食日萬錢，猶言無下箸處」；何嶠因愛錢成癡、成癖，被稱為「錢癖」；石崇富可敵國，家居生活奢豪，家中廁所比別人家的臥室還華麗。在此情形下，除了王衍不屑談錢外，魯褒亦作〈錢神論〉諷刺之。

魯褒說「凡世之人，惟錢而已」、「忿爭非錢不勝，幽滯非錢不拔，怨仇非錢不解，令聞非錢不發」、「官尊名顯，皆錢所致」，以諷刺的口吻表達錢的神通廣大，至於德性、才能，都不是做人的真正需要，只要有錢，要官有官，要名有名。

直到清代蔣攸銛〈勸民惜錢歌〉也同樣深刻地說出了世上眾人為「錢」瘋狂的情景：「人為你昧滅天理，人為你用盡機關，人為你敗壞綱常，人為你冷炭生煙，人為你忘卻廉恥，人為你無故生端，人為你捨死喪命，人為你平空作顛，人為你天涯遍走，人為你晝夜不眠！錢！人人被你顛連，出言你為首，興敗你為先，成也是你，敗也是你，到而今只你機關！你去我不煩，你來我不歡，免被你顛神亂志、廢寢忘餐！」

從魯褒、張養浩至蔣攸銛，無不因人們競逐名利的醜態而發表自己的觀點，可見世人大部分的人皆為「官」、為「錢」瘋狂，否則，哪裡需要張養浩等人出來大聲疾呼「官，君莫想。錢，君莫想」呢！

算從前錯怨天公，甚也有安排我處

名句的誕生

儂[1]家鸚鵡洲[2]邊住，是個不識字漁父。浪花中一葉扁舟，睡煞[3]江南煙雨。

覺來時滿眼青山，抖擻[4]綠蓑[5]歸去。算從前錯怨天公，甚也有安排我處。

~元．白賁．〈鸚鵡曲〉

完全讀懂名句

1. 儂：吳語。我，表第一人稱。
2. 鸚鵡洲：湖北漢陽縣西南處，長江中的沙洲，因東漢文士禰衡在此地作〈鸚鵡賦〉而得名。
3. 煞：此處為加強語氣用法，如「羨煞」。
4. 抖擻：抖動，引申有振奮、奮起之意。
5. 蓑：音ㄙㄨㄛ，即蓑衣，以草編成的雨具。

語譯：我是個不識字的漁夫，家住在鸚鵡洲邊。平日駕著一條小船在江上飄盪，在江南的霏霏細雨中沉沉睡去。

一覺醒來，雨後的碧綠青山盡收眼底，我站起來抖了抖蓑衣，準備駕船歸去。想一想，算是我從前錯怪了老天爺，原來這天地之間也有我的容身之處。

作者背景小常識

白賁（約一二七〇～一三三〇年），原名征，字于易，後以易經賁卦「白賁無咎」取其「以自然質樸為最好的裝飾，反璞歸真恢復原本面目，而無所憂懼」之意，改名為賁，字無咎，號素軒。先祖為太原文水人，而後向南移居至錢塘（今浙江杭州）。其父為知名書法家白斑。作品以散曲見長，所作小令〈鸚鵡曲〉膾炙人口，歷來有許多文人唱和。白賁亦擅長作畫，所繪花卉古典雅致。

名句的故事

本曲文字淺白，將生活常見的事物融入文句之中，描繪高遠疏闊的意境。曲中大量使用口語，造就了「平易通俗」的風格，讀來更為直率自然。白賁於首句自託為「不識字漁夫」，豪氣中帶著戲曲「自報家門」的口氣，以第一人稱的寫法，醞釀出真性情的自然流露，筆觸快意酣暢，其中更隱含典故寄託深意。

東漢末年名士禰衡恃才傲物，經孔融舉薦，為曹操所用，卻仍不改其倨傲而屢次得罪曹操。幾經輾轉，歸於江夏太守黃祖麾下，因出言辱罵黃祖而遭處死。〈鸚鵡賦〉為禰衡傳世之作，相傳有人獻鸚鵡予黃祖之子黃射，黃射命禰衡作賦紀念，禰衡即席為文，以鸚鵡靈鳥卻遭剪除羽翼關於籠內，自況其因不願巴結權貴而懷才不遇。禰衡死後葬於鸚鵡洲，後人也以「鸚鵡洲」借指退隱山林。

因此，白賁以「家住鸚鵡洲」借題發揮，自比禰衡。與其有如籠中鳥無法施展抱負，還不如做個「不識字漁夫」。曲中巧妙運用多種對照：以「不識字」反差強調其才學，凸顯諷刺；再來借景寫情，以廣闊江面對照「一葉扁舟」孑然一身；用浪花的動感對比睡煞的靜態，顯示在人生風雨之中，處之泰然的從容自若。雨後睡醒「滿眼青山」的壯闊，讓他興起「柳暗花明又一村」之感，心境豁然開朗，頓悟從前「錯怨天公」，若不放下對功名利祿的執著，又怎能享受超脫世事，置身天地之間的閒適快活。原本自傷身世的愁緒如同烏雲散去，令人有種「一吐為快」的感覺，顯得明快而自然。

歷久彌新說名句

白賁寫作風格豪放，從曲中便可看出他豁

達自得的人生觀。「算從前錯怨天公，甚也有安排我處」其實化用自金朝元好問的詞作〈臨江仙．自洛陽往孟津道中作〉的下半片：「蓋世功名將底用，生前錯怨天公。浩歌一曲酒千鍾，男兒行處是，未要論窮通。」描述男兒暢快痛飲高歌、志在四方，不在意窮困顯達，意境豪邁激昂。相較之下，本篇則顯得質樸自然，多了幾分閒情逸趣。

元代後期文學家任昱的小令〈清江引．幽居〉：「小堂不閉野雲封，隔岸時聞澗水春，比鄰分得山田種。宦情薄歸興濃，想從前錯怨天公。食祿黃虀（ㄐㄧ，鹹菜末）甕，忘憂綠酒鐘。未必全窮。」便脫化於本篇名句。曲中描寫鄉間恬靜景色使人內心平靜，看淡官場爭名奪利之得失，興起回歸田野山林的念頭。

三篇作品皆以「錯怨」點出若汲汲營營追求功名，執念反倒成為心靈的桎梏。其實坦然接受命運安排，回歸山野寄情自然，讓心靈得到自由，未嘗不是一種昇華人生追求的方式。

大江東去，長安西去，為功名走遍天涯路

名句的誕生

大江東去，長安西去，為功名走遍天涯路。厭舟車[1]，喜琴書[2]，早[3]星星鬢影[4]瓜田暮[5]。心待[6]足時名便足。高，高處苦。低，低處苦。

～元．薛昂夫．〈山坡羊〉

完全讀懂名句

1.厭舟車：厭煩舟車勞頓的羈旅生涯。

2.喜琴書：喜歡彈琴讀書。

3.早：已經。

4.星星鬢影：形容兩鬢斑白。

5.瓜田暮：在瓜田度過晚年。

6.待：將。

語譯：江水滔滔東流入海，車馬轆轆西往長安，為追求功名走遍了大江南北。我厭倦了舟車勞頓的羈旅生涯，嚮往彈琴讀書的悠閒生活。已經是兩鬢斑白的人，只想守著瓜田安度晚年。心裡知足，名聲也就滿足了。居高位的、有高的苦處。身處低位、有低的苦處。

作者背景小常識

薛昂夫，生卒年不詳，回鶻（今維吾爾族）人，名薛超吾，取第一字為姓，漢姓為馬，一字九皋，故也稱馬昂夫、馬九皋。薛昂夫出生於官宦世家，父、祖皆封覃國公。出仕後，曾先後於江西行省（今江西、廣東大部分區域）、大都（今北京）、太平路（縣治在今廣西）、衢州路（縣治在今浙江）等地任職，

晚年歸隱在杭州西皋亭一帶，《錄鬼簿》將他列入「前輩名公樂章傳於世者」。

薛昂夫擅長篆書，享有詩名，經常與虞集、薩都剌等文士人相唱和，詩集已經散佚。所做散曲意境闊大，氣象豪邁飄逸，詞句瀟灑流麗，題材以歎世歸隱、寫景懷古為主，元人趙孟頫評其詩、曲：「激越慷慨，流麗閒婉」，《太和正音譜》謂：「薛昂夫之詞，如雪窗翠竹」，稱許他的曲子格調很高，頗為推崇。現存小令六十五首，散套三套。

名句的故事

名句「大江東去，長安西去，為功名走遍天涯路」是詩人回顧自己半生際遇，為了求取功名而走遍大江南北，所發出的感慨。

「大江東去」引用蘇東坡〈念奴嬌〉：「大江東去，浪淘盡，千古英雄人物」之意，暗指宦海奔波卻功業難成，多少英雄豪傑最終都被長江的浪花淘盡，消逝在時間的洪流中。長安是漢唐的古都，此處用來指元代的大都。追求功名的士子，莫不往京城尋找機會。此處說「長安西去」，一方面是因長安道已成為富貴路、青雲梯的代名詞；一方面隱含無名詩人〈叨叨令〉：「黃塵萬古長安路，折碑三尺邙（ㄇㄤˊ）山墓」之意。邙山是古代王公貴族的墓地。自古多少人奔波在黃塵滾滾的長安路，如今都化為北邙山上的三尺斷碑，可見功名的虛幻。

「為功名走遍天涯路」，是他遊宦大江南北，四處奔波的喟歎。薛昂夫是回鶻人，出生官宦世家，出仕後又身居高位，在蒙古人統治的元代，他的身份屬於「上等人」。本來他無意功名，可是一旦步入宦途便身不由己，詔書一下，就得風塵僕僕東奔西馳地去任職履新，這般「為功名走遍天涯路」的生涯，使「厭舟車，喜琴書」的薛昂夫，不禁興起退隱之思。

歷久彌新說名句

薛昂夫為功名走遍天涯路，驀然回首，才驚覺早已兩鬢斑白。「星星」是化用宋代文人晁補之〈摸魚兒〉：「滿青鏡，星星鬢影今如許」，「瓜田」即引用漢初召平種瓜的典故，表示想棄官歸隱。召平，秦時廣陵人，封東陵侯，秦朝滅亡後淪落為布衣，因為家裡貧窮，便在長安城東門種瓜為生，他所種的瓜汁多味美，在長安頗有名氣，人們便稱之為「東陵瓜」。在這首〈山坡羊〉中，作者運用召平的例子，表示只要像召平一樣種瓜便能自給自足，又何必苦苦追求高官厚爵。他也對人們不能擺脫名利的羈絆而多所感慨，以切身體驗告訴世人：「心待足時名便足。高，高處苦。低，低處苦」，不論地位高低都有苦衷，只有知足才能常樂。

名繮利鎖令人寢食難安，普天之下芸芸眾生莫不為其所困而勞累奔波，《史記・貨殖列傳》云：「天下熙熙，皆為名來，天下攘攘，皆為利往」，據說當年乾隆皇帝下江南，路過鎮江，特地上金山寺遊覽。乾隆見那山腳下江水洶洶、風帆片片，一時興來，便問老和尚說：「你看這江上來來往往，究竟有多少風帆？」老和尚悠然回答：「依貧僧所見，古往今來、這江上只有兩張帆。」乾隆詫異地問其理由，和尚答道：「一張帆為名來，一張帆為利去。」

儘管前人諄諄告誡一切的豐功偉業都只是紙上虛名，後人仍是前仆後繼汲汲營營，《紅樓夢・好了歌》便說過：「世人都曉神仙好，惟有功名忘不了；古今將相在何方？荒塚一堆草沒了！」

他得志笑閑人，他失腳閑人笑

名句的誕生

詩情放，劍氣[1]豪，英雄不把窮通[2]較。江中斬蛟，雲間射鵰，席上揮毫。他得志笑閑人，他失腳[3]閑人笑。

～元．張可久．〈慶東原．次馬致遠先輩韻〉

完全讀懂名句

1.劍氣：寶劍的精光。也可比喻人的才能和氣概。

2.窮通：窮困或顯達。

3.失腳：失意、受挫。

語譯：詩情奔放，氣魄豪壯，英雄從來不計較個人際遇的困窘或通達。像是能在江上斬殺蛟龍的周處，一箭射落雲中大鵰的斛律光，以及在席上運筆寫字的李白，他們也都有得志或失意之時。當一個人得志的時候嘲笑別人，當一個人失意的時候便換成別人來嘲笑他了。

名句的故事

張可久〈慶東原．次馬致遠先輩韻〉共有九首，此為第五首，其餘八首也同樣用「他得志笑閑人，他失腳閑人笑」作為結語，每首的主題雖不盡相同，但都意在提醒人們得志時莫笑人，以免他日失意時反遭人們的嘲笑。「次韻」指文人之間以詩詞酬答相和，模仿他人來詩的韻字次第作詩回贈，亦稱「步韻」。由題目可知此曲是張可久回應元曲大家馬致遠之作，其尊稱馬致遠「先輩」，可知馬的年紀、輩份較張為高。曲中援引了周處、斛律光與李白三人意氣風發之例，表明人的時運總有亨通或不濟，根本不必去欣羨或看不起他人的窮通際遇。

《晉書．周處傳》敘述吳末西晉初人周處，年少放蕩不羈，在鄉里間惡名昭彰。某日，周處問鄉里父老說：「現在時局太平，又正值豐收之年，為何大家苦而不樂呢？」父老歎氣地回答：「三害未除，何樂之有！」周處問道：「何謂三害？」父老告訴周處：「南山的白額虎，長橋下的蛟龍，還有一害就是周處你自己啊！」周處聽了心生悔意，決定先上山殺猛虎，再下水斬蛟龍，接著去尋訪當時的賢士陸雲。周處問陸雲說：「我雖有心改過，但已蹉跎了許多歲月，將來恐怕也是一事無成。」陸雲對其言：「古人最重視『朝聞夕改』，只要你立定大志，便不必擔憂沒有好名聲！」周處從此勵志向上，先後為吳國、西晉所重用。

《北齊書．斛律光傳》記錄北齊臣子斛律光與世宗外出打獵，發現雲間有一大鳥，引弓射之，正好射中大鳥的頸子，落地後才知道是一隻大鵰。丞相屬邢子高見狀讚歎地說：「此射鵰手也！」斛律光還獲得「落鵰都督」的封號。另《舊唐書．文苑傳．李白傳》提到唐玄宗欲創製樂府新詞，急召李白入宮，只是李白此時已醉臥在酒店裡；等到李白一進宮，帶著醉意即席揮毫，竟能下筆成章，受到玄宗的嘉許。

歷久彌新說名句

「失腳」除本意不小心跌倒之外，也可引申失意、受挫敗的意思。古來傳有一句俗諺：「前人失腳，後人把滑（避免滑跤）。」喻指後人吸取前人失敗的經驗，謹慎行事，避免重犯一樣的錯誤。

唐人白居易的五言古詩〈東南行一百韻〉，其中兩句寫道：「翻身落霄漢，失腳倒泥塗。」大意是一翻身已從天際墜下，一摔跤即倒落泥濘裡，借此喻比自己的處境，從順遂瞬間轉為困厄，前後判若雲泥。此詩作於唐憲宗元和年間，白居易因上疏言事，得罪權貴，從太子左贊善大夫一職被貶為徒有虛銜無實際職掌的江州司馬，他於是寫了這首長詩，向好友們抒發遭小人陷害而不得不遠離京城的無奈心情。

一生力主抗金的南宋詩人楊萬里，其七言古詩〈迓（ㄧㄚˋ，迎接）新守值雨〉最末四句：「行路最難仍最惡，平生歷盡今更覺。前人失腳後人笑，後人失腳那可料？」過了大半生的年歲，作者早已看透仕途的艱難與險惡，但在落雨紛飛的當下，仍得冒雨出門迎接新任太守的到來，讓他對官場的勢利現實又有更深的體認。雨中看見行人跌倒，聽聞旁人的笑聲，令其不禁想著，那些見人跌倒便譏笑對方的人，能夠料到哪一天將輪到自己失足嗎？

醉眸俯仰，世事浮沉

名句的誕生

茂林修竹風流[1]地，重到古山陰[2]。壯懷感慨，醉眸俯仰，世事浮沉。惠風歸燕，團沙[3]宿鷺，芳樹幽禽。山山水水，詩詩酒酒，古古今今。

～元．徐再思．〈人月圓．蘭亭[4]〉

完全讀懂名句

1. 風流：風雅之事。
2. 山陰：今浙江紹興古時稱為山陰。指蘭亭所在地。
3. 團沙：沙堆。
4. 蘭亭：在今浙江紹興。魏晉之際，王羲之等人曾於此地聚會。

語譯：茂密的樹林修長的竹枝，這兒曾是風雅事發生之處，今日重新來到這古時稱為山陰的地方。滿懷感慨，醉眼矇矓上下凝望，遙想古今世事的變換。和風中歸巢的燕子，沙堆上睡著的白鷺鷥，芳香的樹上安靜的禽鳥。山水景色依舊，昔人飲酒賦詩的美事，自古流傳到今。

名句的故事

此篇是作者遊覽蘭亭的懷古之作。東晉書法名家王羲之和一群風流名士，曾在蘭亭舉行「修禊」的除災祈福儀式，其中最有名的要算是「曲水流觴」的助興活動。觴是一種較輕材質製成的小酒杯，可以浮在水面上，「曲水流觴」便是將酒杯放在彎曲水渠的上游，讓它隨波順流而下，人們環坐在水渠兩旁，酒杯停在誰的面前，就由他取杯飲酒並賦詩一首。

徐再思到了蘭亭，想起古人飲酒賦詩的風雅韻事，便也喝起酒來。醉眼矇矓中，想到古往今來世事的變化，感慨蘭亭猶在，人物卻已全非。篇中以「惠風歸燕，團沙宿鷺，芳樹幽禽」三句描寫周遭景物一片安祥，彷佛時空停格的畫面，渾然不覺世事的浮沉變換。以此對映千年的朝代更迭、人事滄桑，更讓人興起無限感歎。

最後以「山山水水，詩詩酒酒，古古今今」三個疊字句作結，雖然昔人已遠，風流不再，但當年飲酒賦詩的美事，如同這山山水水，自古流傳到今。也就是說：人身難長久，只有詩酒文章可以千古流傳。

歷久彌新說名句

酒與文人有不解之緣，有人戲稱：一部中國文學史，頁頁都散發著酒香。文人多嗜酒，因為酒能助興，能啟發文思，而且文人大多不善權變，難免仕途坎坷，他們往往在酒後流露真性情，借酒意抒發胸中塊壘，一吐家國憂思，眼醉心醒地感喟古今興亡，人事變幻。

唐代杜甫在其〈飲中八仙歌〉中，以簡鍊的語言，讚賞八個同時代愛酒、嗜酒的名士，八仙之中資格最老、年紀最長的是賀知章。據唐代孟棨《本事詩》記載：李白初至京師，與賀知章相識，兩人相見恨晚，遂成莫逆之交。賀知章邀李白共飲，但不巧兩人都沒帶酒錢，賀知章便解下當時官員佩帶的金龜來換酒，與李白開懷暢飲，一醉方休。〈飲中八仙歌〉以「知章騎馬似乘船，眼花落井水底眠。」簡短的兩句話，便將豪放曠達的詩人栩栩如生地描繪出來。彷佛可見賀知章醉後騎馬，前俯後仰，像乘船一樣，醉眼昏花地落入井中，乾脆就在井底酣睡的灑脫自得之態，傳神地表現出詩人坦蕩的胸襟。這等俯仰於天地之間，淡然於世事沉浮之外，不為名利羈縻的豁達情懷，更讓後人傾慕不已。

朝吟暮醉兩相宜，花落花開總不知，虛名嚼破無滋味

名句的誕生

朝吟暮醉兩相宜，花落花開總不知，虛名嚼破無滋味。比閑人惹是非，淡家私[1]付與山妻[2]。水碓[3]裡舂來米，山莊上線[4]了雞，事事休提。

～元．孫周卿．〈水仙子．山居自樂〉

完全讀懂名句

1. 淡家私：家產稀少，十分貧窮。
2. 山妻：對自己妻子的謙稱．
3. 水碓：以水力舂米的器具。碓，音ㄉㄨㄟˋ，擣米以去除糠皮的用具。
4. 線：動詞，指以線閹割。

語譯：早晨吟詠詩句，晚上暢飲美酒，兩者都盡與適宜。生活悠遊自在，渾然不覺何時花落花開。仔細咀嚼，徒有虛名其實沒有什麼滋味。不過比閒人招惹來更多是非罷了。把稀少的家產交給妻子去掌管，用水碓舂米，在山莊裡閹雞，其他的事都不需再提起。

作者背景小常識

孫周卿，生卒年均不詳，約於元仁宗延佑末年（西元一三二〇年）前後在世。傳世作品不多，大多數為小令，多描寫隱居山中的悠閒與快樂。

名句的故事

孫周卿作了四首〈山居自樂〉的小令描寫隱逸之趣，這首曲是四首之中的最後一首。在

這首曲子中，最值得一提的便是曲中所呈現的「生活態度」。名句一開始就以「朝吟暮醉」點出作者沉醉於吟詩飲酒的逍遙生活。如此一來，他自然對外界的客觀事物與時間的推移毫不關心，渾然不覺「花開花落」。這樣的生活狀態，也與一首唐詩〈答人〉中描述的「山中無歷日，寒盡不知年」有異曲同工之妙。

接下來，作者更直抒胸臆，表示「虛名嚼破無滋味」，俗世所看重的功名利祿，不過是短暫、經不起咀嚼的虛幻，根本不值一提。那麼，他重視的是什麼呢？「水碓裡舂來米，山莊上線了雞，事事休提」三句可視為作者自身心意的總結：我要過的，是耕讀自給，不假外求的生活，偶爾往水碓舂米，於山莊中閹雞也就夠了，何必再提其他事呢？

於平淡中見真淳，往往是最困難的。這首曲所流露出來的「平凡」，正是其精華所在。

歷久彌新說名句

在《南史・卷七十六・隱逸傳下》中，也有一位滿腹詩書的隱士，他就是南朝梁的「山中宰相」陶弘景。

相傳陶弘景的母親因夢到兩個手拿香爐的天人來到家中，隨後懷孕生下了他。而他也與一般孩童不同，十歲時得到東晉道家名士葛洪的《神仙傳》，便晝夜研究、探索，立下養生修道的志向。不到二十歲，就成為諸王侍讀，雖然身在高門，仍對功名富貴沒有嚮往，最仰慕棄官歸隱的張良，認為他「古賢無比」。後來，他隱居於句曲山修習道家神仙之術。梁武帝延請他出來作官，他只畫了兩頭牛：一頭在水草之間自由自在，一頭戴著金製的籠頭，任人驅策。武帝看了，便知道他的心意，只在國家有大事時派人前去諮詢，因而被當時的人稱為「山中宰相」。

像這樣的隱士，自然也是孫周卿仿效的對象，也難怪他會在另一首〈山居自樂〉中，提到：「數椽茅屋青山下，是山中宰相家」，以不慕榮利的陶弘景自比了。

管甚誰家興廢誰成敗，陋巷簞瓢亦樂哉

名句的誕生

青山相待，白雲相愛，夢不到紫羅袍共黃金帶[1]。一茅齋，野花開，管甚誰家興廢誰成敗，陋巷簞瓢亦樂哉[2]！貧，氣不改；達，志不改。

~元．宋方壺．〈山坡羊．道情〉

完全讀懂名句

1. 紫羅袍共黃金帶：指穿著官服當大官。語出《北齊書．楊愔傳》：「愔自尚公主後，衣紫羅袍，金縷大帶。」
2. 陋巷簞瓢亦樂哉：簞，圓形的盛物小竹器。瓢，以剖半的葫蘆製成的舀水容器。指貧窮簡單卻樂在其中的生活。語出《論語．雍也》：「一簞食，一瓢飲，在陋巷，人不堪其憂，回也不改其樂，賢哉回也。」

語譯：我與青山真誠相待，與白雲相親相愛，夢寐以求的從來不是華美官服。住在簡單的茅草屋裡，四周環繞著充滿生氣的野花，誰家興盛或中落了，誰人成功或失敗了，根本與我毫不相干。因為就算住在陋巷中簞食瓢飲，我也能自得其樂。貧窮還是通達，終究無損於我的氣節與志向。

作者背景小常識

宋方壺，名子正，華亭（今上海市松江區）人，元末散曲家。曾於華亭鶯湖闢室，四面皆有鏤空花紋的方窗，從早到晚終日明亮，猶如處於洞天一般，故命名為「方壺」，並引以為號。現有小令十三首、套數五套傳世，取材相當廣泛，為文風格質樸流暢，思想曠達。

名句的故事

宋方壺在此曲中寄情山水，看破功名富貴，表達出安貧樂道的出世思想。開頭三句先以色彩繪出第一層的對比，以自然清新的「青」山和「白」雲，與光鮮奪目的「紫」羅袍和黃「金」帶，強烈對比出他捨富貴、歸自然的人生選擇。四至六句則展現出第二層次的對比，將畫面從遠山晴空拉回地面，定格在一個花團錦簇的小茅屋上，對照大院宅邸變動不息的興廢成敗，茅齋裡簡樸的生活反而更能帶給人恆常的安寧。原來快樂與貧富間，從來沒有直接的關聯性！名句「管甚誰家興廢誰成敗，陋巷簞瓢亦樂哉」與最末兩句「貧，氣不改；達，志不改」，則總結性地點出人們在貧富外，真正應該追尋的目標，當是江山難易的志向與氣節。只要自己的思想具有一致性，管他外在環境如何變動，快樂都能在心中長存！

歷久彌新說名句

雖然宋方壺極力讚揚歸隱後的安貧之樂，但事實上，他的快樂並非來自「貧窮」，而是來自他內心的志氣。《孟子．滕文公下》裡說：「富貴不能淫，貧賤不能移，威武不能屈，此之謂大丈夫！」亞聖孟子教誨歷代讀書人，財富與尊貴動搖不了心意，貧窮和卑賤改變不了節操，權勢及武力阻撓不了志向，這樣的人才值得被稱為大丈夫。因此宋方壺等後代文人，總是極力護衛自己的志節，正所謂「三軍可奪帥也，匹夫不可奪志也」（《論語．子罕》），如果連自己的志節都守不住，那就真的是枉讀聖賢書了！

生前難入畫，死後不留題

名句的誕生

世間能走的不能飛，饒[1]你千件千宜，百伶百俐。閒中解盡其中意，暗地裡自恁[2]解釋。倦閒遊出塞[3]臨池，臨池魚恐墜，出塞雁驚飛，入園林俗鳥應迴避。生前難入畫，死後不留題。

～元．鍾嗣成．〈一枝花．自序醜齋〉

完全讀懂名句

1. 饒：即使，儘管。
2. 恁：音ㄖㄣˋ，如此。
3. 塞：國家的邊境地區。

語譯：世上沒有兩全其美的事，就好比能走的動物不能飛，管你是如何的事事順心又聰明伶俐，總還是有所不足。這便是我苦苦思索後得來的解釋，好在私底下自我安慰。現在的我完全懶得出門遊玩，因為到了池邊，魚見了我恐怕要嚇得躲回深池中；到塞外去，天上的鴻雁也會振翅驚逃；若是到庭園森林裡，鳥群也會紛紛走避。想來我這醜態，非但在生前沒有機會入畫，即使是亡故之後，也不會有人留題紀念吧！

作者背景小常識

元人鍾繼先，字嗣成，自號醜齋，本為大梁人（今河南開封），後僑居於杭州。早年跟隨江浙儒學提舉鄧文原學習詩文，卻屢試不第，也不願屈居小官，從而步上寫作之路。精通音律、交遊廣泛的鍾嗣成，擁有許多元曲家友人，他花了十五年，在至順元年（西元一三三〇年）完成《錄鬼簿》上下二卷，收錄四百五十八種雜劇目錄與一百五十二位元曲家的事跡，自述是為了讓「門第卑微，職位不振，高才博識」者「俱有可錄」，使得眾多元代作家與作品，不至因元朝種族階級嚴明而隱沒，對曲學傳承有極大的貢獻。可惜其所著雜劇七種現皆不傳，散曲則存有小令五十一首，套數一套，由後人輯編為《醜齋樂府》。明人朱權於《太和正音譜》中說：「鍾繼先之詞，如騰空寶氣。」明初後人繼其志向作《錄鬼簿續編》，傳為賈仲明執筆。

名句的故事

鍾嗣成貌醜，不僅自號醜齋，還以〈一枝花〉為首的九支曲子，做了題為「自序醜齋」這組套曲。「生前難入畫，死後不留題」兩句，即出自第五曲〈賀新郎〉。鍾嗣成如此貶低自己的外貌，但他究竟長得如何呢？在套曲中，他自己形容道：「爭奈灰容土貌，缺齒重頦，更兼著細眼單眉，人中短髭鬚稀稀。」或許的確長得不吸引人，但他卻極盡所能地誇飾自己的醜，甚至以「沉魚落雁」來自我反諷。

古時以「沉魚落雁」描述美人，典出《莊子．齊物論》：「毛嬙、麗姬，人之所美也；魚見之深入，鳥見之高飛，麋鹿見之決驟，四者孰知天下之正色哉。」其實，莊子描寫魚鳥麋鹿紛紛走避，是因為牠們無法分辨美醜，意在表達僅有凡夫俗子才會為美色而癡迷癲狂。不過唐人宋之問在〈浣紗篇〉中描寫春秋時代的美女西施：「鳥驚入松蘿，魚畏沉荷花。」轉而形容西施之美讓魚鳥自慚形穢，因而躲避。後人則習以西施「沉魚」、王昭君「落雁」做為「沉魚落雁」之個別解釋。鍾嗣成據此大作文章，描述自己的外貌也可令魚雁鳥等驚逃躲避，只不過不是因為驚為天人，而是因其醜貌不堪入目！自嘲生前死後都註定要被遺忘的鍾嗣成，反以此奇文為自己在書卷中留名，可謂是出奇制勝的絕佳典範了！

歷久彌新說名句

鍾嗣成因撰寫《錄鬼簿》，成為對元曲貢獻極大的評論家。然而他在〈一枝花．自序醜齋〉中曾提到：「子為評跋上惹是非。折莫舊友新知，才見了著人笑起。」他因為外貌醜陋被取笑已經是習以為常的了，無奈的是，他評論世事人情時，也招惹是非，惹人笑話，真是個徹徹底底的社會邊緣人！

對照西方的經典歌舞劇《歌劇魅影》，主角「魅影」奇醜無比，貌似鬼魅，致使他在音樂等領域的絕世之才，不得展現在世人面前，只能自隱於歌劇院底，任愛恨憤懣滋長。鍾嗣成自嘲貌醜而不得志的景況，不正與此有異曲同工之妙嗎？

鍾嗣成在《錄鬼簿》序文中說：「嗟乎！余亦鬼也。使已死未死之鬼，作不死之鬼得以傳遠，余又何幸焉？」他將當代空有才學而不得志者之作記錄下來，使他們得以因著作傳世而為「不死之鬼」，所幸的是，他也因此化為「不死之鬼」，留名青史，在九泉之下的他，或許可以含笑而終了吧！

功名兩字原無命，學神仙又不成，歎吳儂何處歸耕

名句的誕生

燈前撫劍聽雞聲，月下吹簫引鳳鳴。功名兩字原無命，學神仙又不成，歎吳儂[1]何處歸耕。日月閒中過，風波夢裡驚，造物[2]無情。

~元．鍾嗣成．〈水仙子．無題〉

完全讀懂名句

1.吳儂：吳地之人。在此指作者本人。

2.造物：主宰萬物者。

語譯：我在燭燈下輕撫著劍身，等待雞鳴後一展抱負；我在月光下賣力吹簫，盼望引來鳳凰合鳴，載我一飛成仙。無奈我命中註定與「功名」二字無緣，想修練成仙又不得道，可歎我這吳地之人，連想歸隱山林都還無處可去。日日月月就在我無所事事的當兒流逝了，然而我的夢境卻滿是惹人心驚的曲折風波，想睡也不得安寧，造物主對我也太過無情！

名句的故事

在儒家思想的薰陶下，中國文人志在經世濟民，鍾嗣成也不例外。所以他在此曲中，一開頭就援引《晉書．祖逖傳》裡「聞雞起舞」的典故：「中夜聞荒雞鳴，蹴琨覺曰：『此非惡聲也。』因起舞。」西晉祖逖聽到雞鳴聲，即腳踢與他同寢的好友劉琨，勉他一起把握光陰勤奮學習，兩人便起床練劍。之後祖逖果然官任豫州刺史，率軍收復黃河以南的失土。

然而鍾嗣成沒有機會像祖逖一般建功立名，於是又舉《列仙傳》的例子來自嘲。相傳

春秋時代的蕭史善於吹簫，其樂音之美可比鳳鳴，因而得到秦穆公的欣賞，將女兒弄玉許配予他。某日，蕭史的簫聲竟然引來貨真價實的鳳凰，夫妻二人便乘鳳凰飛天而去，位列仙班。

可惜的是，鍾嗣成也沒辦法修練成仙。既然如此，就效法歷代不得志的眾多前輩，歸隱山林，獨善其身吧！但他連找塊地來耕種的本錢都沒有呢！他的「牢騷」看起來僅是一位失意士子的不滿，然而在元朝當代，這樣的哀鳴卻是漢族文人普遍的心聲。

可喜的是，縱然覺得歲月虛度，鍾嗣成卻不曾怠惰，費時十五載寫出《錄鬼簿》上下二卷，或許這就是反擊無情造物的最佳方法吧！

歷久彌新說名句

自從漢武帝罷黜百家、獨尊儒術之後，儒家思想就在中國深深扎根，深植在世世代代的華人子弟心中。《孟子．盡心上》裡說：「古之人，得志，澤加於民；不得志，修身見於世。窮則獨善其身，達則兼善天下。」這種進可攻、退可守的處事之道，也就此成為中國文化不可或缺的重要思想。

不過在獨善其身之時，華人往往融入了自然無為的道家思想，以「無欲」做為修養身心的法則，以「不爭」做為待人處事的策略，這種天人合一的境界，讓鬱鬱不得志的士子們得到開脫的管道，深藏在山林田野間的隱士和神仙，也因此成為歷代士子們在升官晉爵之外的主要退路。

急流中勇退是豪傑，不因循苟且

名句的誕生

憎蒼蠅競血，惡黑蟻爭穴，急流中勇退是豪傑，不因循苟且。歎烏衣[1]一旦非王謝，怕青山兩岸分吳越[2]，厭紅塵[3]萬丈混龍蛇[4]，老先生去也。

～元・汪元亨・〈醉太平・警世〉

完全讀懂名句

1.烏衣：巷名，位於今南京市秦淮河西邊，東晉時代乃王導、謝安兩大貴族府第所在。

2.吳越：指春秋末期互相爭霸的吳越兩國。

3.紅塵：即人世。佛家語。

4.混龍蛇：指聞愚不分，善惡莫辨。《佛印語錄》：「凡聖同居，龍蛇混雜。」

語譯：官場百態，猶如蒼蠅競相噬血的模樣，令人痛恨不已；又像黑蟻互相爭奪巢穴的行徑，讓人厭惡至極。當船行至急流時就見機勇退，明哲保身，才是真正的豪傑！絕對不要毫無原則地留戀權勢。可歎的是，往日因王謝兩家而極其繁盛的烏衣巷，早已人事全非；可怕的是，青山兩岸的仇敵仍舊對立，猶如當年互相征戰的吳越兩國；討厭的是，混沌不清的世間偏要將賢愚好壞混為一爐，我這老朽之軀還是趕緊歸隱而去！

作者背景小常識

汪元亨，字協貞，號雲林，別號臨川佚老，生卒年不詳，元末明初饒州（今江西波陽縣）人。元順帝至正年間曾經當過浙江省掾，官至尚書，後歸隱於常熟（今江蘇省常熟縣）。汪元亨與曲家賈仲明相交於吳門，賈仲明在《錄鬼簿續編》中記載：汪元亨著有雜劇《仁宗認母》、《斑竹記》、《桃源洞》三本和南戲《父子夢欒城驛》，以及《歸田錄》百篇。然而其雜劇現皆不存，今本《雍熙樂府》有其小令百首，應即所謂《歸田錄》，內容多在吟詠歸田隱居的生活，也有憎惡黑暗社會的作品，盧前《飲虹簃叢書》將之刻入，題名《小隱餘音》，風格豪放。另有套數一篇。

名句的故事

此曲是汪元亨二十首〈醉太平．警世〉裡的第二首，可說是他決心歸隱山林的「獨立宣言」。

汪元亨一開頭即以對蒼蠅和黑蟻的「憎」與「惡」，強烈表達對官場中汲汲營營的小人嘴臉之反感，也因為這股反動之情，而道出了「退」的目標。急流勇退後，不用與令人憎惡的蒼蠅、黑蟻之輩同流合污，當可晉升「豪傑」之列，一句「不因循苟且」緊接在後，更呈現出其毅然決然引退的魄力。

汪元亨又以「歎」、「怕」、「厭」描繪出一幅生動的官場紀實。在官場打滾盛衰無常，今日集三千寵愛於一身，明日卻可能招惹滅族之禍，此可歎者也；難以置身事外的黨派鬥爭、政敵林立，彷彿不鬥個你死我活就不罷休，此可怕者也；賢愚不分，忠奸難辨，此可厭者也。

曾經官至尚書的汪元亨，沒有附庸風雅地描寫山林美景，以表達嚮往歸隱之樂；而是以充滿情緒性的數個字眼，寫出自己對虛偽官場的厭惡，格外顯得真實而震撼，最後一句「老先生去也」更是以身作則、親身示範，警世之效可謂是擲地有聲！

歷久彌新說名句

唐朝詩人劉禹錫的名作〈烏衣巷〉細細刻畫了人間的無常：「朱雀橋邊野草花，烏衣巷口夕陽斜。舊時王謝堂前燕，飛入尋常百姓家。」從前的繁華已逝，如今只剩邁入黃昏、雜草叢生的斷垣殘壁；而名家大戶的子孫也猶如分飛的燕子一般，化做默默無名的尋常百姓。「歎烏衣一旦非王謝」一句，應當便是由此詩化育而來。

既然榮華富貴渺如雲煙，汪元亨認定「急流勇退」才是豪傑之道。在春秋吳越爭霸的歷史中，就隱藏了一位懂得「急流勇退」的真豪傑——范蠡。趙孟頫在〈題范蠡五湖〉裡即以欣羨的口吻與范蠡對話：「功名自古是危機，誰似先生早拂衣；好向五湖尋一舸，霜黃木葉雁初飛。」面對功名這亙古不變的誘人圈套，有幾人能像范蠡一樣說放就放？范蠡搭船遊遍五湖四海，猶如秋雁一般自由來去，真是讓人有說不出的羨慕！只是「相逢都道休官好，林下何曾見一人。」（〈東林寺酬韋丹刺史〉）願意放下權勢的人，真的是寥寥可數啊！

事要知機，交須知己，詩遇知音

名句的誕生

自休官遁跡山林，喜氣洋洋，生意津津[1]。事要知機，交須知己，詩遇知音。桑繞宅供山妻織紝，水投竿[2]遣稚子敲針[3]。澤畔行吟，滌盡塵襟。閑看浮雲，出岫[4]無心。

～元．汪元亨．〈折桂令．歸隱〉

完全讀懂名句

1. 津津：滿溢的樣子。
2. 投竿：釣魚。
3. 敲針：將針敲彎製成魚鉤。
4. 岫：音ㄒㄧㄡˋ，山洞。

語譯：自從我辭官退隱於山林，心中便洋溢著喜悅之情，過著生氣勃勃的日子。這是因為我進退之間掌握了正確的時機，交往的皆是知我甚深的好友，吟詩時也全是志同道合的友人。我的住處周圍種滿了桑樹，以供妻子養蠶取絲織成絲綢；我則往水中甩竿享受釣魚之樂，讓我年幼的孩子幫忙製作魚鉤。當我在水池旁一邊漫步一邊吟詩時，原本鬱積在胸中的塵世紛擾一洗而盡。就讓我繼續悠閒地坐看浮雲，自山間漫不經心地飄向天際吧！

名句的故事

汪元亨的許多作品皆在描寫隱退後的生活，此曲即其作品〈折桂令．歸隱〉二十首裡的倒數第二首。從此曲中，我們得以一窺汪元亨的居處樣貌與家庭成員。其住所不但在山林之間，還被桑樹環繞，附近亦有可供野釣的水流，想來汪元亨對退隱生活早有規劃。而他們一家老小，分別以自己的方式享受山居生活，這般和樂融融的景象，令人讀之不禁感到萬分欣羨！汪元亨在政界打滾多年後所養成的高深智慧，或許就在於進退得宜，適時離開勾心鬥角的官場，並精挑細選可以交心與吟詩的知己、知音，才得以在晚年齊享與家人、友人、大自然同樂之福，學習他的處世哲學並加以實踐，必能為我們修來不少福分吧！

歷久彌新說名句

汪元亨偕妻子歸隱山林，詩聖杜甫也曾經歷類似的生活：「老妻畫紙為棋局，稚子敲針作釣鈎。多病所需唯藥物，微軀此外更何求？」（〈江村〉）讓老邁的妻子在紙上畫棋盤以堪對弈，派年幼的孩子製作釣鈎，看似悠閒自在的生活，卻是杜甫為了躲避戰亂而選擇的安家之道，雖然享受這樣的天倫之樂是他最終極的願望，但此時的他卻被病體所累，必須仰賴藥物以維繫生命。兩相對照之下，汪元亨是不是幸運多了呢？

而汪元亨所描寫的「閑看浮雲，出岫無心」，則脫胎之東晉田園詩人陶淵明的名作〈歸去來辭〉：「雲無心以出岫，鳥倦飛而知還。」白雲漫不經心地從山間飄出，鳥兒飛累了也懂得回巢，暗喻自己辭官歸隱，就彷彿是白雲在冥冥中註定要脫離暗無天日的洞穴，飄向藍天的懷抱重獲自由；又像是鳥兒在鎮日忙碌後返巢一般，是再自然不過的事情。陶淵明想遠離黑暗官場的渴望，完全是來自心靈深處的呼喚，也難怪憎惡官場的汪元亨要在此援引他的詞句了！

仔細評駁，富貴由人，貧賤也咱歡樂，不飲從他酒價高

名句的誕生

點檢[1]英豪，無奈秋霜灑鬢毛。才說你文章妙，又說你胸襟傲。嗏[2]，眾口怎能調[3]。仔細評駁[4]，富貴由人，貧賤也咱歡樂，不飲從他酒價高。

~明．王九思．〈駐雲飛．偶書〉

完全讀懂名句

1. 點檢：檢查。
2. 嗏：音ㄔㄚ，為感歎詞。
3. 調：協調。
4. 評駁：思考、評論。

語譯：自詡為英雄豪傑的我，如今在鏡前細細端詳自己的面貌，才無奈地發現兩鬢發白，英姿早已不復當年。之前人們讚許我寫的文章妙筆生花，不一會兒卻又改口批評我太過高傲自負，唉！眾人的評論，又哪裡會有公允的一天？仔細想想，榮華富貴就留給他人去追尋吧！我雖身處貧賤也能享有歡笑，管那美酒價格如何高漲，我已決心不再飲用了。

作者背景小常識

王九思（西元一四六八～一五五一年），字敬夫，號渼陂，一號碧山，又號紫閣山人，陝西鄠縣人，明朝擬古派文學家，名列「前七子」。王九思出身書香之家，天資聰穎，一表人才，於明孝宗弘治九年（西元一四九六年）考中進士，曾任翰林院檢討、吏部郎中。武宗時宦官劉瑾亂政，王九思因與劉瑾為陝西關中

小同鄉而名列瑾黨，先被降為壽州同知，後又被迫辭官歸鄉。著有詩文集《漢陂集》、《續集》，雜劇《杜子美沽酒遊春》、《中山狼院本》兩種，散曲集《碧山樂府》、《碧山拾遺》、《碧山續稿》，俱收入盧前《飲虹簃（一）所刻曲》。明文學家李開先評王九思：「編戲今麗曲，善作古雄文。振鬣長鳴驥，能空萬馬群。」又說他：「詩文蒼古，而詞曲則新奇，不只守元人之家法，而且得元人之心法矣。膾炙人口，洋溢人耳。」可說是對王九思的詩文、雜劇、散曲最全面的評價。

名句的故事

王九思年輕時熱衷功名，卻被亂政的宦官劉瑾牽連，失去從政的機會。本曲描述他對功名利祿已然看破的心境，大約就是他被迫辭官歸鄉後的心聲。曲子開頭，王九思先評論自己的外型，已不再是當年英姿煥發的青年才俊，被歲月人事折磨得老態畢露，除了無奈之外，更待何言？撇開原就會隨歲月凋謝的容顏，談談內在的才學吧！又怎知人們已不再像從前那般稱道他的才學，只一窩蜂地指責他過於自傲，或許是為了迎合權貴，又或許是見不得人好，總而言之，見風轉舵的輿論是無法還他公道的！於是，王九思從此遠離政壇，專心致力於文學創作與戲曲推廣。他屏棄當代只追求形式典雅的流行文體，提倡復古的文字運動；並從頭學習音樂，投身劇曲創作。再也不受「名利」的美酒所誘惑的王九思，或許沒有富貴榮華可供當代人欣羨，但他卻為自己在中國文學史上取得一席之地，這就是他「貧賤也咱歡樂」的原因吧！

歷久彌新說名句

在中國歷史上，像王九思一樣在宦海浮沉的文人所在多有，因之和他有類似感歎的詩文更是俯拾皆是。南宋愛國詩人陸游嘗言：「功名本是無憑事，不及寒江日兩潮。」（〈舟中感懷〉）功名富貴是如此地虛幻不實，每日漲潮和退潮的寒江，還比它來得有規律多了！對於人們一時的評論，清朝的趙翼則如此譬喻：「矮人看戲何曾見？都是隨人說短長。」（〈論詩〉）多數人在進行評論時，都好比矮人看戲一般，他人鼓掌叫好時隨聲附和，噓聲四起時一同謾罵，若將這類評論放在心上，對於文藝創作者自是有害無益的。所以，虛幻的功名富貴也好，人們不公的評論也好，都不要放在心上了，讓自己在貧賤的生活中找回自我吧！不妨參考南北朝鮑照的自我安慰之詞：「自古聖賢皆貧賤，何況我輩孤且直。」（〈擬行路難〉）古代的聖賢不都是既貧且賤嗎？更何況是我們這種出身卑微又秉性剛直的人，還是乖乖安於貧賤吧！清朝吳偉業更說：「誤盡平生是一官。」（〈自欺〉）人生有得必有失，王九思若官場得意，在「前七子」裡就大概不會有他的名號了，所以王九思沒有被官名誤盡一生，或許才是一種福氣！

免終朝報曉，直睡到日頭高

語譯：我一輩子不跟人計較，家裡的雞不見了，小童僕先別著急。反正家家戶戶都有鍋子爐灶，隨便給誰煮了、烤了吃也沒關係。如果他要煮湯，我就貼補他三個燒餅；若是他要拿來快炒，那就再送他一把胡椒。這反而省下我做東請客的力氣。少了雞也好，不怕早上被雞鳴吵醒，可以一直睡到太陽爬到樹梢。

名句的誕生

平生淡薄，雞兒不見，童子休焦1。家家都有閒鍋灶，任意烹炰2。煮湯的貼他三枚火燒3，穿4炒的助他一把胡椒。倒省了我開東道5，免終朝報曉，直睡到日頭高。

~明．王磐．〈滿庭芳．失雞〉

完全讀懂名句

1. 休焦：不用著急。
2. 炰：同「炮」，燒烤。
3. 火燒：一種圓形烤餅。燒，音．ㄕㄠ。
4. 穿：通「川」，一種烹調的方法，將食物放入滾水中略為燙一下即取出。
5. 開東道：指做主人設宴請客。

作者背景小常識

王磐，字鴻漸，號西樓，明朝高郵人（今江蘇高郵縣）。《萬曆揚州府志》形容他：「有雋才，好讀書，灑落不凡。」他雖出身仕宦家族卻不應舉，終日縱情於山水詩畫之間。王磐擅長音律，度曲清灑，出口皆合格調，每經傳誦，人們皆慕其名，為當代甚受歡迎的名士。《散曲叢刊》收有〈王西樓樂府〉一卷，存小令六十五首，套數九套。

名句的故事

這首趣味橫生的散曲是王磐平時的生活寫照，表現出一派天真自然的曠達風度。家畜在古代農家是很重要的資產，尤其雞鴨一類的動物，更是只有逢年過節或重要客人到訪時才會宰殺，以饗賓客。這首散曲描寫王磐雞不見了，他卻反而勸僮僕不要著急，甚至還逆向操作，說誰要烹調的還送燒餅和胡椒。展現出一種自由曠達的心境。不過，王磐在後面三句說：「倒省了我開東道，免終朝報曉，直睡到日頭高」實際上或許暗藏玄機。「倒省得我開東道」一句，顯示王磐是一個不愛交遊，而喜好自在生活的人。此外，《詩經》：「風雨如晦，雞鳴不已」被用來形容君子處於亂世，也能夠當時代的良心。王磐說「免終朝報曉」，或許也暗暗諷刺那些只知道德節操，卻不知明哲保身的人。「直睡到日頭高」也多少象徵著他對外在環境的漠不關心，但這種漠視究竟是有意還是無心，是值得探討的地方。

歷久彌新說名句

自在與曠達，不論在古代或現代都是最難達到的境界。孔子說：「七十而從心所欲，不逾矩。」連聖人都要到晚年，才能作達到這樣的境界，可見其難。但王磐的曠達顯然與儒家有別。儒家的曠達是入世的，王磐卻偏向漠不關心的出世情懷。他以旁觀者的角度來觀看這個事件。在他看來，失雞不但是一件有趣的事，還幫他省了許多麻煩。事實上失雞的主人翁是他，他卻反過頭來安慰僮僕；失去了雞，本來要請客，結果可能因此失禮；可能每天都要依賴雄雞報曉的，如今也頓失依靠。王磐卻像是敘述一件別人發生的趣事一樣，以詼諧幽默的語氣寫下這首曲子。他這種超脫的胸襟猶如《老子》中的「見素抱樸，少私寡欲」，外在表現純真，內心則保持質樸，絕少私心欲望，莫怪乎能成為引領風騷的一代名士。

人生聚散皆如此，莫論興和廢。富貴似浮雲，世事如兒戲

名句的誕生

人生聚散[1]皆如此，莫論興和廢[2]。富貴似浮雲[3]，世事如兒戲，唯願普天下做夫妻都是咱共你[4]。

～明．梁辰魚．《浣紗記》第四十五齣

完全讀懂名句

1.聚散：相聚、分離。

2.興和廢：興盛、衰敗。

3.富貴似浮雲：富貴像浮雲一樣，令人難以預料。

語譯：人與人相聚、分離都是如此，更別說興盛和衰敗了。富貴就像是天上的雲朵一樣，變化莫測，世事也像兒童嬉戲一般，輕率任性，我只希望全天下夫妻，都能夠像我、你一樣相守到老。

作者背景小常識

梁辰魚（約西元一五二一～一五九四年），字伯龍，號少白、仇池外史，明代江蘇崑山人。精通音律，曾與當時音樂家魏良輔合作，改良江蘇崑山地區的聲腔（即崑腔），因曲調弦律清柔婉折、流麗悠遠，猶如「水磨」一般，故有「水磨調」之稱。著有《紅線女》、《紅綃記》及《浣紗記》等，其中《浣紗記》是以崑山水磨調演唱的第一個劇本。

劇曲的故事

《浣紗記》全劇共四十五齣，故事敘述：

春秋時代，吳越兩國爭霸紛擾之際，范蠡在溪邊遇見浣紗少女西施，兩人一見鍾情，以一縷溪紗做為定情信物，相約共渡此生。然而天不從人願，吳王夫差為報父仇，舉兵攻打越國，將越王勾踐圍困於會稽山。為了退敵，勾踐聽從范蠡、文種兩位大夫的建議，以美女、金錢賄賂敵軍大臣伯嚭（ㄆㄧˇ），並帶著妻子、范蠡到吳國服勞役。為求取夫差的信任，勾踐盡褪華服，日夜辛勞，甚至吳王臥病期間，不避惡臭親嚐糞便，終使夫差獨排眾議，放其返回家園。

返國後，大夫文種向勾踐獻策：以女色消磨吳王意志，離間吳國君臣，以為復仇雪恥。范蠡遂舉薦戀人西施，並親送往吳國，分別之際，將溪紗一分為二，以待他年完聚。為完成復國之任，西施誘使夫差鎮日荒淫逸樂，疏懶國事，太子、伍子胥等大臣加以勸阻，反招惹來殺身之禍。

眼見眾志成城，復國之勢成熟，勾踐親自率軍攻打吳國，生擒太子，窮途末路的夫差後悔莫及，自刎身亡。大業完成後，范蠡帶著西施泛舟而去，過著與世無爭的生活。

名句的故事

勾踐利用吳國大臣伯嚭的貪財好色，進行復國計畫。但夫差落敗後，伯嚭投奔越國，不僅未受到勾踐的重用，反而還遭來殺身之禍。范蠡見微知著，明白鳥盡弓藏、兔死狗烹的道理，婉謝勾踐的分封厚賞，毅然決然地帶著西施隱居。臨行前，范蠡試圖說服文種，表示勾踐是一個「可與共患難」，卻不是一個「可與共安樂」的人，勸他莫要戀棧名位，最好早點離去。但文種不能明白，終招來殺身之禍。

對照文種的下場，戲劇結尾〈泛湖〉一節，范蠡與西施架著一葉扁舟，互訴款款深情，高唱「人生聚散皆如此，莫論興和廢。富貴如浮雲，世事如兒戲」，將世間不可逆料的榮辱、興廢，全拋諸腦後，未嘗不是一個好選擇。

歷久彌新說名句

最早提出「富貴似浮雲」的是至聖先師孔子，當時在周遊列國的他正好抵達政變後的衛國，大夫孔悝以金錢利誘他，希望他能為趕走父親繼位的衛公正名，孔子認為有理想、抱負的君子人，不會用不正當的手段，獲取錦衣玉食、富貴顯赫，於是義正詞嚴地拒絕：「不義而富且貴，於我如浮雲」（《論語．述而》），即便因此必需「飯疏食飲水，曲肱而枕之」，也甘之如飴，因為這種怡然自得，是再多的金錢也買不到的。

宋末也有一位視富貴、功名如浮雲的人，他的名字叫文天祥。元軍大舉進攻宋都城時，文天祥不僅捐助家產，甚至還招募、組織義軍與之對抗，最後還因此身陷囹圄。元世祖欲以高官顯位招降，但他不肯就範，還嚴詞拒絕：「國家滅亡，我只求速死。」從容就義後，在他的衣帶中，發現了他用生命踐履的信條：「讀聖賢書，所學何事？而今而後，庶幾無愧。」

每個人對人生意義的看法不同，有人追求心安理得、慷慨赴義，也有人徵逐名利、享受富貴榮華，無論你想要的生活是什麼，只要問心無愧，功名利祿，不就像天上的浮雲嗎！

良辰美景奈何天

人生有幾？念良辰美景，一夢初過

名句的誕生

綠葉陰濃，遍池塘水閣，偏趁涼多。海榴[1]初綻，妖豔噴香羅[2]。老燕攜雛弄語，有高柳鳴蟬相和。驟雨過，珍珠亂糝[3]，打遍新荷。人生有幾，念良辰美景，一夢初過，窮通前定，何用苦張羅？命友邀賓玩賞，對芳樽[4]淺酌低歌。且酩酊[5]，任他兩輪日月，來往如梭。

～金．元好問．〈驟雨打新荷〉

完全讀懂名句

1. 海榴：即石榴，古代詩文中多指石榴花。
2. 香羅：質地輕軟的絲織品。
3. 糝：音ㄙㄢˇ，灑落四散的意思，此處指驟雨初歇，荷葉上雨珠滾動、散開的樣子。
4. 芳樽：精緻的酒杯，亦借指美酒。
5. 酩酊：音ㄇㄧㄥˇ ㄉㄧㄥˇ，醉醺醺的樣子。

語譯：綠蔭濃密，池塘中的亭臺樓閣在茂密的樹蔭遮蔽下，陣陣涼風襲來，格外涼快。石榴花才剛綻放，姿態妖嬈豔麗，濃郁的香氣薰染在行人的綾羅衣裳上，步步生香。燕子歸巢，雛燕嘰嘰喳喳此起彼落地叫著，和柳樹上鳴蟬的嘹亮叫聲互相唱和。一陣驟雨打在朵朵荷葉上，晶瑩雨珠彷彿珍珠一般在荷葉上滾動流轉。人生歲月能有多長？往日種種良辰美景，彷彿夢一場。如果人的一生窮困或顯達皆由上天命定，那又何必操勞費心？不如邀請賓客朋友賞玩風景，對飲美酒，酬和詩歌，暫且喝個酩酊大醉，任憑它日月起落，光陰如梭。

作者背景小常識

元好問（西元一一九〇～一二五七年），字裕之，號遺山，山西省忻縣人，為金末元初重要文學家。七歲能詩，有神童之稱，他才華洋溢，詩文詞曲皆擅長。文學風格繼承唐宋八大家之韓柳，其詞為堪稱金代之冠，可與兩宋名家媲美，散曲作品不多，但影響元代散曲發展甚深。

隨著金朝由盛轉衰，元朝滅金而代之，身為金臣、肩負社會責任的元好問，目睹國破家亡、經歷逃難顛沛流離，比起一般人更有深切之痛。金亡後他拒絕出仕，遭蒙古人軟禁於聊城。憂國憂民的他，致力保存金代文學文化，著有喪亂詩，以詩存史，期盼世人記取歷史教訓；輯有《中州集》集結金朝君臣詩詞作品，以「中州」名集，則寓有以金為正統的深意。其《論詩絕句三十首》在文學批評史上頗具地位。著有《遺山集》、《續夷堅志》等等。

名句的故事

前兩句以視覺、聽覺、嗅覺三種感官摹寫初夏情景，真是「有聲有色」。樹蔭荷葉漸層暈染的一片碧綠，點綴著嫣紅的石榴花，畫面寫意恬適。鳥語蟬鳴相唱和，增添活潑的氣氛。「驟雨過」、「打遍新荷」，以「過」凸顯「驟」雨匆匆，以「打」強調雨勢之大，荷葉上滾動的水珠，讓畫面更添動感。

本曲創作於元朝初年，此時歷經顛沛流離的元好問，好不容易安頓下來，如此美景當前，卻使得他感觸良多，他懷念故國，但對於大環境無能為力。在蒙古人統治之下，無法有所作為，讓他不由得在後兩句消極地感歎「人生有幾？念良辰美景，一夢初過」。人的命運猶如朝代盛衰興亡一般，似乎冥冥中早已注定，既然如此又何苦心安排，不如順應天命，與友人「對芳樽淺酌低歌」，暫時把國仇家恨現實民生疾苦拋在腦後，忘卻時光流轉，惜取眼前歡樂。

歷久彌新說名句

不管人事變遷、朝代興衰，萬物仍照時節生生不息，難免令人心生感觸。晚唐詩人韋莊就曾作〈金陵圖〉一詩，感歎定都金陵的六朝轉眼消逝，如今空餘不變的春景：「江雨霏霏江草齊，六朝如夢鳥空啼。無情最是臺城柳，依舊煙籠十里堤。」又到了春天，草木欣欣向榮，六朝的興亡輪替彷彿如夢，空留鳥兒啼鳴。柳樹依舊，人事已非，此情此景，自然觸發詩人的無限感懷。

李白在〈春夜宴從弟桃李園序〉寫到「夫天地者，萬物之逆旅也；光陰者，百代之過客也。而浮生若夢，為歡幾何」，正說明人生就是在悠悠光陰裡作客一遭，得失榮辱不過就是一場夢。仔細思量，人生裡歡樂的時光又有多久呢？

面對有限的人生，李白把握光陰及時行樂，而北宋詞人晏殊也在詞作〈清平樂〉中說道：「暮去朝來即老，人生不飲何為。」時光流逝是這樣無情，不如就舉杯一飲而盡，讓微醺的酒意沖淡感傷的惆悵吧！

天若有情天亦老，且休教、少年知道

名句的誕生

酒可紅雙頰，愁能白二毛[1]，對樽前、儘可開懷抱。天若有情天亦老，且休教、少年知道。

～元．姚燧．〈壽陽曲〉

完全讀懂名句

1. 二毛：黑白兩色相雜的頭髮。

語譯：飲酒可以使人雙頰發紅，憂愁卻能使人鬢髮如霜。還是拿起酒杯盡情開懷暢飲吧！蒼天如果有情，他也會憔悴衰老，但是這些事暫時還不能讓少年們知道。

名句的故事

此曲首先提到酒可使人忘憂，憂愁使人衰老，點明自己要拿起酒杯開懷暢飲，正是要藉酒澆愁。下一句「天若有情天亦老」說明愁從何來；原句出自唐代詩人李賀〈金銅仙人辭漢歌〉：「衰蘭送客咸陽道，天若有情天亦老。」是說秋天的時分在咸陽道送別，如果蒼天有情，也會因為哀傷而衰老。此處直接引用的這七個字，正是全文關鍵，說明這酒、這愁，為的都是「情」字惱人，有情使人憂傷，有情使人衰老。

以下語氣一轉，說「且休教、少年知道」，什麼事不能讓少年們知道？作者沒有明說，或許是不能讓少年知道酒能開懷解憂，以免他們耽溺於杯中物而無法自拔？或許是不能讓少年知道愛情的魔力，以免他們躍躍欲試，以致情關難過，深陷苦海而憔悴衰老？或許是不能讓少年知道我正為情苦惱而愁白二毛、藉酒澆愁，以免他們訕笑？是耶？非耶？留給讀者許多想像空間，增添了意在言外的興味。

不論蒼天是否會因為有情而衰老，普天下的有情人都相信愛情能勝過天長地久、地老天荒，唐代詩人白居易有感於唐明皇與楊貴妃生死不渝的愛情，寫下長篇的〈長恨歌〉，最末一句便說：「天長地久有時盡，此恨綿綿無絕期。」縱然天地有時而盡，只有人們的情意永遠沒有斷絕的時期——這正是愛情的魔力！

歷久彌新說名句

自唐代李賀寫下「天若有情天亦老」的名句後，文人雅士紛紛以此為上聯，苦思對句，卻一直沒有佳作。直到兩百年後，北宋文人石曼卿才在贈友聯中對出下句「月如無恨月長圓」，聲律相當，對仗工整，兩句融為一體，至今猶被視為千古絕唱。

「天若有情天亦老」平鋪直述，但極其深刻地替為情所苦的世人道盡無奈與感慨，歷來為許多詩人直接或間接引用。北宋文學大家歐陽脩便於詞作〈減字木蘭花〉感傷地說：「傷懷離抱，天若有情天亦老。此意如何，細似輕絲渺似波。」離別使人傷懷，老天倘若有情意，也會因悲傷而衰老。這樣的離情別意卻像輕絲般細微、像水波般縹緲，恍恍惚惚難以捉摸，深情幽恨令人讀之悵惘。

在這首〈壽陽曲〉中，姚燧雖然殷殷說道「酒可紅雙頰」、「對樽前，儘可開懷抱」、「天若有情天亦老」這等風流事兒「且休教、少年知道」，但當知情得趣的心緒隨著年華老去，他也寫過另一首〈壽陽曲〉追憶曾經風流倜儻的少年時光：「紅顏褪，綠鬢凋，酒席上漸疏了歡笑。風流近來都忘了，誰信道也曾年少？」誰相信這歡笑遠去、無情無緒的垂暮老人也曾紅顏俊朗、風流年少？字裡行間流露出悵然若失的心情，不知詩人是否也曾想到：「天若有情天亦老，不用教，少年都知道！」

百歲光陰一夢蝶，重回首往事堪嗟

名句的誕生

百歲光陰一夢蝶[1]，重回首往事堪嗟。今日春來，明朝花謝，急罰盞[2]夜闌[3]燈滅[4]。

～元．馬致遠．〈夜行船．秋思〉

完全讀懂名句

1. 夢蝶：此典故乃出自《莊子．齊物論》之「莊周夢蝶」。指人生百年短暫虛渺，猶如莊周一夢化身為蝶。
2. 罰盞：古時飲酒行令，不如令者即有罰酒之舉。此以罰盞借指飲酒之意。
3. 夜闌：猶言夜深。
4. 燈滅：暗喻人之壽命將盡。

語譯：人生百年的光陰，虛幻短暫猶如莊子一夢翩然成蝶。重新回想前塵往事，只換得慨歎連連！春去春來，花開花謝，時光的流轉也不過如今天到明日一般，轉眼即逝，還是趁著今夜燈熄終宴之前，再多喝幾杯美酒吧！

名句的故事

散曲除了小令以外，還有「套曲」，乃合同一宮調中數曲牌相連貫而成，又稱「套數」、「散套」。「百歲光陰」等句即出自馬致遠的套曲〈夜行船．秋思〉開頭一支，先表達出人生如夢的體悟，進而點出全套的要旨——及時行樂，意境幽涼又不失灑脫，具體展現馬致遠的豪放風格。此套曲古人評價極高，明文學批評家王世貞《曲藻》即贊曰：「馬致遠百歲光陰，放逸宏麗，而不離本色，押韻尤妙……元人稱為第一，真不虛也。」

此曲中，人生漫長的百歲年華，只消馬致遠大筆一揮，瞬間凝聚成莊周的片憩一夢，在夢中羽化成蝶的莊周，振翅翩舞，完全忘卻自己原是名為莊周的人類，片刻後才在夢中恍然憶起自己的姓名與身分，進而引發出究竟是「莊周夢蝴蝶」，還是「蝴蝶夢莊周」的玄妙哲思。在人生如夢、夢如人生的體悟下，一幕幕的往事儘管歷歷在目，又豈知它們究竟為真實存在的歷史事件，還是僅為夢中的過眼雲煙？思量至此，也難怪只能以歎息聲收結。

或許眼前的繁榮景致正如春花般嬌豔美絕，但一個眨眼便化為明日黃花，《紅樓夢》中嬌弱的林黛玉一思及此，就感傷至極地掘塚葬花，那麼豪邁大氣的馬致遠又如何呢？自是舉杯暢飲，快活當下了！

歷久彌新說名句

歷來騷客文人，在感懷人生之際，不免都要舉杯消愁。三國時代的一代梟雄曹操在〈短歌行〉中便寫道：「對酒當歌，人生幾何？譬如朝露，去日苦多。」眼見光陰如朝露般蒸逝，讓縱橫天下、自信滿滿的曹操也不禁感慨，只好對酒高歌，藉以忘卻此苦。

與馬致遠一樣以豪放著稱的李白，談到飲酒自也不遑多讓！他在著名的詩篇〈將進酒〉中大聲疾呼：「人生得意須盡歡，莫使金樽空對月。」人壽幾何，把握當下及時行樂，才不至愧對眼前的美酒與皎月。若是一時約不著酒伴，李白也要來個：「舉杯邀明月，對影成三人。」〈月下獨酌〉讓明月與影子陪伴自己飲酒尋歡，徹底展現他無酒不歡的「謫仙人」本性。

歲月不饒人，看來不管是呼風喚雨的英雄豪傑，還是超凡入仙的一代文豪，都難免得藉酒遣懷，任人生大夢一覺而醒！

落花水香茅舍晚，斷橋頭賣魚人散

名句的誕生

夕陽下、酒旆[1]閒[2]，兩三航[3]未曾著岸[4]。落花水香茅舍晚，斷橋頭賣魚人散。

～元．馬致遠．〈落梅風．遠浦歸帆〉

完全讀懂名句

1. 酒旆：即酒旗，古時酒店之標幟。
2. 閒：閒閒，搖動的樣子。
3. 航：指帆船。
4. 著岸：靠岸。

語譯：在落日餘暉的映照下，迎風搖曳的酒旗，似乎在召喚出航的帆船們靠岸歇息，河道上只見三三兩兩的歸船向岸邊駛來，尚未靠岸。在這暮春時節，水面上的落花幽香陣陣，村中茅舍炊煙裊裊，斷橋頭上的賣魚人家紛紛收市，結束這充實而美好的一天。

名句的故事

相傳北宋畫家宋迪繪瀟湘風景平遠山水八幅，使瀟湘八景成為歷代文士稱頌不絕的傳世美景。據此，馬致遠分別譜寫八首小令，此即瀟湘八景組曲之一。在此曲中，馬致遠將漁舟唱晚的和諧景象，一筆一畫地勾勒出來，先渲染出「夕陽」的金黃光芒，讓酒旗、歸帆、落花、茅舍、魚販等構圖元素，全沐浴在暮光之下，定格成令人回味無窮的湘水暮景。只見那酒旗與落花似動未動，歸帆與賣魚人似靜非靜，動靜交錯之間，清新如畫，卻又栩栩如生、如在眼前，使人猶如身在畫中，沉浸在那漁村晚照的氛圍裡，迎著風聞酒香、品花香，人文與自然水乳交融，一派和諧的律動，彷彿可以持續到天荒地老。馬致遠的清麗風格，短短數語便一展無遺！

歷久彌新說名句

北宋沈括於《夢溪筆談．書畫》中說道：「度支員外郎宋迪工畫，尤善為平遠山水，其得意者有平沙落雁、遠浦歸帆、山市晴嵐、江天暮雪、洞庭秋月、瀟湘夜雨、煙寺晚鐘、漁村夕照，謂之八景，好事者多傳之。」在膾炙人口的瀟湘八景問世後，歷代畫家、文學家都喜愛以此八景做為創作題材，其盛名甚至遠播至日韓等國，對東方藝術影響之深遠不可斗量。

且看元人陳旅的詩作〈題陳氏瀟湘八景圖〉，如馬致遠一般為八景各題一詩，其中〈遠浦歸帆〉詩為：「南浦草仍碧，高樓日易斜，歸帆傍水廟，簫鼓下神鴉。」南方水岸上的青草碧綠依舊，掛在高樓旁的夕陽不一會兒就西沉了，歸航的帆船點點散布在河岸上的寺廟周圍，在這鼓簫和鳴的愜意晚景中，廟前祭品供養的烏鴉群也紛紛歸巢休憩。有別於馬致遠的漁家風情，描繪出帶有宗教色彩寧靜安詳的河岸暮色，另有一番風味。

自古以來，「遠浦歸帆」一景的具體位置眾說紛紜，推估約在湖南湘陰縣城江邊一帶，如今當地興建的「遠浦樓」等建物，牌匾題字處處可見思古情懷。想來不論歷經多少年月，縱使確切位置無人知曉，瀟湘八景已成為古今華人心目中最魂牽夢縈的終極美景。

也曾麥場上拾穀穗，也曾樹稍上摘青梨

名句的誕生

俺兩個也曾麥場上拾穀穗，也曾樹梢上摘青梨，也曾倒騎牛背品[1]腔笛，也曾偷的生瓜來連皮吃。

～元・張國賓・《薛仁貴》第三折

完全讀懂名句

1.品：吹奏

語譯：我們兩個人，也曾經一起在打麥場上撿拾穀穗，也曾經一起爬到樹上摘取青梨，也曾一起倒騎在牛背上吹著牧牛笛，也曾經一起偷取田裡的生瓜連著瓜皮直接啃來吃。

作者背景小常識

張國賓，一名國寶，元代大都（今北京）人。生卒年不詳，活動時期約在元朝大德年間（西元一二九七～一三〇七年）。所作雜劇有《相國寺公孫合汗衫》、《薛仁貴衣錦還鄉》、《羅李郎大鬧相國寺》、《歌大風高祖還鄉》、《嚴子陵垂釣七里灘》，後兩部今已亡佚。

劇曲的故事

《薛仁貴》一劇共四折一楔子，全名為《薛仁貴衣錦還鄉》，敘述唐代大將軍薛仁貴從離鄉投軍，到建功立業，衣錦還鄉的過程。

薛仁貴自小愛刺槍弄棒，不願在家務農，聽說絳州出榜招募義軍，因而離鄉投軍。從軍後，薛仁貴奮勇擊退由摩利支率領的高麗軍，功勞卻被總管張士貴侵佔，幸賴軍師徐茂功及兵部尚書杜如海主持正義，才讓他討回公道。時光流轉，不覺已征戰十年。薛仁貴極為思念父母。徐茂功得知後，因而報請聖上，讓仁貴衣錦還鄉。返鄉途中，他向鄉人打探家中狀況，才得知父母過著貧困的生活，且因思念愛子每天以淚洗面。最後薛仁貴一家終於團聚，徐茂功再持聖旨封賞其全家。

名句的故事

本篇名句出自第三折，在這一折中，作者透過薛仁貴家鄉的兒時友人伴哥之口，側面描寫薛仁貴榮歸故鄉的威勢，唬得他「戰戰兢兢，慌慌張張。只待要哭哭啼啼。」伴哥與仁貴原本「也曾麥場上拾穀穗，也曾樹稍上摘青梨，也曾倒騎牛背品腔笛，也曾偷的生瓜來連皮吃。」如今闊別多年後再聚首，卻已是相見不相識了。從伴哥口中，也描繪出鄉里中人對薛仁貴的印象。薛仁貴離家投軍後，十年間音訊全無，也不知死生吉凶，對於鄉人而言，他們只看到薛家二老在獨子離家後窮困憔悴，日夜翹首盼望愛子平安歸來，因此，鄉人們自然認為薛仁貴不孝，而且是個「不長進的東西」。所以薛仁貴的衣錦榮歸，固然是他十年征戰，辛苦立下無數功勞積累而成，但鄉人的眼中，其實也正是薛家二老的犧牲奉獻，用思念愛子的淚水換來的。

歷久彌新說名句

中國自古以來就有安土重遷的觀念，遊子離鄉打拚，總是期盼有朝一日能夠功成名就、衣錦還鄉；縱使在外不順遂、不得志，年老時也總希望能夠「落葉歸根」。若不幸客死異地，也希望骨骸能夠歸葬故鄉。「衣錦還鄉」是所有成功者的願望，秦末西楚霸王項羽進入咸陽後，放棄以關中為根據地，堅持率軍東歸，原因就在於他說：「富貴不歸故鄉，如衣繡夜行，誰知之者！」（《史記．項羽本紀》）但這個決定，也成為日後楚漢相爭，項羽敗給漢高祖劉邦的原因之一。

萬朵彩雲生海上，一輪皓月映波中

名句的誕生

清宵無夢，引著這小精靈，閑伴我遊蹤。恰離了澄澄碧海，遙望那耿耿長空。你看那萬朵彩雲生海上，一輪皓月映波中。覷[1]了那人間鳳闕，怎比我水國龍宮？清湛湛、洞天福地[2]任逍遙，碧悠悠、那愁他浴鳧[3]飛雁爭喧哄。似俺這閨情深遠，直恁般好信難通！

～元．李好古．《張生煮海》第一折

完全讀懂名句

1. 覷：音ㄑㄩˋ，看。
2. 洞天福地：神仙所住的地方。
3. 鳧：音ㄈㄨˊ，野鴨。

語譯：夜晚睡不著，帶著我的小侍女，陪伴我到處遊盪。才剛離開了碧綠色的大海，遙望著光明寧靜的天空。你會看到成千上萬朵的雲霞在海面上出沒，一輪皎潔的明月映照在水波之中。我看那人世間的宮殿，怎麼比得上我那水底的龍宮？那清澈光明、深青碧綠的仙境讓我自由自在，哪裡需擔心要和水中野鴨或天上飛雁比賽嘈雜哄鬧。像我這樣幽居深遠的海底，我的心情也這樣難以讓人知曉。

作者背景小常識

李好古，元代保定人，生卒年不詳。李好古為元代雜劇作家，著有雜劇三部，現僅存《沙門島張生煮海》。

劇曲的故事

《張生煮海》一劇共分四折，全名為《沙門島張生煮海》，敘述潮州書生張羽寓居石佛寺，清夜撫琴，招來東海龍王三女瓊蓮，兩人互生愛慕之情，約定中秋之夜相會。然而張生擔心龍王阻撓，便用仙姑賜予的寶物：銀鍋一隻，金錢一文，鐵杓一把煮海水，使大海翻騰，急得龍王找石佛寺的長老前去向張生求情，表示願意將女兒許配給張生。張生於是赴龍宮與瓊蓮相會，兩人終成眷屬，隨後南華仙人現身，說兩人本是瑤池的金童玉女，動了凡心被貶下凡，並帶兩人重返仙境。

名句的故事

「萬朵彩雲生海上，一輪皓月映波中。」這二句是東海龍王三女瓊蓮清夜到海上散心，所看到的景色。

瓊蓮想要散心而來到海上，看著成千上萬朵的雲霞放射出斑爛色彩，一輪明亮的滿月高掛天空，月影投映在水波中。如此壯闊美麗的景色，照理說應該會讓看的人心情舒暢，但此時的瓊蓮心中反而開心不起來。明末理學家王夫之在《薑齋詩話》說：「以樂景寫哀，以哀景寫樂，一倍增其哀樂。」所以《牡丹亭》中的杜麗娘在春日遊園，看見姹紫嫣紅的春景而自傷。瓊蓮久居深海，一片春心無處寄託，趁著夜晚到海上散心，看見海面上的美景，不免想到這樣的景色竟無知心人可一同陪伴欣賞，更觸動心事，增添心中的孤寂。

也就是因為瓊蓮的心境在此時是如此脆弱，所以她被張生的琴聲所吸引，進而見到張生後，便一見鍾情，將滿腔的春情全部寄託，並許下終身之約。

歷久彌新說名句

《禮記．昏義》說：「昏禮者，將合二姓之好。」說明婚姻主要是結合兩個不同的家庭，因此，古代十分講求「門當戶對」，認為婚姻必須透過父母之命、媒妁之言，所以扼殺了許多青年男女的戀情。

像張生這樣勇於爭取、甚至積極向龍王挑戰，最後贏得幸福的，在古代極為少見。例如著名的「梁山伯與祝英臺」故事，就是因為兩人的戀情不被父母接受，祝英臺還被強迫許配給馬文才，最後以梁山伯病死、祝英臺殉情的悲劇收場。

另外，像唐代陳玄祐的傳奇小說《離魂記》中的張倩娘，就因與王宙的戀情不受父親重視，竟然以靈魂出竅、追尋情人赴京來表達對愛情的執著；還有元雜劇名家白樸的《牆頭馬上》，女主角李千金也因為和裴少俊的愛情得不到父親的認可，選擇以私奔的方式追求真愛。至於民初的客籍作家鍾理和也因和鍾台妹的同姓婚姻不被接受，選擇私奔到大陸，如此案例不勝枚舉，更不用說因家人反對而被迫分離的，更是不可勝數。

雲來山更佳，雲去山如畫

名句的誕生

雲來山更佳，雲去山如畫。山因雲晦明[1]，雲共山高下。　倚杖立雲沙[2]，回首見山家。野鹿眠山草，山猿戲野花。雲霞，我愛山無價。看時行踏[3]，雲山也愛咱。

～元・張養浩・〈雁兒落兼得勝令〉

完全讀懂名句

1.晦明：昏暗與晴朗。

2.雲沙：茫茫雲海，就像平坦的沙灘一樣。

3.行踏：往來、走動，這裡指邊走邊看。

語譯：雲霧繚繞的山色更添情趣，晴朗無雲的山景如同畫境。群山因為雲霧的來去，有時昏暗，有時明朗。雲霧隨著山巒的形勢，有時在山頂上，有時在山腰下。　拄著木杖站在像是平坦沙灘的雲海當中，回頭看見山居的屋舍人家。野鹿睡在山間的草地上，猿猴摘著野花遊戲。雲霞啊！我喜愛無價的山景，選擇好時光登山漫遊，雲山也喜歡我呢。

名句的故事

張養浩曾兩度出仕，第一次因「疏時政萬餘言」為「當國者不能容」，於是隱於家鄉，第二次亦因直言疏諫，雖僥倖免於責難，但伴君如伴虎，執意歸鄉。此首〈雁兒落兼得勝令〉當作於第二次歸隱後，為前後六首之二。

〈雁兒落兼得勝令〉為帶過曲，結合了〈雁兒落〉與〈得勝令〉兩首曲子。前四句〈雁兒落〉客觀寫景：山雖然不動，任雲來雲去，但山不因雲來而增一分色彩，也不因雲去而減一分顏色；雲可使山色產生明晦變化，又可與山一同高高下下。後八句〈得勝令〉將主觀情感進入景物之中，物我合一。作者在山中倚杖、回首，所見除了雲海、人家外，更有「野鹿眠山草，山猿戲野花」。「野鹿」、「山猿」是客觀書寫，但「眠山草」及「戲野花」是作者帶著情感的目光所體會到的景致，因此發出感歎，直接表達感情：「雲霞，我愛山無價。看時行踏，雲山也愛咱」說明作者愛山，是因為山中的雲霞；山也愛作者，是由於作者在山中悠閒欣賞美景。兩句呈現出與李白〈獨坐敬亭山〉：「相看兩不厭，唯有敬亭山」，辛棄疾〈賀新郎〉：「我見青山多嫵媚，料青山見我亦如是」同樣的情致，用語卻更為平實親切，充分展現了曲作平易自然的語言特色。

歷久彌新說名句

名句「雲來山更佳，雲去山如畫」寫雲之動，變幻莫測，也寫山之靜，屹立不改；雲雖然變幻多端，引人矚目，但山任憑雲如何飄動，仍然不改本色。一般而言，隱居山林者多寫山，如陶淵明〈飲酒〉：「山氣日夕佳，飛鳥相與還。」但仍不如張養浩這兩句將山及雲寫得如此生動，尤其是雲的動態描寫，為山增色，也為這兩句增色。

張養浩寫雲寫得如此出色，與張養浩號雲莊、隱居於雲莊別墅合看，可見張養浩對於雲的特別喜好。他在曲作〈胡十八〉中寫到：「自隱居，謝塵俗。雲共煙，也歡愉。萬山青繞一茅廬，恰便似畫圖中間裏著老夫，對著這無限景，怎下的又做官去。」隱居後不與凡塵俗客來往，鎮日與自己為伴的只有自由自在、無拘無束的雲煙，生活在群山環抱的屋子裡，每天看到的景色美得如詩如畫，在此情此景之中，怎麼可能再次出來作官呢？從張養浩筆下雲的特色，可知他所嚮往的就是這種自在生活，因此自稱為「類狂夫」——不拘小節、我行我素之人。

詩句欲成時，滿地雲撩亂

名句的誕生

鶴立花邊玉，鶯啼樹杪[1]弦，喜沙鷗也解相留戀。一個衝開錦川[2]，一個啼殘翠煙[3]，一個飛上青天。詩句欲成時，滿地雲撩亂。

~元・張養浩・〈慶東原〉

完全讀懂名句

1. 樹杪：樹枝的末端。
2. 衝開錦川：指白鶴在河川上飛舞，劃開碧綠的河面。
3. 啼殘翠煙：指黃鶯在綠蔭翠煙中鳴啼。

語譯：白鶴立在鮮花旁邊潔白如美玉，黃鶯在樹梢上啼鳴有如美妙的和弦，沙鷗也知道彼此眷戀，真令人歡喜。白鶴在河川上飛舞，劃開碧綠的河面，黃鶯啼聲響徹裊裊的雲煙，沙鷗飛上青天。當詩句寫成時，只見滿地撩亂的雲煙。

名句的故事

張養浩這支曲子談到了三種動物：白鶴、黃鶯、沙鷗，白鶴常常代表著長壽的神仙或清高的隱士，不論哪一種都與凡塵俗世隔絕，「鶴立花邊玉」、「衝開錦川」都是形容牠的潔白高傲。黃鶯的特色是宛轉的啼聲，「鶯啼樹杪弦」、「啼殘翠煙」皆與其悅耳動聽的啼聲有關。沙鷗則著眼於其悠閒自在，並以自由飛翔、無拘無束比喻隱居者自在的生活情調，「飛上青天」既強調了自由飛翔的性格，「喜沙鷗也解相留戀」又呼應「鷗鷺忘機」之語：

沒有心機之人，鷗鳥也願意和他親近，否則張養浩喜愛沙鷗，沙鷗未必與他「相留戀」。

這三種動物都是農村常見的鳥類，牠們的姿態也都是尋常可見，但張養浩卻為此引發內心的喜悅，將牠們一一寫入曲中。這些表面上看似寫景狀物，但同時也在寫張養浩的心態——在恬淡安適的大自然中，只有無心機的鳥兒們與自己作伴，遠離官場的黑暗齷齪。因此，面對此情此景，張養浩從心底發出一聲感歎：「詩句欲成時，滿地雲撩亂」，這是他陶醉於自然環境而產生的狂放自傲的忘我之情。

歷久彌新說名句

與「白鶴」最親近的大概就是北宋詩人林和靖了，他長期隱居西湖旁的孤山上，淡泊名利，安於貧窮，不做官也不結婚，享受獨自隱居的寧靜生活，只在山上種了許多梅樹，在湖邊養了兩隻白鶴，與梅花、仙鶴作伴，因而有了「梅妻鶴子」之說。將白鶴當成兒子，還不親近嗎？於是「白鶴」也就用來形容像林和靖那樣的高人雅士。

唐代于敖在〈聞鶯〉一詩中說：「玉繩河漢曉縱橫，萬籟潛收鶯獨鳴。能將百囀清心骨，寧止閑窗夢不成。」鶯聲宛轉可以使人心寧神定，因此詩人寧可為黃鶯啼聲擾得不得入睡，也願意閒聽鶯啼。

沙鷗沒有機心，也喜愛與沒有機心之人來往，典故出自《列子．黃帝》：有個漁人非常喜歡鷗鳥，每次出海都與鷗鳥一塊兒嬉戲玩耍，常有上百隻的鷗鳥在他的身邊。有一天，他的父親對他說：「我聽說那些鷗鳥都願意與你遊玩，你明天就捉幾隻帶回家給我玩。」第二天漁人到海上，鷗鳥卻只遠遠地飛在他的頭頂，再也不飛到他的身邊了。清代紀昀在《閱微草堂筆記》中提到「海客無心，則白鷗可狎」表示在海邊的人如果沒有補捉海鷗的意思，也可以和海鷗一起遊戲，同樣也用了這個典故。

因此，張養浩〈慶東原〉曲子以大部分的篇幅特別寫這三種鳥類，有其獨特的目的，並非任意隨機寫入的。

撲頭飛柳花，與人添鬢華

名句的誕生

瘦馬馱1詩天一涯，倦鳥呼愁村幾家。撲頭2飛柳花，與3人添鬢華4。

～元．喬吉．〈憑闌人．金陵道中〉

完全讀懂名句

1. 馱：牲畜背上背著。
2. 撲頭：迎面撲來。
3. 與：替。
4. 鬢華：兩鬢的白髮。

語譯：消瘦的馬兒背著詩囊走遍了天涯，疲倦的飛鳥悲愁的鳴叫著，荒郊路上零零落落有幾戶人家。柳絮迎面撲到我的頭上，替人雙鬢平添了多少白髮。

名句的故事

此曲是描寫作者前往金陵途中所見的景物與內心的感觸，借景喻情，用樸素的筆調表達倦於飄泊的心情。

起首二句「瘦馬馱詩天一涯，倦鳥呼愁村幾家」用「瘦馬」、「倦鳥」的具體意象，使全篇一開始便籠罩一股蕭條困頓的意味。「瘦馬馱詩」，而不說馱人或載物，刻畫出主人是個別無長物、浪跡天涯的潦倒詩人。「倦鳥呼愁」用擬人化的寫法，詩人在愁思縈繞之中，眼中看去，連歸巢的鳥兒都帶著愁意，反映他羈旅中疲憊的身心。

「撲頭飛柳花，與人添鬢華」把鏡頭從周邊景物拉回到主人翁身上。白色的柳絮迎面撲到詩人的頭臉上，不但為落魄的旅人增加幾分狼狽景象，也讓他深深歎息雙鬢又平添了多少白髮。這白髮是虛寫也是實寫，柳絮附著在雙鬢形成的白髮是虛，但詩人感歎年華老去所增添的白髮，卻是無法抹去的歲月痕跡。

柳絮隨風飛舞、飄浮不定的特性，給人悲涼的感覺，因此在詩詞裡常成為無情飄零的象徵。此處「撲頭飛柳花」除了景物的描述，還有意象上的意義，隱含逆旅漂泊的春愁和老大無成的感傷，平淡的敘述卻帶著深沉的情感，彷彿還能聽到詩人長長的歎息。

歷久彌新說名句

暮春時節，撲頭飛柳花徒增鬢間白髮的景象，似在提醒人們韶華易逝、青春不再的無奈，使人膽寒心驚。因此唐代詩人雍裕之的〈柳絮〉便云：「無風才到地，有風還滿空。緣渠偏似雪，莫近鬢毛生」，因為柳絮色白似雪，便希望隨風漫天飛舞的柳絮，可不要飛近我的雙鬢來，以免增添我鬢間的白髮。明寫的是似雪的柳絮，隱喻的是人們對「華髮不生、青春永駐」的期望。

柳絮也常比喻漂泊不定的人生。唐代蜀中名妓薛濤，原本出身書香門第，卻命運多舛，淪落風塵。她以〈柳絮〉一詩表達了自己的情思和哀怨：「二月楊花輕復微，春風搖蕩惹人衣。他家本是無情物，一任南飛又北飛。」「楊花」指的就是柳絮，詩人感歎自己的命運就像柳絮般輕微，隨著春風吹拂四處飄蕩，無法享有安定的生活。「他家本是無情物」說得雲淡風輕，卻充滿無奈與悲涼。全詩借柳絮南飛北飛的特性，抒發身世飄零的感傷。

唐代張祜的〈楊花〉有著幾分俏皮和風趣：「散亂隨風處處勻，庭前幾日雪花新。無端惹著潘郎鬢，驚殺綠窗紅粉人。」雪花般的柳絮落在俊美如潘安的男子頭上，使得喜愛潘郎的粉絲們大吃一驚，還以為潘郎一下子華髮叢生，突然衰老了。簡短數語，不但點出柳絮的特性，還具有豐富的故事性，讓人耳目一新。

鶯鶯燕燕春春，花花柳柳真真

名句的誕生

鶯鶯燕燕[1]春春，花花柳柳[2]真真，事事風風韻韻[3]。嬌嬌嫩嫩，停停當當[4]人人[5]。

～元・喬吉・〈天淨沙・即事[6]〉

完全讀懂名句

1.鶯鶯燕燕：比喻天真活潑的少女。
2.花花柳柳：比喻豔麗的女郎如花柳般嬌媚。
3.風風韻韻：形容婦女的風情韻味。
4.停停當當：妥妥當當，恰到好處。形容體態、動作的優美。
5.人人：稱所愛的人。
6.即事：就眼前事物或景物題詠。

語譯：像春天的鶯鶯燕燕一樣活潑可愛，在花花柳柳的襯托下如同畫中的仙女一般，她的動作舉止充滿風情韻味，體態嬌柔裝扮優美，一切都妥妥當當，恰到好處，真是可愛的俏佳人。

作者背景小常識

喬吉（西元一二八〇～一三四五年），一作喬吉甫，字夢符，號笙鶴翁，又號惺惺道人，原籍太原，後流寓杭州。他儀容俊美，擅長詞章，但一生無意仕進，過著貧困的生活，中年以後落魄江湖，以縱情詩酒、笑談風月來消磨一生，自稱「不應舉江湖狀元」，但內心實有懷才未遇的隱痛。

喬吉是元曲大家，雜劇、散曲創作皆有成就，散曲與張可久齊名。他的曲風典雅清麗，又能保留初期散曲質樸通俗的特點，注重字句的錘鍊和音調的和美。他主張散曲要「鳳頭、豬肚、豹尾」，作品開頭要像鳳頭那樣美麗，內容要像豬肚般豐富，結尾要像豹尾一樣有力，是元代曲學的重要理論之一。

《全元散曲》收小令二〇九首，套數十一套。雜劇今僅存《揚州夢》、《兩世姻緣》、《金錢記》三種。

名句的故事

詩詞中常將同一個字或詞反復使用來加強感人的力量，其中最有名的疊字應屬宋代女詞人李清照〈聲聲慢〉：「尋尋覓覓，冷冷清清，淒淒慘慘戚戚」的十四個疊字，將徬徨、寂寞、悲傷的三重意境層層推進，把訴之不盡的愁苦委委婉婉的表達出來。但整首都用疊字的並不多見，歷來傳誦最廣的就屬喬吉這首〈天淨沙〉。

起首二句「鶯鶯燕燕春春，花花柳柳真真」都是雙關語，既是寫景也是寫人。春天的鶯聲燕語、花紅柳綠，使篇幅中充滿聲、色之美，接著描寫美人不論體態、舉止都十分的風流韻致，樣樣得宜。此曲聲調輕盈，用詞鮮妍，在美好春景的襯托下，我們彷彿也能看見那巧笑倩兮、美目盼兮，充滿春天氣息的美麗俏佳人。此曲將全部二十八個字都做成疊字，通篇沒有明確的動詞，以自然通俗的口語盡述眼前動人的景物，描繪出一幅春色美人圖。妙語天成，沒有雕琢的痕跡，讀來別有趣味。

歷久彌新說名句

鶯、燕是活躍在春天的鳥類，花、柳為春天生長的植物，「鶯歌燕舞、花紅柳綠」是典型的春天景象。唐代詩人杜牧〈為人題贈〉：「綠樹鶯鶯語，平江燕燕飛」就描述了樹上鶯語，江上燕飛的春景。宋代女詞人朱淑真〈謁金門．春半〉：「好是風和日暖，輸與鶯鶯燕燕」則感歎自己在明媚的春光中竟比不上鶯燕的歡樂。

因為鶯善鳴，燕善舞，也常用來比喻歌姬

或舞女。宋代詩人張先姬妾眾多，到了八十五歲還要再買小妾，他的忘年交蘇東坡聽到這件事，便寫了一首〈張子野年八十五尚聞買妾述古令作詩〉（陳襄，字述古，是張先和蘇東坡二人的朋友）調侃他，其中有一句「詩人老去鶯鶯在，公子歸來燕燕忙」，詩人、公子都是指張先，句中將他身旁姬妾環繞的景象表現得活靈活現，此處的「鶯鶯燕燕」可不是指天空飛翔的小鳥，而是能歌善舞的美女。

近年周星馳拍的一部詼諧電影《唐伯虎點秋香》，劇中的唐伯虎有許多趣味對答，其中有一聯長對：「鶯鶯燕燕翠翠紅紅處處融融洽洽，雨雨風風花花葉葉年年暮暮朝朝」，原文出自何處？引起大家熱烈討論。史書上的唐伯虎從未寫過此對，此聯的原始出處已經不可考，或許是以「鶯鶯燕燕春春，花花柳柳真真」為基礎，經過許多文人雅士的巧思妙想，逐字逐句地添加進去，成為大家饒有興味的話題。

春若有情春更苦，暗裡韶光度

名句的誕生

有意送春歸，無計留春住。明年又著[1]來，何似休歸去？桃花也解愁，點點飄紅玉。目斷楚天[2]遙，不見春歸路。　春若有情春更苦，暗裡韶光[3]度。夕陽山外山，春水渡傍渡，不知那搭兒[4]是春住處？

～元．薛昂夫．〈楚天遙過清江引〉

完全讀懂名句

1. 著：音ㄓㄨㄛˊ，教、使。
2. 楚天：南方的天空。
3. 韶光：美好的春光。
4. 那搭兒：哪裡。

語譯：滿懷離情送春天回去，因為沒有辦法把春天留住。既然春天明年還會回來，不如今年就別回去了。桃花也懂得為春天歸去而憂愁，飄落滿地的紅色花瓣。望盡遙遠的天際，也看不見春天歸去的道路。　春天若是有情，必然會更加痛苦，因為不知不覺中，美好的春光已悄悄地消逝了。夕陽籠罩的青山外還有重重疊疊的山，春水流向的渡頭之外還有無數的渡口，不知道哪裡才是春天停留的地方？

名句的故事

本曲是一首「帶過曲」，〈楚天遙過清江引〉便包含〈楚天遙〉及〈清江引〉二曲。〈楚天遙〉共八句，寫送春的無奈與悲愁。〈清江引〉共五句，寫春歸後的情思。

「春若有情春更苦」是「清江引」的首

句，與李賀〈金銅仙人辭漢歌〉：「天若有情天亦老」的表現手法相似，作者將自我的情感投射在景物身上，想像春天如果也有感情，必然會像我一樣為美好春光的悄然消逝而悲傷痛苦。「暗裡韶光度」指季節的春天，也暗喻人生的春天，作者將景色鮮妍的春光與生命中那一段最美好的時光產生聯想，韶光是在不知不覺間逝去的，人生也是如此，等發覺年華流逝，便已老之將至矣。他一方面為惜春而傷春，一方面也為自己消逝的歲月而感傷，春天去了明年還會再回來，但人們一去不復返的青春呢？

末三句問春歸何處，以「夕陽山外山，春水渡傍渡」的悠長意境，說明春光已漸行漸遠，而詩人的愁緒也隨著春天的腳步無限綿長，最後以一個沒有答案的問句作結，言有盡而意無窮，增加了曲子的深度與廣度。

歷久彌新說名句

惜春傷春是詩詞中常見的主題，而「不知那搭兒是春住處」、「春歸何處」也是傷春詞中常見的問句，但通常多是設問沒有作答，因為無人能解。倒是幾位有心人曾經試著為大家找出答案。

宋代黃庭堅在〈清平樂〉的下半片寫道：「春無蹤跡誰知，除非問取黃鸝。百囀無人能解，因風飛過薔薇。」詞人尋找春天的蹤跡，希望黃鸝鳥能告知春天的訊息，黃鸝鳥不住地啼叫著，只是人們卻無法理解鳥兒的話語。一陣風吹來，黃鸝鳥飛過薔薇花架那兒去了。黃鸝鳥是否想告訴我們答案呢？

春天到哪去了？唐代詩人王駕的〈春晴〉有著更有趣的聯想：「雨前初見花間蕊，雨後全無葉底花。蜂蝶紛紛過牆去，卻疑春色在鄰家。」只是一場雨，春天轉眼不見，詩人看到蜜蜂、蝴蝶往鄰牆飛，懷疑它跑到隔壁家去了。突發妙想，趣味橫生。

山光如澱，湖光如練，一步一個生綃面

名句的誕生

山光如澱[1]，湖光如練[2]，一步一個生綃面[3]。叩[4]逋仙[5]，訪坡仙[6]。揀西施[7]好處都遊遍，管甚月明歸路遠。船，休放[8]轉；杯，休放淺。

～元．薛昂夫．〈山坡羊．西湖雜詠．春〉

完全讀懂名句

1.澱：藍色的染料。

2.練：白色的熟絹。

3.生綃：綃，音ㄒㄧㄠ。生綃，沒有漂煮過的絲織品。古人用來作畫，所以也指畫卷。

4.叩：叩，訪問。

5.逋仙：林逋，字君復，卒諡「和靖先生」，北宋詩人。逋，音ㄅㄨ

6.坡仙：蘇軾，字子瞻，號東坡居士，北宋詩人。

7.西施：指西湖。

8.放：放任。

語譯：山色像藍靛般青翠，湖面有如白絹般光潔，每走一步，都如同觀賞一幅美麗的山水畫。到孤山訪問林和靖，再上蘇堤去尋覓蘇東坡，要把西湖的美景一一都遊遍。管它明月已高高升起而歸路還很遙遠。船兒繼續向前行吧，不要回頭；對此美景開懷暢飲，杯中的酒可不能斟少了。

名句的故事

薛昂夫有四首〈山坡羊〉分別詠西湖的

春、夏、秋、冬，此曲是歌詠春景。

起首三句描寫山光水色，以「澱」、「練」的具象字眼，將山水色彩突顯得更為鮮明，「一步一個生綃面」讚美西湖風景名勝比比皆是，人遊歷其中彷彿穿梭在一幅幅美麗的山水圖畫之中。此三句平白如話，卻簡練而又形象的將湖山風光描寫得生動而具體。

元人周德清《中原音韻．作詞十法》中說明曲子的用語，應當「造語必俊，用字必熟，太文則迂，不文則俗」。用語要美，不用冷僻字，太文謅謅的顯得迂腐，太不文雅又顯得粗俗。此處使用「如澱」、「如練」、「一步一個」、「生綃面」等詞語，就具有周氏所謂「文而不文，俗而不俗」的特點，充分表現曲的本色。周德清在〈正宮．塞鴻秋．潯陽即景〉也有類似的用法：「長江萬里白如練，淮山數點青如澱」。

「西湖」之稱，始於唐代，以此湖在錢塘縣城之西，因此得名。西湖之美使人流連忘返，唐代白居易也認為西湖風光美麗如畫，他的〈春題湖上〉起首便說：「湖上春來似畫圖，亂峰圍繞水平鋪」，末聯更道：「未能拋得杭州去，一半勾留是此湖」，道盡詩人對西湖美景的眷戀。到了宋朝，蘇東坡〈飲湖上初晴後雨〉詠之曰：「水光瀲灩晴偏好，山色空濛雨亦奇。欲把西湖比西子，淡粧濃抹總相宜。」將美景與古代美人西施連結在一起，為西湖平添無限風情。也因此，西湖又多了個「西子湖」的美稱。

歷久彌新說名句

西湖除了景色宜人，更有諸多歷史勝跡點綴其間，使西湖具有獨特的魅力。曲中提到的逋仙、坡仙便是兩位極具故事性的可愛人物。

逋仙，即北宋時的著名詩人林逋。本性孤高自好，終生不出仕，也不娶妻，隱居在西湖孤山，二十年不入城市。只在自家宅地遍種梅花，蓄養白鶴，人稱為「梅妻鶴子」。

沈括《夢溪筆談》說：林逋畜養了兩隻鶴，放牠們飛入雲霄，在天空盤旋許久後又會自行飛入籠中。林逋時常駕著小艇，遍遊西湖諸寺，如果有客人來訪，童子應門請客人入坐後，就打開籠門把鶴放出來。過一陣子，林逋看到天空飛翔的白鶴，就會駕著小船返家了。

坡仙就是北宋大文豪蘇東坡。蘇東坡曾經兩度到杭州做官，寫下不少歌詠西湖景物的詩篇。當他第二次出任杭州知州時，見到西湖因雜草淤塞而面臨湮廢的邊緣，影響到杭州百姓的生計，便對西湖進行大規模的疏浚，並把疏浚出來的淤泥，在湖中築成一條溝通南北的長堤，堤上遍植楊柳和各種花草，使西湖更增嫵媚。人們為了紀念這位造福百姓的父母官，便把這條長堤稱為蘇公堤，簡稱蘇堤。關於蘇東坡與蘇堤，現代詩人郁達夫曾有詩云：「樓外樓頭雨如酥，淡妝西子比西湖。江山也要文人捧，堤柳而今尚姓蘇。」起首二句化用前人詠西湖的名句，饒有意味。

九日明朝酒香，一年好景橙黃

名句的誕生

乾坤[1]俯仰，賢愚醉醒，今古興亡。劍花[2]寒夜坐歸心壯，又是他鄉。九日[3]明朝酒香，一年好景橙黃。龍山[4]上，西風樹響，吹老鬢毛霜。

～元．張可久．〈滿庭芳．客中九日〉

完全讀懂名句

1. 乾坤：本為《易經》中的兩個卦名。此借指天地。
2. 劍花：劍光。
3. 九日：農曆九月九日重陽節。
4. 龍山：位在今湖北省江陵縣西北。

語譯：俯仰天地，賢人清醒，愚人迷醉，自古至今，興盛敗亡交替不已。人居異鄉，在寒冷的夜裡舞著劍，滿懷都是歸鄉的心念。明日就是九九重陽節，到處都聞得到酒的醇香，一年最美的景致，便是深秋橙黃橘綠的時候。我登上龍山，只聽見秋風吹打樹葉的聲響，把人吹得年老，耳旁兩頰都已長出白色的鬢髮！

作者背景小常識

張可久（約西元一二八〇～一三五二年左右），一說名久可，號小山，慶原（今浙江寧波）人。一生官運不遂，過了四十歲始謀得一份小吏的職務，之後時官時隱，到了七十多歲時，仍為了生計接下幕僚工作。由於仕途坎坷，迫使其不得不為了生活勞苦奔走、流離四方，足跡踏遍江南各地，所積累下的見聞與閱歷，都成了他描寫自然風景、言情詠物的豐富題材。

元代戲曲評論家鍾嗣成在記載戲曲作家生平與創作的《錄鬼簿》中，把張可久列入「方今才人相知者」一類。明太祖朱元璋之子朱權，其在戲曲理論專著《太和正音譜》稱譽張可久「如瑤天笙鶴，其詞清而且麗，華而不豔，有不食煙火氣，真可謂不羈之材」。張可久畢生專攻散曲，尤擅小令，著有《今樂府》、《吳鹽》、《蘇堤漁唱》、《新樂府》等，後人將他的作品合編成《小山樂府》，共收錄小令八百餘首、套曲九首，並公認其為元代散曲「清麗派」的代表作家。

名句的故事

按照中國的習俗，農曆九月九日為重陽節，本是應與家人相聚一起，親友們結伴登高、暢飲菊花酒，並在頭上插茱萸以驅邪的節日，但張可久此時卻是客居他鄉，過著沉鬱、不得志的日子。此曲先是感歎古今人事的興亡，總是不停地交替循環，從不曾見過永遠的盛時；其後說明人在異鄉過節，縱使應景地喝著醇酒，眼前盡是秋日美麗景色，然當他站在高山上，被蕭瑟的秋風吹襲一身時，也只能情不自禁地感傷生命正在逐年老去。

曲中「一年好景橙黃」之句，實脫化自北宋蘇軾的七言絕句〈贈劉景文〉，詩云：「荷盡已無擎雨蓋，菊殘猶有傲霜枝。一年好景君須記，最是橙黃橘綠時。」意思是夏日的荷葉枯盡後，秋天的菊花也已凋落，只見菊花的枝幹仍不畏寒冷地傲然挺立著；希望您能牢記每年深秋時分，那段橙子變黃、橘子呈綠的美好景致。這是北宋哲宗元祐五年（西元一〇九〇年），人在杭州擔任知州的蘇軾，寫給兩浙兵馬都監劉景文的一首勉勵詩，其藉花木之耐寒與形成的天然美景，意在讚許好友劉景文的堅毅風骨與高潔品格。

歷久彌新說名句

張可久〈滿庭芳．客中九日〉末三句為：

「龍山上，西風樹響，吹老鬢毛霜。」他很可能並未親自登臨這座位在湖北的龍山，而是借東晉名士孟嘉在龍山落帽的典故，強調自己作客在外、登高遠眺的思鄉情緒。

據《晉書．孟嘉傳》記載，孟嘉在征西大將軍桓溫身邊擔任參事期間，倍受桓溫重用。某一年的重陽節，桓溫宴請左右隨從登上龍山飲酒，突然一陣風把孟嘉的官帽吹落，但孟嘉卻毫無知覺；桓溫見狀，暗示眾人不准說話，靜靜在旁觀察孟嘉的舉止，只見孟嘉始終保持雍容瀟灑的神情。過了許久，孟嘉準備如廁，桓溫才命人將帽子歸還，並要部下孫盛作詩嘲笑此事；孟嘉回來看見孫盛寫的詩，立即也作了一首文詞優美的詩酬答，讓在場人士驚歎不已。其後「孟嘉落帽」便成了稱許一個人氣度寬宏、態度灑脫的代名詞；至於「落帽」也與九九重陽從此結下不解之緣。

古來文人在過重陽節時，不免有感而發，文學史上也因而留下不少詩文佳作。如東晉陶淵明〈己酉歲九月九日〉前四句：「靡靡秋已夕，淒淒風露交。蔓草不復榮，園木空自凋。」又如唐人王維〈九月九日憶山東兄弟〉末兩句：「遙知兄弟登高處，遍插茱萸少一人。」以及李白〈九日龍山飲〉：「九日龍山飲，黃花笑逐臣（被貶謫放逐的臣子）。醉看風落帽，舞愛月留人。」

此外，張可久另有一首曲牌不同、題目相同的〈四塊玉．客中九日〉：「落帽風，登高酒。人遠天涯碧雲秋，雨荒（形容久旱不雨）籬下黃花瘦。愁又愁，樓上樓，九月九。」此與〈滿庭芳．客中九日〉一樣，都是在重陽登高的當下，抒發遊子離鄉背土的羈愁。

十年一覺揚州夢，春水如空

名句的誕生

搵[1]啼紅[2]，杏花消息雨聲中[3]。十年一覺揚州夢[4]，春水如空。雁波寒寫去蹤，離愁重，南浦[5]行雲[6]送。冰弦玉柱[7]，彈怨東風。

～元．倪瓚．〈殿前歡〉

完全讀懂名句

1.搵：音ㄨㄣˋ，輕按、壓拭的動作。

2.啼紅：因杜鵑花紅似血，故相傳杜鵑鳥啼血化做花紅。

3.杏花消息雨聲中：引用南宋詩人陳與義〈懷天經智老因訪之〉：「客子光陰詩卷裡，杏花消息雨聲中。」此處用以比喻時光荏苒，春天即將到來。

4.十年一覺揚州夢：引用唐代詩人杜牧〈遣懷〉：「十年一覺揚州夢，贏得青樓薄倖名。」比喻虛度光陰歲月後突然醒悟。

5.南浦：水岸之南，泛指送別之地。

6.行雲：飄動的雲朵，借指所思念的人。

7.玉柱：箏瑟等樂器上用以撐起琴絃、方便調音的雁柱。

語譯：掩耳不聽杜鵑啼叫，但在春雨滋潤下綻放的粉嫩杏花帶來春天的消息。驚覺過去美好的歲月已然消逝，恰如一去不回的春水般轉眼成空。春暖花開，天空中北歸的雁群更加深了離愁，我站在送別之地思念著你，陣陣箏瑟聲聽來都像在埋怨著春風。

作者背景小常識

倪瓚（西元一三〇六～一三七四年），字元鎮，號雲林，又號荊蠻民，滄浪漫士等，江蘇無錫人。喜好詩文，為元末山水畫的代表畫家之一，早年學習五代山水畫家董源的畫法，而後自成一格。畫風幽寂疏淡，筆法看似簡單，卻渾然天成，流露出蒼涼之感，與黃公望、吳鎮、王蒙等四位畫家合稱為元四家。

名句的故事

本曲倪瓚藉由杏花、春水、雁歸、行雲、杜鵑啼叫、雨聲、琴聲等豐富的視覺、聽覺印象，層層交疊傳達出其懷舊思人、傷春怨別之情。

倪瓚四十歲以前過著吟詩作畫的富裕生活。元末社會動亂，他散盡家財，歸隱山林，起先鑽研佛學，後入全真教出家。曲中引用杜牧〈遺懷〉的詩句「十年一覺揚州夢」，抒發往昔如夢的感歎。所思念的人像雁群北歸一般遠去，他依舊徘徊在這送別之地，陣陣琴聲聽在心頭都是哀愁，久久揮拂不去。

「浦」意指河岸、水邊。南浦一詞最早出現在屈原《九歌．河伯》：「子交手兮東行，送美人兮南浦。」大意是說：「你我牽著手依依不捨地向東走，我站在南邊的水岸目送著你遠去。」情境優美，意蘊深長，從此，後人便沿用「南浦」來借稱江水邊的送別之地。

天上的浮雲隨風飄動，因此李白〈久別離〉：「東風兮東風，為我吹行雲使西來。」便以「行雲」的意象借指所思念的人，盼望東風能將所思念的人帶回來，就像吹動雲朵一般。

「南浦」、「行雲」沿用甚廣後，成為指涉特定事物或情感的具體意象，因此常出現在傷別、思人的詩文之中。

歷久彌新說名句

倪瓚在本句巧妙使用「用典」的寫作手法，正是劉勰《文心雕龍》所謂的「據事以類義，援古以證今」，倪瓚借用前人的名句，發揮個人才情加以改寫，賦予文句新的生命。

唐代揚州極其繁華，加上社會風氣開放，青樓酒館十分興盛。杜牧因在朝廷受到排擠，於是應淮南節度使牛僧孺之聘，至揚州任節度使掌書記。到了揚州，為了排解鬱悶，便常出入青樓縱情笙歌。後來杜牧重獲重用，回憶起當年在揚州放縱的生活，而寫下這首〈遣懷〉：「落魄江湖載酒行，楚腰纖細掌中輕。十年一覺揚州夢，贏得青樓薄倖名。」

提到「春水」，最為人所知的便是李煜〈虞美人〉的「問君能有幾多愁？恰似一江春水向東流。」曾身為皇帝的李煜，在國破家亡後淪為受盡屈辱的階下囚，追憶起往日金碧輝煌的帝王生活，將他的愁苦譬喻為春日高漲的滾滾江水，無止盡地向東流去。不同於李煜，深受佛家、道家思想影響甚深的倪瓚寫下「春水如空」，正說明了他晚年的人生態度，回憶起早年富裕閒適的風雅生活，對比晚年澹泊的山林歲月，而體悟人生悲歡離合，最後都是轉眼成空。

元末山水畫著重在透過繪畫抒發情懷而非寫實，故又稱文人畫。倪瓚蕭條淡泊的畫風同時反映在他的文學創作中，這首散曲中有著豐富的視覺意象及深遠的人生體悟，亦可看成一幅淡雅蕭疏的山水畫作。

一江秋水澹寒煙，水影明如練，眼底離愁數行雁

名句的誕生

一江秋水[1]澹[2]寒煙，水影明如練[3]，眼底離愁數行雁。雪晴天，綠萍紅蓼[4]參差見。吳歌[5]蕩槳，一聲哀怨，驚起白鷗眠。

～元．倪瓚．〈小桃紅〉

完全讀懂名句

1. 秋水：秋天江水、湖面的景致。
2. 澹：音ㄉㄢˋ，水面波光蕩漾的樣子。
3. 練：潔白的絲絹。
4. 蓼：草本植物名，多生於水邊，夏秋之際開淡紅色的小花。莖葉味辛辣，可用以調味或入藥。
5. 吳歌：春秋時吳國位處於今日江蘇。吳歌，指江蘇地方歌謠。

語譯：秋日江面上水波蕩漾、雲霧繚繞，天空倒影在水面就像絲絹一般潔白，我目送著你遠去的方向，離愁漸遠漸深，只見天邊雁群飛過。晴朗的天空下，雲朵潔白如雪，碧綠浮萍、淡紅蓼花錯落有致、高低起伏生長在江畔。划著船，我低低地哼唱著歌謠，忍不住哀怨地長歎一聲，卻驚擾了酣眠的白鷗，展翅高飛而去。

名句的故事

身為畫家的倪瓚，寫作猶如構圖，寥寥數語便勾勒出具體畫面，讀來就像欣賞一幅美麗的山水畫。前兩句，靜態描寫遠景，以水面為畫面中心大片留白，由遠至近描繪意境幽遠的

秋日景色。天邊飛過的雁群使他想起所思念的人，感覺自己猶如孤雁落單，心裡愁緒萬千。後兩句描寫近景，以自然環境中鮮明的色彩，映襯其內心的寂寥。「眼底離愁數行雁」和「驚起白鷗眠」，雖皆為動態描寫，亦因遠近距離不同而給人不同的感受。雁群飛行因距離遙遠而融合於遠景之中，心中的愁緒也隨之不斷綿延，頗似李白〈送孟浩然之廣陵〉：「孤帆遠影碧山盡，唯見長江天際流」的意境。「驚起白鷗眠」，則以「驚起」具體點出，近處酣睡的白鷗，因受驚擾突然振翅高飛而去，空留倪瓚哀怨的歎息聲。

歷久彌新說名句

江水由於季節、環境的不同呈現多種型態，其晝夜不歇、滾滾流逝，並且象徵地理阻隔等特性，皆能啟發自古文人雅士各種豐富的靈感聯想。《論語．子罕》：「子在川上曰：『逝者如斯夫！不舍晝夜。』」孔子以觀察江水晝夜不停地流，想到天地萬物四時變遷俱皆如此。《詩經．蒹葭》中「蒹葭蒼蒼，白露為霜，所謂伊人，在水一方」，秋水，又加上了秋天的蕭瑟。

雁又稱「鴻雁」是群居性候鳥，隨季節集體遷徙北歸南回，若落單失群則稱為「孤鴻」，每當雁群北歸，觸發遊子自比為孤鴻「獨在異鄉為異客」思鄉、思群之情。「鴻雁」亦為書信的代稱，相傳漢武帝時蘇武出使匈奴，遭單于流放北海牧羊十九年，而後漢使節謊稱昭帝狩獵時，射下鴻雁腳上有帛書寫明蘇武流放北海，匈奴單于才放蘇武返國。

杜甫〈天末懷李白〉「鴻雁幾時到，江湖秋水多。」和本句同樣寫到「秋水」、「雁」，但韻味不同。大意是：秋日江河水流湍急、風波也多，不知道何時才能收到你的消息？杜甫掛念李白流放夜郎途中安危的焦急心情，可見一斑。

光陰估值，估值錢多少？

名句的誕生

數過清明春老，花到荼蘼事了[1]，光陰估值，估值錢多少？望酒標[2]先拚[3]典翠袍，三更[4]尚道，尚道歸家早。花壓重門[5]帶月敲，滔滔，滔滔醉一宵；蕭蕭[6]，蕭蕭已二毛。

～明．唐寅．〈山坡羊〉

完全讀懂名句

1.荼蘼：植物名，夏初開花，可釀酒，又作「酴醿」。

2.拚：不惜一切地。

3.標：旗幟。酒標即指古代酒店門前酒旗。

4.三更：古代一夜分為五更，每更兩小時；三更為晚上十一時至隔日凌晨一時。

5.重門：層層門戶。

6.蕭蕭：淒清、寂寥之意；此處可形容頭髮花白稀疏的樣子。

語譯：節氣過了清明，春色已暮；初夏時分荼蘼花開後，美好的花季也即將到了盡頭。如果時間能夠估算價值，又能值多少錢呢？抬頭一望，眼前正是酒店的旗幟，不如不惜一切，典押華美衣袍換酒錢，開懷痛飲直到三更，還說此時回家太早。月夜裡，花影映照在重重門戶上，就著月色敲敲家門，唉！就如此深深地沉醉一晚吧，轉瞬間我也鬢髮稀疏年華已老。

作者背景小常識

唐寅（西元一四七〇～一五二三年），字

伯虎，又字子畏，蘇州閶（音ㄔㄤ）門（今江蘇）人，明代詩畫家。年少時即展現過人才氣，愛好喝酒、率性不羈；二十九歲高中鄉試第一名，次年赴京會試，卻受科舉舞弊連累而入獄。唐寅自此縱情山水、寄情詩酒，其詩文書畫在當時皆有很高的評價。晚年好佛學，取《金剛經》偈語「一切有為法，如夢、幻、泡、影，如露亦如電，應作如是觀」，自號「六如居士」，著《六如居士集》。

電影《唐伯虎點秋香》中，唐寅有九位妻子，還有與秋香的三笑姻緣，這些都是杜撰的故事。事實上，唐寅後半生以賣畫維持生計，生活貧苦；因在畫作中有枚「江南第一風流才子」之印，加上明清戲曲的影響，才附會出後人對其風流事跡的想像。

名句的故事

荼蘼因春末夏初開花，有春日將盡、花季告結之意；「花到荼蘼事了」語出宋人王琪《春暮游小園》一詩：「一從梅粉褪殘妝，塗抹新紅上海棠。開到荼蘼花事了，絲絲天棘出莓牆。」描寫暮春到初夏的遊園景致，梅花、海棠先後綻放，等到荼蘼花開，春天的賞花盛事也告終了。

〈山坡羊〉開頭即藉荼蘼花開感歎美好時光不再，整首曲的情感一波三折，氣氛從觸景傷春、感歎韶光流逝；轉為縱酒遣興、買醉忘憂，一副及時行樂之態；最後回首過往，對於年華不再唏噓不已。唐寅少時即負盛名，才華橫溢；不難想像在其而立之年，功名遭革黜後，滿腹文才無處發揮，以詩畫自娛又難以溫飽。望見荼蘼花開，驚覺時光流逝匆匆，不由得發出「光陰估值、估值錢多少」的感慨。

此曲也化用唐宋詩詞名句，「花壓重門帶月敲」即結合宋代女詞人李清照〈小重山〉「花影壓重門，疏簾鋪淡月，好黃昏」，以及唐代詩人賈島〈題李凝幽居〉「鳥宿池邊樹，僧敲月下門」之句。作者巧妙地藉著花影、月光與叩門動作，鋪陳出視覺、聽覺（敲門聲）與嗅覺（花香）感官相和的情境；在萬籟俱寂的夜裡，營造出動靜相融的景象。

歷久彌新說名句

茶蘼花的意象在清代曹雪芹《紅樓夢》第六十三回〈壽怡紅群芳開夜宴〉中更發揮得淋漓盡致。賈寶玉是紅樓夢的男主角，其生日當晚，在自家怡紅院中擺起酒宴，邀集大觀園中的姑娘們一起玩「占花名兒」（為宴席上飲酒助興的遊戲，以骰子與象牙籤為道具，籤上文字是飲酒規定）。小婢麝月抽出的花名籤子上，畫著一枝茶蘼花，題著「韶華盛極」四字，下邊寫著一句舊詩「開到茶蘼春事了」；一旁酒令寫道：「在席各飲三杯送春。」麝月不懂詩文，問此籤含義，但寶玉卻愁眉將籤藏了說：「咱們且喝酒。」

「韶華勝極」指美好時光正盛，但茶蘼花開，有著春光將盡之意，詩中不但有「春事了」之句，酒令上還有與「送春」之語，隱含著好景不再的結局；寶玉也感到不吉利，所以忙把籤藏了起來，只叫大家喝酒。曹雪芹善用以花喻人手法，暗喻群芳零落時刻不遠了；最後賈府家勢果然由盛轉衰，紅樓金釵們各自嫁人或病亡，驗證了三春過後諸芳盡的命運。

攘攘皚皚，顛倒把乾坤礙，分明將造化埋

名句的誕生

亂飄來燕塞[1]邊，密灑向程門[2]外。恰飛還梁苑[3]去，又舞過灞橋[4]來。攘攘皚皚[5]，顛倒把乾坤礙，分明將造化[6]埋。蕩磨的紅日無光，隈逼的青山失色。

～明．王磐．〈一枝花．久雪〉

完全讀懂名句

1.燕塞：燕為周朝的諸侯國名之一，約在今河北北部與遼寧南部。此以燕塞泛指北方邊境。

2.程門：宋代楊時、游酢前去見其師程頤，遇到大雪。當時程頤正好坐著閉目養神，兩人於是侍立一旁，待程頤醒了才向老師告辭，門外已雪深一尺。此即「程門立雪」之典故。

3.梁苑：梁苑是西漢梁孝王劉武所建之園囿，南朝宋詩人謝惠連〈雪賦〉中記載，梁孝王在兔園宴請賓客賞雪吟詩，故後人又稱梁苑為「兔園」、「雪苑」。

4.灞橋：灞橋位於長安東灞水上。唐代鄭綮（ㄑㄧㄥˋ）曾說：「詩思在灞橋風雪中驢子上。」此後「灞橋風雪」即常被詩人引用。

5.攘攘皚皚：攘攘，紛亂。皚皚，潔白。

6.造化：大自然。

語譯：久下不停的雪胡亂飄往北方邊境，綿密地灑向程頤弟子侍立多時的門外。剛飛往劉武的梁苑，又飛向鄭綮尋思詩句的灞橋上。紛亂而潔白的久雪，反過來阻礙世界的運轉，

擺明了要掩埋世間萬物。將太陽的光芒消磨殆盡，把青山屈逼至失去顏色。

名句的故事

本篇出自王磐〈久雪〉套曲中的第一支曲子。古來文學家詠雪之作，總是在歌頌雪的無暇純潔或豐年吉兆，然而這組曲子卻如同張守中所言：「久雪之詞，刺陰邪也。」他將久下不停的雪，描寫成駭人的邪惡勢力，鋪天蓋地席捲而來。此曲首四句即連引四個典故，讓久雪「亂飄」、「密灑」，既「飛」且「舞」，天地四方都毫不放過，全籠罩在這片雪色之中。接著又立即以兩組疊字寫其顏色狀態，埋怨它掩埋了天地萬物。從頭至此，一氣呵成，成功地把整個世界冰封成白茫茫一片。但這樣的黑暗勢力，王磐還嫌不足，非要讓高掛天邊的火紅太陽也遭它的勢力毀損，再也散發不出光與熱力；碩大厚重的青山也奈何不了它，也被屈逼至失去顏色。可見得王磐不單要寫這股邪惡勢力的無遠弗屆，還要寫它的威力無窮！這看似純淨卻邪惡至極的邪惡勢力究竟是什麼呢？或許就是王磐避之唯恐不及的高官權貴吧！

歷久彌新說名句

王磐除了以久雪喻人間的邪惡勢力外，他的諷刺曲〈朝天子．詠喇叭〉也相當著名：「喇叭、嗩吶，曲兒小，腔兒大。官船來往亂如麻，全仗你抬身價。軍聽了軍愁，民聽了民怕，哪去辨什麼真共假。眼見的吹翻了這家，吹傷了那家，只吹的水盡鵝飛罷。」在正德年間，隨皇帝南下的宦官一路作威作福，為非作歹，王磐便藉喇叭、嗩吶之特性，諷刺狐假虎威的宦官，由於此曲切合百姓的心聲，一時間廣為流傳，至今仍為人所樂道。

明月中天，照見長江萬里船

名句的誕生

明月中天，照見長江萬里船，月光如水，江水無波，色與天連。垂楊兩岸靜無煙[1]，沙禽[2]幾處驚相喚。絲纜[3]停牽，乘風直達銀河[4]畔！

～明．楊慎．〈駐馬聽．和王舜卿舟行之詠〉

完全讀懂名句

1. 煙：煙霧雲氣。
2. 沙禽：沙洲上的禽鳥。
3. 絲纜：拉船前進的繩子。
4. 銀河：夜空中密集如帶的星群，又稱「天河」。傳說牛郎、織女正是隔著銀河兩地相思。

語譯：明月高掛夜空，照著萬里長江水上的船隻，月光溫柔如水，江面平靜無波，水色深邃，恰與夜色相連。江畔兩岸楊柳低垂，四下恬靜，甚至不見一絲雲煙干擾，惟沙洲上打盹的禽鳥被月光驚醒，在那兒彼此叫喚。放手吧！捨去拉船的繩子，就這麼乘風而去，或許能夠直達天際，訪遊天外的銀河呢！

名句的故事

此曲為「和韻」之作，友人王舜卿寫了泛舟夜行的曲子，作者再以相同曲調與韻部的韻字創作，與之唱和，共作四首，此為其三，寫月下舟行幽景。楊慎跳脫「人望月」的視角，改從明月的角度俯瞰人間，設想月光映照萬里江船的寬闊場面，心境隨之豁然開朗。當夜江流不見波瀾，天地闃寂無聲，令人心情恬靜。倒是江畔的禽鳥也不知是被月兒驚醒，還是被船槳聲打擾，偶然引發小小騷動，活絡了周遭的靜謐與詩人的心思，讓舟中的楊慎不由得想要拋棄約束舟船的絲纜，一如卸去世俗羈絆，就這麼遠離塵囂，遨遊天外的美麗境界，一路從現實航向天馬行空的幻境，任由想像追尋馳騁。

楊慎與王舜卿的「詩文唱和」是文人特有的互動雅興，自古各朝都有文人唱和的佳談。唐朝元稹、白居易因貶謫而兩地相隔，仍以書信往返和詩近百首；王維與好友裴迪隱居，作《輞川集》往來唱和二十首；宋代蘇軾除與弟蘇轍和詩過百首，更與六百多年前的晉朝文人陶淵明「跨時空」唱和，作「和陶詩」一百二十四首，以表達仰慕之情。透過美麗詩文，騷人墨客取得超脫時空限制的溝通管道。

歷久彌新說名句

明月亙古不移而世亂無常，天上人間千古映照，尤惹人興歎。佛家禪宗《嘉泰普燈錄》卷十八以「千江有水千江月」說解佛法——佛性可在世間萬物彰顯展現，猶如同一輪明月可在千江水上映出千江月影，為「月照人間」的意象賦予更深刻的哲思。

文人以其敏感情思俯仰人世，執著而孤單地堅守理想，遭遇困頓之時，望月興懷，難免生發從此遠去、遁逃塵世的念頭。宋代大文豪蘇軾就在〈水調歌頭〉裡寫下「我欲乘風歸去，又恐瓊樓玉宇、高處不勝寒。」掛著皎明月的天上，會是純然美好的理想境界嗎？那極高之處，會不會因缺少人情溫度而令人寂寞、苦寒不已呢？寥寥數句已透露他在人間仕途與世外隱逸抉擇上的矛盾掙扎。一代詩仙李白無所顧慮，酒興一來便下豪語：「俱懷逸興壯思飛，欲上青天攬明月」，更為奔放灑脫！與之相隔近八百年的楊慎也不遑多讓，不只夢想「乘風歸去」，還清楚勾勒出「天際銀河」的訪遊目的地，彷彿這超脫遁逃之旅誠然可以成真！

原來姹紫嫣紅開遍，似這般都付與斷井頹垣。良辰美景奈何天，賞心樂事誰家院！

名句的誕生

原來姹紫嫣紅開遍，似這般都付與斷井頹垣[1]。良辰美景奈何天，賞心樂事誰家院！恁般景致，我老爺和奶奶再不提起。（合）朝飛暮捲，雲霞翠軒；雨絲風片，煙波畫船，錦屏人[2]忒看的這韶光賤！（貼）是[3]花都放了，那牡丹還早。

～明．湯顯祖．《牡丹亭》第十齣

完全讀懂名句

1. 斷井頹垣：斷折的井欄與倒塌的牆。形容荒涼殘敗，無人居住的景象。
2. 錦屏人：深閨中人。
3. 是：凡是、所有的。

語譯：（杜麗娘）原來這裡早已開遍了花色鮮豔的花，然而沒人欣賞，白白地浪費，只留下一片荒涼殘敗的景象。無奈美好的時節及景物難以同時兼具，使內心快樂安適之事又在哪一家院落？這般景致，我父母都不曾提起過。不論是在家可欣賞到的美景，又或是外面可以看到的美麗春景，深閨之人皆無法體會，這未免太辜負了這大好春光。（春香）這園子裡花可都開過了（也凋謝了），唯獨這牡丹離花謝還早得很呢！

名句的故事

第十齣〈驚夢〉其實包括「遊園」及「驚夢」兩部分，此句出自杜麗娘與春香「遊園」時所唱的第一支曲子，生動地將杜麗娘所見、所想，表達出來。

杜麗娘生長在一個「手不許把鞦韆索拏，腳不許把花園路踏」的家庭中，「遊園」是掙脫禮教束縛的越軌行為。在「遊園」的過程中，杜麗娘先被一片絢爛的春色所吸引，可是舉目四望，花園卻呈現一片荒涼殘敗的景象，無人料理、也無人欣賞的姹紫嫣紅，豈不太辜負了美麗的春光？因此杜麗娘失去了遊園的興致了，心情頹喪地回到閨房。

這次「遊園」是杜麗娘第一次走進後花園，第一次看見真正的春天，也同時發現自己的青春和春天一樣美麗；而名句「原來姹紫嫣紅開遍，似這般都付與斷井頹垣。良辰美景奈何天，賞心樂事誰家院」，杜麗娘所惋惜的不是三月春天將盡，而是眼看自己的青春瞬即逝去，卻無能為力，不能自主。因此「遊園」歸來，矜持穩重的大家閨秀杜麗娘才勇敢說出對門當戶對婚姻的不滿：「則為俺生小嬋娟，揀名門一例、一例裡神仙眷。甚良緣，把青春拋的遠。」

在名句的出處〈皂羅袍〉曲文的最後，春香提到這園子裡的花可都開過了，也凋謝了，唯獨這牡丹離花謝還早得很呢！杜麗娘接著唱〈好姐姐〉一曲：「遍青山啼紅了杜鵑，荼蘼外煙絲醉輭（ㄖㄨㄢˇ，同「軟」）。春香呵，牡丹雖好，他春歸怎占的先！」古人認為小寒、大寒、立春、雨水、驚蟄、春分、清明、穀雨等八個節氣中，每五天有一種花開，總計有二十四種花依序開放，即所謂「二十四番花信風」。牡丹是第二十二種、荼蘼是第二十三種，所以牡丹、荼蘼開得正好，表示最多再過十天就到了立夏，春天即將過完；因此杜麗娘才會說：牡丹雖然目前開得正好，但春天比牡丹更早離去。

也因此，杜麗娘想起自己的青春稍縱即逝，而她卻無能為力，不能自主，故而失去遊園的興致。

歷久彌新說名句

曹雪芹在《紅樓夢》第二十三回〈西廂記妙詞通戲語　牡丹亭豔曲警芳心〉中寫到：林

黛玉經過梨香院，聽牆內十二個女孩子在演習戲文，原本並不留心，但聽到兩句曲文十分纏綿，便停下腳步，那兩句便是《牡丹亭》的「原來姹紫嫣紅開遍，似這般都付與斷井頹垣。良辰美景奈何天，賞心樂事誰家院？」等到第四十回〈史太君兩宴大觀園金鴛鴦三宣牙牌令〉時，林黛玉怕罰酒，脫口說出「良辰美景奈何天」。然而，在當時《牡丹亭》這些戲曲被視為「淫詞豔曲」，大家閨秀是不能讀的，就像是《西廂記》，連賈寶玉都得偷偷摸摸地看；林黛玉脫口而出，一室的夫人少爺小姐丫鬟應該無人發覺才是，沒想到寶釵聽了，卻「回頭看著他」，可見這「不能讀」的《牡丹亭》，薛寶釵也耳熟能詳。如果說林黛玉是聽梨香院的十二個女孩子演習戲文而得，不知薛寶釵又從何而知？不論如何，都可以見得「原來姹紫嫣紅開遍，似這般都付與斷井頹垣。良辰美景奈何天，賞心樂事誰家院？」，果真有名。

白先勇曾描述自己曾對「遊園」中〈皂羅袍〉印象深刻，而名句「原來姹紫嫣紅開遍，似這般都付與斷井頹垣。良辰美景奈何天，賞心樂事誰家院！」正是〈皂羅袍〉曲文的開頭。或許因此也埋下了白先勇打造「青春版《牡丹亭》」的根由。

最是春光易得消，才過元宵，又過花朝

名句的誕生

（小旦上）最是春光[1]易得消，才過元宵，又過花朝[2]。（旦上）芳菲[3]時至不相饒，才放山桃，又放庭蕉。

～清．李漁．《風箏誤》第八齣

完全讀懂名句

1. 春光：春天明媚的景色，此處春光意指美好的時光。
2. 花朝：相傳為百花生日，節日期間，人們結伴踏青，姑娘們剪五色彩紙黏在花枝上，稱為「賞紅」。因南北氣候不同一般北方以農曆二月十五為花朝，而南方則是二月十二日，又稱為「花神節」。
3. 芳菲：有香味的花草，此指春天。

語譯：（柳氏）愈是歡暢的時光流逝地愈快，印象裡才剛慶祝完元宵燈會，如今花神節也過了。（淑娟）花草到了綻放的時節，任憑想盡辦法也無法阻止它們開花，山桃花才剛開完，現在庭院的芭蕉也要開放了。

作者背景小常識

李漁（西元一六一〇～一六八〇年），初名仙侶，後改名漁；字謫凡、號笠翁，生於浙江蘭溪，其後隨父遷往江蘇知皋，中年定居於南京，稱其居所為芥子園，卒於杭州。李漁出身富裕，擅長古詩文，曾考取秀才（博士弟子員）但未出仕。清兵入關後，因家道中落，除創作戲曲外，並自組家庭戲班，於達官貴人府邸獻藝演出，後又開設芥子園書舖，刻印圖書並出版其著作販售。李漁戲曲創作豐富，內容多以愛情婚姻為主，其創作戲曲見於《笠翁傳奇十種》，以《風箏誤》為代表作，而他在戲曲理論方面的傑出成就最為後世所稱道。

劇曲的故事

茂陵書生韓琦仲雙親早逝，家道中落，幸虧其父好友戚輔臣將他撫養成人。琦仲與輔臣之子友先一起長大，但兩人大相逕庭：友先貌醜，成日遊手好閒；琦仲俊美多才，學富五車。時近清明時節，友先想放風箏，命僕人央琦仲於風箏上作畫，但因沒有顏料，琦仲便題詩代替。不料風箏落於詹武承府，被詹二小姐淑娟拾起，並於其上和詩一首。戚家奴僕索回風箏，因友先正睡著大覺，便將風箏交給琦仲保管。琦仲見到淑娟詩句，頓生愛慕之情，又在風箏上題詩一首，刻意將風箏投入詹府盼再敘詩緣。豈料風箏卻落入大小姐愛娟院裡，愛娟冒充淑娟邀韓琦仲過府幽會，琦仲假冒友先之名赴約，卻被醜陋粗魯的愛娟嚇得落荒而逃。其後琦仲考取狀元，戚輔臣提議與詹府結親，欲將淑娟婚配琦仲；愛娟婚配友先，兩對新人同日成親。洞房花燭夜之際，種種誤會鬧得雞飛狗跳，最後真相大白，兩對歡喜冤家破涕為笑，成就良緣。

名句的故事

清明為二十四節氣之一，因「氣清景明，萬物皆顯」而得名，時間約在春分後的十五日，正是農曆二、三月之交，春天即將進入尾聲的時候。除了掃墓之外，民間也有放風箏的習俗，以期將晦氣放上藍天，為自己帶來好運。

本篇名句出自第八齣，一開始就描述友先趁著快到清明，應景地放起風箏，沒想到風箏就這麼被吹到鄰居詹武承的府上。當時詹二小姐淑娟與母親柳氏在庭院之中，柳氏想起新年時與夫君詹武承舉杯共飲，爾後武承前往川廣平亂，一晃眼元宵、花神節都過了，清明將至，仍不見良人返家，不由得唱出「最是春光易得消，才過元宵，又過花朝」，感慨時光飛逝。

淑娟聽了母親的歎息，也不禁有感而發。「芳菲時至不相饒，才放山桃，又放庭蕉。」顯然脫化自宋代詞人蔣捷〈一翦梅．舟過吳江〉的「流光容易把人拋，紅了櫻桃，綠了芭蕉。」只是蔣捷描述的是遊子客愁，李漁卻巧妙地將之化為閨中女兒情思，讀來毫無斧鑿痕跡，足見其功力。

歷久彌新說名句

《風箏誤》是李漁經典喜劇作品，全劇三十齣。故事將典型才子佳人戀愛故事，加上丑角插科打諢的情節，題材討喜，趣味性十足，因而深受歡迎。

京劇大師梅蘭芳就曾依此劇「雙生雙旦、二美二醜」的特色，改編為作品《鳳還巢》，並將故事背景移至明朝末年。故事敘述侍郎程浦育有二女，夫人生女雪雁，貌醜；側室之女雪娥才貌俱全。程浦告老還鄉，偶遇故友之子穆居易，便萌生將雪娥許配於居易的念頭。夫人卻私下打算以雪雁頂替，趁居易前來拜壽並留宿時，命雪雁冒名私會。居易見雪雁舉止不端，連夜離開。此時垂涎雪娥已久的皇族朱煥然得知居易逃婚，藉機冒名至程家迎娶，夫人便以雪雁代嫁。在洞房中，兩人才發現雙方都是冒名頂替，但已無法挽回。其後，地方盜賊作亂，程浦平定盜賊，接雪娥至軍中，得知居易亦在此從軍，便重提婚配之事，遭到推辭。在元帥執意撮合下，居易只得成婚。而後真相大白，居易大喜，雪娥卻倍感委屈，在居易一再賠罪之下，終於破涕為笑。其後朱煥然因避難，攜程夫人、雪雁投奔軍營，一家團聚。

香筩笑捲青荷柄，我醉欲眠君又醒

名句的誕生

昏鴉初定，涼蟬都靜，絲絲魚尾殘霞剩。渚煙[1]冷，露華凝，香筩[2]笑卷青荷柄，我醉欲眠君又醒。箏，簾內聲。燈，花外影。

～清．朱彝尊．〈山坡羊．飲池上〉

完全讀懂名句

1.渚煙：水中的小洲上飄盪著煙霧。

2.香筩：指細長如竹管尚未展開的荷葉。筩，音義同「筒」。

語譯：黃昏的鴉噪剛剛安定，蟬聲也都靜下來了，天空只剩下魚尾般一絲絲的殘霞。洲渚上的煙靄帶著寒意，露珠兒都凝結起來，尚未展開的荷葉帶著笑意卷在青色的葉柄上方。我已喝醉想睡你又醒來了。箏，從簾內傳來琤琮之聲。燈，映照著窗外矇朧的花影。

作者背景小常識

朱彝尊（西元一六二九～一七〇九年），字錫鬯（ㄔㄤˋ），號竹垞（ㄔㄚˊ），晚年又號小長蘆釣魚師、金風亭長，明末清初浙江秀水（今嘉興縣）人。彝尊讀書過目成誦，博通經史，擅長詩詞古文，又精於金石考證之學，是一個典型的學者型文人。曾長期遊幕四方，五十歲時方以布衣舉博學鴻詞科，授翰林院檢討，入直南書房，曾參與纂修《明史》，歸鄉後潛心著述。《清史稿．朱彝尊傳》稱：「當時王士禎工詩；汪琬工文；毛奇齡工考據；獨彝尊兼有眾長」。詩與王士禎齊名，當時稱

「南朱北王」；詞推崇姜夔、張炎，為浙西詞派的創始者；曲風清麗雅正與張可久相近。著述甚豐，有《經義考》三百卷、《日下舊聞》四十二卷、《明詩綜》一百卷、《詞綜》三十八卷、《明詞綜》十二卷、《曝書亭集》八十卷等。

名句的故事

作者與友人共飲於池上，曲中對周遭景物和醉酒的情形做了細緻的描述。起首的昏字點出飲酒的時間是在薄暮時分，鴉噪、蟬鳴都安靜下來了，天空只剩下魚尾般一絲絲的殘霞，洲渚上暮靄升起、露華中沁透微微的寒意，池中尚未展開的荷葉帶著笑意卷在青色的葉柄上方。迤邐寫來，從聽覺的「靜」，視覺的「霞」、「青」，觸覺的「冷」到嗅覺的「香」，具體的描繪出美麗如圖畫般的景物，渲染出四周幽靜淡雅的氛圍。

「香篘笑卷青荷柄」，此句把筆觸從遠景的描述拉向眼前的近景，從景物拉回到人的本身，「笑卷」是擬人的寫法，在作者愉悅的心情下，連卷曲在葉柄上的葉芽兒都是帶著笑意的。接下句「我醉欲眠君又醒」點出主題的「飲」，作者已因酒醉昏昏欲睡，而共飲的那人可又醒來了，酒逢知己千杯少，彼此就這樣醉醉醒醒地隨意喝著吧！帶著酒後的率性也顯現賓主之間怡然自得的神情。

末句以簾內傳來若有似無的箏聲，燈下映出窗外朦朦朧朧的花影作結，不但帶出有聲有色的美感，而且生動的表現醉眼迷離的神態。

歷久彌新說名句

酒與詩常有不解之緣，許多文人雅士都有「我醉欲眠」的經驗，最能看出其人的真性情。據《南史．陶潛傳》記載，陶淵明不解音律，但有一張無弦琴，每次喝酒，就取琴撫弄一番以寄寓其意。有人來訪，不論身份貴賤，有酒必請大家一起喝，淵明若先醉了，便告訴客人說：「我醉欲眠卿可去。」可見詩人毫無做作的率真。

唐代「詩仙」李白的飲酒詩也膾炙人口，其〈山中與幽人對酌〉：「兩人對酌山花開，一杯一杯復一杯。我醉欲眠卿且去，明朝有意抱琴來。」在盛開的山花前與隱居的高士對飲，「一杯一杯復一杯」平鋪直述卻極傳神，在酒力不支時便如陶淵明般，直接說「我醉欲眠卿且去」，如果有意續攤，明天再來吧！此詩平淡有味，寫得坦率真摯又痛快淋漓。

清人王晫仿照《世說新語》體例寫的《今世說》，記載清初文士、達官顯要的逸聞趣事。其中有一則關於朱彝尊的敘寫，大意是朱錫鬯詩才雋逸，但性好飲酒，曾與高念祖同船往京都，每日黃昏船一靠岸，朱錫鬯就不見了，等到高念祖在酒館中找到他，他已經醉倒在酒壚下了。因為愛酒，懂得酒中三昧，才能栩栩如生地寫出醉酒的生活情趣吧！

一行白雁清秋，數聲漁笛蘋洲，幾點昏鴉斷柳

名句的誕生

一行白雁清秋，數聲漁笛蘋洲[1]，幾點昏鴉斷柳。夕陽時候，曝衣人[2]在高樓。

～清．朱彝尊．〈天淨沙〉

完全讀懂名句

1. 蘋洲：開滿白色蘋花的小洲渚。
2. 曝衣人：曬衣的人。

語譯：一行白雁飛過清冷的秋空，從開滿白色蘋花的小洲渚傳來數聲漁人的笛聲，幾點昏鴉棲息在斷折的柳樹上。夕陽時候，曬衣人在高樓。

名句的故事

起首三句描寫秋日黃昏蕭瑟的景象，充滿秋的況味。

一行雁群劃過清冷的秋空，帶來南歸的訊息，讓羈旅在外的遊子，興起雁歸人未歸的惆悵。從滿布白蘋的沙洲傳來數聲悠揚的漁笛，更徒增傷感。

「幾點昏鴉斷柳」化用馬致遠〈天淨沙〉：「枯藤老樹昏鴉」的意境。在衰敗蕭條的斷柳上棲息著幾隻昏鴉，昏鴉的「昏」字除了點出黃昏時分，一方面也形容老鴉無精打采的疲憊神態，看在作者眼裡更添孤寂之感。

「一行白雁」是眼中所見，「數聲漁笛」是耳中所聞，再加上「幾點昏鴉，營造出一派

寂寥淒清的景象，流露著客中思鄉的情感。句句寫景而句句含情。

末二句明確地點出時間。夕陽時候，高樓上有人正在收拾曝曬的衣物，這是尋常人家景象，讓長期飄泊的作者想到同樣在浣衣、曝衣的家人，思緒從眼前景物飄向遙遠的家鄉，引出蘊藏在心底的懷人之想，餘味無窮。

歷久彌新說名句

曲中提到的「曝衣」就是曬衣服，《太平御覽》卷三十一引《四民月令》說：「七月七日曝經書及衣裳，習俗然也。」可見舊時有七月七日曝衣的習俗。因為此日大約在立秋前後，炎熱的夏日就要過去，秋天即將來臨，人們利用烈日的餘威曝晒衣物，準備收拾起單衣讓冬衣陸續登場。唐代詩人沈佺期的〈七夕曝衣篇〉就記述宮中七夕曝衣的情形：「宮中擾擾曝衣樓，天上娥娥紅粉席。曝衣何許曛半黃，宮中彩女提玉箱」，描寫宮女趕著在烈日下曝曬衣物，提著衣箱忙碌的奔走在曝衣樓的情形。朱氏此曲，時序上沒有點明七夕，所稱「曝衣」雖非指特定曝衣日，但也應是該日前後的初秋時分。

〈天淨沙〉是元曲中最流行的曲牌之一，它的句法簡短整齊，而且都是雙數句，兩字一頓，音節流暢，宜於營造言有盡而意無窮的韻味。朱氏是浙西詞派的創始者，論詞推崇宋代姜夔、張炎，填曲則師法元人喬吉、張可久，近人龍榆生《中國韻文史》說他：「專尚清空騷雅」、「自成其『詞人之曲』」

朱氏作曲如填詞，同樣講究聲律，崇尚清秀雅正的風格。這首〈天淨沙〉以周遭淒清的景象，點染遊子思鄉的情感，清新秀麗、用詞典雅，便頗具張可久的風味。

眼看他起朱樓，眼看他宴賓客，眼看他樓塌了

名句的誕生

俺曾見金陵玉殿鶯啼曉，秦淮[1]水榭[2]花開早，誰知道容易冰消。眼看他起朱樓[3]，眼看他宴賓客，眼看他樓塌了。這青苔碧瓦堆，俺曾睡風流覺，將五十年興亡看飽。那烏衣巷[4]不姓王，莫愁湖[5]鬼夜哭，鳳凰臺[6]棲梟鳥[7]。殘山夢最真，舊境丟難掉，不信這輿圖[8]換藁[9]。謅[10]一套哀江南[11]，放悲聲唱到老。

～清．孔尚任．《桃花扇》續四十齣〈餘韻〉

完全讀懂名句

1.秦淮：即秦淮河，源於江蘇省溧水縣東北，西北流經南京城，橫貫城中，西出三山水門注入長江。舊時南京的歌樓舞館，並列兩岸，畫舫遊艇紛集其間，夙稱金陵勝地。

2.水榭：臨水的樓臺或建於水上的樓臺，可供人遊憩。

3.朱樓：彩繪華麗的紅漆閣樓。形容富貴人家華美精巧的屋宇。

4.烏衣巷：地名。位於今南京市東南。東晉時王導、謝安諸貴族多居此，故世稱王、謝子弟為「烏衣郎」。

5.莫愁湖：湖泊名。在南京城西水西門外，清時號稱金陵第一名勝。

6.鳳凰臺：相傳劉宋元嘉間有異鳥集於山，當時被看作鳳凰，遂築此臺。其故址在今南京市南。唐代李白有〈登金陵鳳凰臺〉。

7.梟鳥：貓頭鷹的別名。

8.輿圖：地圖。

9. 藁：同「稿」，模樣。

10. 謅：編造。

11. 哀江南：文章名。北周庾信哀悼梁亡而作。信以梁人留仕北周，多思鄉之情，故為賦以致意。梁都為昔時楚地，因此本《楚辭．招魂》：「魂兮歸來哀江南」一句為賦名。全篇作品文情哀感，為世傳誦。

語譯：我曾看過金陵的宮殿中，黃鶯在拂曉啼叫，秦淮河的臨水樓臺旁，花朵在早晨綻開，誰知道像冰塊一般容易融化消失。眼看著金陵城中蓋起彩繪華麗的紅漆閣樓，眼看著城中的居民宴請賓客，生活優裕，眼看著金陵城中的高樓因戰火而倒塌。只剩下這些布滿青色的苔蘚的斷垣殘瓦。我曾在此自在快活的玩樂休憩，看透了五十年的興盛衰亡。那烏衣巷中早已不再是王姓的居民，莫愁湖晚上會傳來鬼魂的哭聲，鳳凰臺棲息的不是鳳凰而是鴟梟一類的惡鳥。山河殘破不是夢，是最真切的現實，舊時情境難以拋卻，不願相信這地圖已經換了模樣。不如學庾信作〈哀江南〉表現對故國的思念，編造一套傳奇劇曲，可以盡情放聲歌唱，發洩心中的悲傷一直到老。

作者背景小常識

孔尚任（西元一六四八～一七一八年），字聘之，又字季重，號東塘，又號岸堂，自號雲亭山人。孔尚任是孔貞璠之子，孔子第六十四代孫，出生於山東曲阜。早年考取秀才，後來避亂隨父在曲阜北石門山中讀書。康熙皇帝南巡，路過曲阜，到孔廟祭祀孔子，經人舉薦，由孔尚任在御前講經，受到康熙賞識，被任命為「國子監博士」。後隨工部侍郎到淮陽，疏浚黃河入海口，期間他結識了一些明代遺民，到揚州參拜史可法衣冠塚，到南京登燕子磯，游秦淮河，過明故宮，拜明孝陵，到棲霞山白雲庵拜訪道士張瑤星，了解許多南明的情況，為他的作品《桃花扇》搜集了許多素材。回京後，與顧天石合寫劇本《小忽雷》上演，當時北京戲曲演出非常盛行。其後遷任戶部主事，又升戶部廣東員外郎。康熙三十八年

（西元一六九九年），《桃花扇》脫稿，演出立即轟動。並受到康熙的重視，康熙從中吸取末代王朝的教訓，經常閱讀這部劇本。孔尚任聲名大振，當時與洪昇並稱為「南洪北孔」。不過，孔尚任在劇本中流露出懷念前明王朝的心情，表揚了史可法等明朝忠臣，諷刺了投降清朝的叛將，引起康熙不快，最後還是被罷官，晚年隱居在家鄉石門山，直至終老。

劇曲的故事

《桃花扇》是清代傳奇的代表作品，共四十四齣，寫明末復社文人侯方域題詩宮扇贈秦淮名妓李香君，二人相戀。阮大鋮欲結交侯方域，遭到香君的怒斥，李自成攻陷北京後，馬、阮在南京迎立福王，迫害復社文人，並欲嫁香君為田仰之妾，香君不從，以頭撞地，血染方域所贈宮扇，有如桃花點點。清軍攻陷南京後，香君與方域皆在棲霞山白雲庵相遇，一同撕破桃花扇出家。

名句的故事

《桃花扇》通過侯方域、李香君的悲歡離合，描寫了南明滅亡的歷史悲劇，反映出作者對南明覆亡的興亡之恨；其中，將李香君塑造為對愛情堅貞、對權奸堅持反抗的可貴女子，同時藉著一名秦淮歌妓的氣節，反襯了馬士英、阮大鋮之徒的禍國及無恥。

名句「眼看他起朱樓，眼看他宴賓客，眼看他樓塌了」出自〈餘韻〉一齣的曲子〈離亭宴帶歇指煞〉，談的是李香君的教曲師傅蘇崑生最後做了樵子，侯方域的好友、說書人柳敬亭做了漁夫，兩人飲酒閒談，各唱一套曲抒發亡國之痛。這支曲就是蘇崑生所唱〈哀江南〉散套中的一曲，前半段「俺曾見金陵玉殿鶯啼曉」到「鳳凰臺棲梟鳥」，透露出面對歷史興衰的無常之感。《紅樓夢》第一回也有類似的感歎：「陋室空堂，當年笏滿床，衰草枯楊，曾為歌舞場。」而結尾的「殘山夢最真，舊境丟難掉，不信這輿圖換稾。謅一套哀江南，放悲聲唱到老。」點明痛悼南明滅亡，抒發亡國悲苦之情，這也是全曲的主旨。

歷久彌新說名句

《桃花扇》以明末文人侯方域與秦淮歌妓李香君的愛情故事為線索鋪寫而成，根據侯方域所寫的〈李姬傳〉，敘述侯方域於崇禎十二年前往南京參加省試，輾轉邂逅李香君於南京；侯方域的豪邁與才氣、李香君的聰慧與俠義性格，使彼此產生了相惜之感。在〈李姬傳〉中，侯方域以自己的親身經歷，刻畫出李香君的守節持重，她絕不同流合污的心志及大無畏的精神成為中國女性形象上的一大驕傲。

由於〈李姬傳〉緊扣李香君對魏氏餘黨厭惡至極的政治態度，敘事井然，人物形象鮮活，使得清代孔尚任將此傳當成情節依據，寫下侯方域與李香君愛情故事的名作——《桃花扇》傳奇。不過〈李姬傳〉只寫到兩個人惜別分手，沒有再往下寫；而孔尚任寫《桃花扇》，則著重描述李、侯的不渝愛情，結尾寫到清軍南下，南京失陷，侯方域與香君先後於棲霞山避難，在白雲庵相遇，最後出家避世，與歷史上侯方域應清順治三年鄉試的事實，頗有差距。

名句「眼看他起朱樓，眼看他讌賓客，眼看他樓塌了」是這首曲子中最著名的句子，每當憑眺昔日遺蹟時，許多作家都會引用這句話來表達當年的帝王卿相、英雄美人，而今安在？過去的繁華空餘斷井頹垣！如著名的言情小說家瓊瑤女士就在《一簾幽夢》中改名句為「不見他起高樓，不見他宴賓客，卻見他樓塌了！」及「可憐他起高樓，可憐他宴賓客，可憐他樓塌了！」

溪深溪淺隨春笑，窗明窗暗疑人到，鐘初鐘絕帶詩敲

名句的誕生

掩篔1笆野橋，護莎2砌田坳3。梅花雪擁閣如巢，供吾儕4睡飽。溪深溪淺隨春笑，窗明窗暗疑人到，鐘初鐘絕帶詩敲，剩香吟5半瓢。

～清．厲鶚．〈醉太平．看梅宿西溪山莊〉

完全讀懂名句

1.篔：音ㄩㄣˊ，粗大的竹子。

2.莎：指莎草，多年生草本植物，莖高葉細長質硬，頂端有穗。

3.坳：音ㄠ，地勢低窪、凹陷之處。

4.吾儕：我們，指同輩、同類的人。

5.香吟：吟釀意指值得細細品味的佳釀，亦為一種釀酒方式，此處借代為美酒。

語譯：高大的竹子像是籬笆遮掩住不知名的小橋，莎草沿著田坳生長高低起伏。白色梅花在庭園中肆意綻放，片片花瓣有如靄靄白雪層層覆蓋著樓閣，像我這樣來賞梅的遊客，窩在溫暖的樓閣裡面睡得極飽。隨著春天來臨的腳步，遠處西溪的溪水逐漸變深，紙窗明暗彷彿人影，我還以為有客人到了。我隨著鐘聲的節奏一邊吟唱詩詞推敲、斟酌字句，一邊飲酒，不知不覺喝到只剩下美酒半瓢。

作者背景小常識

厲鶚（約西元一六九二～一七五二年），字太鴻，號樊榭，浙江杭州人。他年幼喪父，家境貧寒，全靠其兄賣煙草度日。雖然生活困

頓，仍刻苦自學。他個性孤僻，獨獨愛好旅行，故其作品多題詠風景名勝。厲鶚雖曾中舉，但對於做官卻沒有太大的興趣，其詩名遠播後，與眾多文人，例如：杭世駿、全祖望等人交好，結成邗（ㄏㄢˊ）江吟社。晚年貧病交迫，多靠友人資助，其《宋詩紀事》和《遼史拾遺》深獲好評。厲鶚堪稱是浙西詞派的集大成者，內容多以山水為主，風格清麗，並著有《樊榭山房集》。

名句的故事

厲鶚生長於杭州，其山水風光、四時景物皆是厲鶚取材描繪的對象，尤其是西湖、西溪一帶風光，都曾出現於厲鶚作品之中，本曲即為一例。厲鶚作品另一特色是屏棄理學家說理、取材於經典之特色，回歸田園自然，以洗鍊精妙的文字，描繪景物細中見深，即事抒寫，辭淺而寓意雋永。因此同樣是描寫杭州風景，厲鶚不像蘇軾寫得開闊瀟灑，而是擅長於刻劃平凡景物，賦予意境。

靈峰、孤山和西溪是自古以來杭州三大賞梅勝地。每年一月底至二月中旬的春節期間為梅花花期，厲鶚於此時節至西溪賞梅，梅花雖好，卻只能獨自賞景飲酒吟誦，「疑人到」一詞點出其孤單，備顯寂寥。本篇名句以三種意象層遞暗示光陰日復一日、年復一年，溪水消長表示季節的遞嬗，窗明窗暗表示日出日落，而鐘聲則指示時刻每分每秒的流逝，「溪深溪淺」、「窗明窗暗」、「鐘初鐘絕」句式整齊，讀來如行雲流水，一氣呵成。

歷久彌新說名句

從厲鶚所編撰之《宋詩紀事》、《南宋雜事詩》中，可其熟知宋代歷史及文學典故。由名句中亦可看出其文句深受宋代文學家影響，常套用前人詞句，將之脫胎換骨賦予新意，故亦有人稱其作品為「詞人之曲」。

在南宋文人吳自牧介紹臨安風貌的《夢粱錄》中，曾寫到其他文人詠梅詩句「雪疏雪密花添伴，溪淺溪深樹寫真」，厲鶚將此句轉化為「溪深溪淺隨春笑」十分切合情景。「窗明窗暗疑人到」則脫化自宋代詞人張元幹的〈蝶戀花〉：「窗暗窗明昏又曉。百歲光陰，老去難重少。」紙窗明暗，日出日落，光陰就這麼一天天流逝。厲鶚改以「疑人到」三字，更襯出自身的形單影隻。

「鐘初鐘絕帶詩敲」一句，皆化用自唐代詩人賈島的作品。賈島在〈送朱可久歸越中〉寫到「石頭城下泊，北固暝鐘初」，在〈黃子陂上韓吏部〉另寫到「鐘絕滴殘雨，螢多無近鄰。」厲鶚因而寫成「鐘初鐘絕」。「帶詩敲」則是用典，指的是賈島與韓愈的故事。相傳賈島在寫〈題李凝幽居〉一詩時，因過於專注思考「鳥宿池邊樹，僧敲月下門」這句詩是「僧敲」或是「僧推」好，在路上反覆吟誦，而衝撞了韓愈的官轎。韓愈問明緣由，提出他的見解，認為拜訪主人幽靜住所，若用「推」字，則略顯唐突擅闖，故應該用「敲」以示拜訪，所以用「敲」字更貼切，後人便用「推敲」意指斟酌字句。

讀書人一聲長歎

地也，你不分好歹何為地？天也，你錯勘賢愚枉做天！

名句的誕生

有日月朝暮懸[1]，有鬼神掌著生死權。天地也只合[2]把清濁分辨，可怎生[3]錯看了盜跖[4]顏淵[5]：為善的受貧窮更命短，造惡的享富貴又壽延。天地也，做得個怕硬欺軟，卻原來也這般順水推船。地也，你不分好歹何為地？天也，你錯勘[6]賢愚枉做天！哎！只落得兩淚漣漣[7]。

～元．關漢卿．《竇娥冤》第三折

完全讀懂名句

1.懸：掛。

2.只合：只該、只當。

3.怎生：如何、怎樣。

4.盜跖：相傳為古代的大盜，生性暴虐，橫行天下。後用以形容殘暴的人。跖，音ㄓˊ。

5.顏淵：即顏回，字子淵，春秋魯人，孔子弟子。天資明睿，貧而好學，於弟子中最賢，孔子稱其「不遷怒，不貳過」。後世稱為「復聖」，列於孔門德行科。亦作「顏子淵」、「顏淵」。在此將盜跖、顏淵用作壞人與好人的代稱。

6.勘：察看、考核。

7.漣漣：哭泣流淚的樣子。

語譯：這世界早晚有太陽、月亮懸掛在天上，冥冥中有鬼神掌管著生死大權。天地也只需分辨是非黑白，可是怎麼會誤認了好人壞人：作好事的既貧窮又命短，作壞事的享受富貴又長壽。天地啊，做事也欺善怕惡，原來也是這般順水推舟地讓富人欺壓窮人。地啊，你不分好壞怎能當地？天啊，你考核錯善惡枉費當天！唉！我只能哭泣流淚，莫可奈何。

劇曲的故事

《竇娥冤》全名《感天動地竇娥冤》，是關漢卿的代表作，也是中國戲曲中難得一見的悲劇。全劇通過竇娥一生的悲慘遭遇，反映了當時社會上千千萬萬被壓迫的人民，控訴了社會的黑暗。清代王國維說它「列之於世界大悲劇中，亦無愧色也。」

竇娥自幼死了母親，父親竇天章是個窮秀才，因要上京趕考，沒有路費，借了寡婦蔡婆的高利貸二十兩銀子，無法還債，就把竇娥半抵半送地給了蔡家做童養媳。十年後，竇娥嫁作蔡家媳婦，不到兩年，丈夫就死了。竇娥與婆婆守寡在家同住。有個流氓張驢兒與父親張老頭一起欺負蔡家婆媳，蔡婆為保命答應嫁給張老頭，張驢兒要竇娥嫁給他，竇娥卻堅決不肯，他因此設計陷害竇娥。趁著蔡寡婦生病，竇娥做羊肚湯給婆婆喝，張驢兒在湯裡放毒，要毒死蔡寡婦後，逼竇娥成親。沒想到蔡寡婦不想喝湯，張老頭卻將湯喝完，一命嗚呼。張驢兒毒死了父親，卻把殺人的罪名推到竇娥身上，告到衙門。貪官受了張驢兒的銀兩，就用酷刑逼竇娥招供，但竇娥打死也不肯招，知府改打蔡寡婦，果然，竇娥心疼婆婆，含冤招了。竇娥被判了死罪。後來，竇娥的父親竇天章做了很大的官，去楚州考察民情時，夜裡竇娥出現，求父親主持公道。竇天章為冤死的竇娥平反，將張驢兒判死罪。

名句的故事

名句出自〈滾繡球〉這支曲子，這是竇娥被冤枉處斬前恨極怨天的唱詞。天地，指的是統治者、整個社會的秩序，因此竇娥怨天罵地就是對當時社會秩序的控訴，包含著竇娥以生命為代價換來的認識，是對整個社會的抗議和憤怒。竇娥對社會現實的清醒認識及頑強反抗，在當時社會小市民階級已經非常難得，但關漢卿沒讓竇娥的精神僅停留在痛斥天地鬼神的境界，而是進一步將竇娥人生的悲劇的意義昇華到一個新的高度，提高到「感天動地」的悲劇境界中，成為一種支配天地的力量。

因為在此之後緊接著的，就是在斬首過程中竇娥所立下的誓言：若她真的冤枉，砍頭後一要沒半點熱血落地，都飛在白練上；二要在燠熱的六月天降三尺瑞雪，遮掩她的屍骸；三要楚州大旱三年。這些果然都應驗了，正好表達出平民老百姓求助無門，只得苦極呼天的情景。

這三樁誓願是全劇最令人動容的部分，也是最嘹亮的戰歌，因此，這齣戲又名《六月雪》。而從〈滾繡球〉的曲詞中，我們發現竇娥雖然是社會底層的女子，但她仍然認識貧富、善惡的區別，體會到天地神靈竟然不曾顯靈、枉為天地，使得善良卻貧窮的百姓有苦難言、有冤難伸。

歷久彌新說名句

竇娥在行刑前唱了〈滾繡球〉，唱出名句「地也，你不分好歹何為地，天也，你錯勘賢愚枉做天！」這種呼天喊地的表現，正說明了竇娥心裡苦極、怨極、恨極。同樣苦極呼天的，還有屈原的〈天問〉，因被放逐而對整個世界、信仰產生動搖及質疑，因而連續發出一百七十二個問題，這種連續的提問，正是司馬遷所說的「苦極呼天，人窮反本」的意思。同樣地，名句「地也，你不分好歹何為地？天也，你錯勘賢愚枉做天！」又何嘗不是關漢卿藉竇娥之口傾吐個人愁思呢？

不是閒人閒不得，及至得了閒時又閒不成

名句的誕生

釘靴雨傘為活計，偷寒送暖[1]作營生[2]。不是閒人閒不得，及至得了閒時又閒不成。自家張小閒的便是。平生做不的買賣[3]，只是與歌者姐姐每叫些人[4]，兩頭往來，傳消寄信都是我。

～元．關漢卿．《救風塵》第三折

完全讀懂名句

1. 偷寒送暖：暗中拉攏男女感情。
2. 營生：藉以謀生的工作。
3. 做不的買賣：做不了買賣。
4. 與歌者姐姐每叫些人：幫唱歌的姐姐們叫些客人。每，相當於「們」。

語譯：雖然替人修補鞋子、雨傘，是我平常的工作，但實際上，撮合別人的感情，則是我謀生的方法。我不是閒人，所以無法閒下來，等到可以輕鬆休閒的時候，卻又閒不成。我是張小閒，平日裡做不了什麼買賣，只是幫歌者姐姐跑跑腿，傳遞訊息給王公貴族。

劇曲的故事

《救風塵》全名為《趙盼兒風月救風塵》，內容敘述歌妓趙盼兒結拜妹妹宋引章，因受到鄭州富貴公子周舍的哄騙，與書生安秀實解除婚約，改嫁周舍。但引章一嫁進周家，就被打了「五十殺威棒」，飽受生活虐待的她寫信向老鴇媽媽求救。老鴇媽媽六神無主地向盼兒求助，為救引章，盼兒決定假意對周舍表

達愛慕之情，並自備娶親所需的羊酒、花紅等財物，表明堅決要嫁的心願。喜新厭舊、奸詐狡猾的周舍，在盼兒的蠱惑設計下，終於點頭寫休書。

盼兒帶引章離開鄭州，途中她向引章借休書，再趁機掉包後交還。不久，周舍追上，謊稱只有四個手指印不符合規定，引章慌忙拿出休書察看，不料竟被周舍搶去撕毀。引章淚眼婆娑，不知如何是好，盼兒鎮靜地道出：所撕碎的休書，是假的，周舍一怒狀告官府。他以為官官相護，一定可以佔到便宜，沒想到盼兒力陳安秀實才是引章的丈夫，而羊酒、花紅均是自己的物品，加上安秀實擊鼓喊冤，使周舍無法辯白，於是鄭州太守李公弼聽判：杖責周舍六十，宋引章還嫁安秀實為妻。

名句的故事

第二折，引章母親向盼兒求助，盼兒隨即定下計策、梳妝打扮，準備引誘周舍，她說自己：「雲鬢蟬鬢妝梳就，還再穿上些錦繡衣服。珊瑚鈎、芙蓉扣，扭捏的身子兒別樣嬌柔」，足見她對己之外貌、身材、打扮都很有自信，但她是否能騙過那「縱橫花街柳巷」的周舍，順利救出引章呢？且看關漢卿如何進一步說服觀眾。

第三折，他安排了一個名為張小閒的角色，並讓小閒有一個得以閱歷美女的兼差工作，藉由他的眼睛告訴觀眾：盼兒具有足以魅惑人的美貌，甚至就連自己都為之「酥倒」。終於，美麗不再只是自吹自擂，在有人證的情況下，觀眾被說服了，進而期待這場爾虞我詐的爭鬥。只是張小閒是誰？為什麼會和趙盼兒在一起？當然得由他自己說分明，於是有了這段自報家門的出場詞。

歷久彌新說名句

所謂「閒人」，係指輕鬆悠閒，沒事情做的人。但《救風塵》裡的「張小閒」，可一點也不清閒，除了「釘靴雨傘」這項正職外，他更有忙不完的傳消遞訊。無怪乎，他說自己

「閒不得」，也「閒不成」。另外，《紅樓夢》第五十六回，王熙鳳臥病在床，王夫人要李紈、探春暫時協理賈府事務，後又請薛寶釵幫忙照看，三人討論如何撙節用度時，寶釵謙稱自己「原是個閒人，便是個街坊鄰居，也要幫著些，何況是親姨娘託我」，可知寶釵也是一個「閒不得」的人。

現代人的忙碌也是不遑多讓。舉凡銀行、餐廳、結婚……都有「得來速」服務，只是忙碌的日子，總讓人忘了停下腳步，看一看生活、聽一聽內心的聲音。一本名為《牽一隻蝸牛去散步》的童書，內容敘述：主角希望蝸牛走快一點，於是他拚命往前拉扯，但對蝸牛來說，怎麼快，也快不了！最後，主角負氣跟在蝸牛後，沒想到他竟聞到了陣陣的花香、感受到徐徐的微風、聽到唧唧的蟲鳴……。證嚴法師曾說：「閒人無樂趣，忙人無是非」，陷溺在利益的黴逐中，生活必然空洞無趣，若能以「事忙而心閒」的態度去面對，生命將自有另一番況味。

藏之則鬼神遁迹，出之則魑魅潛蹤

名句的誕生

這劍按天地之靈，金火之精，陰陽之氣，日月之形；藏之則鬼神遁跡[1]，出之則魑魅[2]潛蹤[3]；喜則戀鞘沉沉而不動，怒則躍匣錚錚[4]而有聲。

~元．關漢卿．《單刀會》第四折

完全讀懂名句

1. 遁跡：消失無蹤。
2. 魑魅：音ㄔ ㄇㄟˋ，山林中害人的精怪。
3. 潛蹤：隱匿行蹤。
4. 錚錚：指金屬碰撞發出的聲音。錚，音ㄓㄥ。

語譯：這把劍稟受天地陰陽的靈氣、日月金火的精華而形成；斂藏時，鬼神消失無蹤；出鞘時，魑魅隱匿行蹤；高興時，安靜地待在劍鞘中；生氣時，躍出劍匣，發出金屬碰撞的聲音。

劇曲的故事

《單刀會》全名為《關大王獨赴單刀會》，內容敘述三國時，東吳大夫魯肅為迫使關羽交出荊州，自以為是地想了三條計策（第一計利用孫、劉結婚酒宴，「以禮索取荊州」。第二計是軟禁、脅迫關羽就範，使其默然歸還。第三計則是以關羽作為人質，逼還荊州），並向老臣喬公、賢士司馬徽請益，希望能夠得到支持，不料竟遭到兩人的反對，一意孤行的魯肅不聽勸阻，仍按原計畫進行，指派將領黃文遞送邀請函。

關羽接獲請帖，明知其中必有埋伏，但仍向黃文表示：「你先回去，我隨後便來也。」關平擔心父親安危，極力勸阻，但關羽以「我是三國英雄漢雲長，端的是豪氣有三千丈」拒絕，帶著周倉赴單刀會。宴席上，二人一來一往，言辭交鋒，關羽智勇雙全，力戰舌粲蓮花的魯肅，使他不敢發動埋伏好的將士，得以安然返回荊州。

名句的故事

關漢卿藉魯肅與喬公、司馬徽的對話，勾勒出關羽器宇不凡的英雄形貌，第三折他「明知山有虎，偏向虎山行」的決定，表面上是在情理之中，但實際上卻使讀者更期待後續情節，將會如何發展？

於是，第四折開場，我們看到關羽戰功彪炳的另外一面，面對滔滔流逝的江水，感歎在那無情的戰火中，多少英雄豪傑灰飛煙滅，仁者的襟懷、悲天憫人的心情，一覽無遺。接著，在宴席上，關羽以一句「你知『以德報德，以直報怨』麼？」反客為主，揭櫫了這場言語爭鋒的序幕。魯肅先讚美劉備具有仁義禮智的德性，再批駁其缺乏誠信的行為。關羽聞知他意有所指，氣得連劍鞘都發出錚錚的聲音，負氣仗義地說：「這劍戒，頭一遭誅了文醜，第二遭斬了蔡陽，魯肅呵，莫不第三遭到你也」，並以荊州乃是「漢家基業」怒斥魯肅。其後，寶劍再度出現響聲，關羽借力使力，謂此神兵「藏之則鬼神遁跡，出之則魑魅潛蹤；喜則戀鞘沉沉而不動，怒則躍匣錚錚而有聲」，要魯肅懂得適可而止，否則「一劍先交魯肅亡」。生命受到脅迫，魯肅本欲啟動埋伏，但卻被關羽一句：「有埋伏也？無埋伏？」震懾，不敢輕舉妄動，只能眼睜睜地看著關羽返回荊州，功敗垂成。

歷久彌新說名句

什麼刀？這麼厲害！居然能讓關羽有恃無恐地前往江東赴宴。這個答案就是：青龍偃月刀。

「青龍偃月刀」是一把什麼樣的刀？傳說天下第一鐵匠趁著月圓之夜鍛鑄這把刀時，因爆裂出毫光射入天空，斬斷正好經過天上的青龍，從空中降下一千七百八十滴鮮血，染紅了刀頭，因此刀被命名為「青龍偃月刀」。爾後，這把神兵便隨著關羽叱吒縱橫沙場，三英戰呂布、溫酒斬華雄、過五關斬六將……，因此在喬公的記憶裡，「你便有千員將，閃不過明明偃月三停刀」，東吳將領黃文也親眼目擊，描述：「青龍偃月刀，九九八十一斤。」《三國演義》第一回則說：「青龍偃月刀，又名『冷豔鋸』，重八十二斤」，均顯示這不是一把普通的刀，它拿在「有萬夫不當之勇」的關羽手中，任誰見了都會懼怕三分，無怪乎，東吳將領黃文會說：「脖子裡著一下，那裡尋黃文？」

雖然現今許多歷史學者研判：當時並沒有青龍偃月刀，關羽應是使用矛、戟之類的直刺兵器，但對讀者來說，關羽手持青龍偃月刀的英雄形象，早已隨著關漢卿《單刀會》的廣布流傳，而深植人心了！

到頭來善惡終須報，只爭個早到和遲到

名句的誕生

天堂地獄由人造，古人不肯分明道。到頭來善惡終須報[1]，只爭個早到和遲到。你省的[2]也麼哥[3]，你省的也麼哥？休向輪迴[4]路上隨他鬧。

～元．鄧玉賓．〈叨叨令．道情[5]〉

完全讀懂名句

1. 報：因果報應。
2. 省的：醒悟，明白。
3. 也麼哥：元曲中常用的語助詞，無義。〈叨叨令〉的格律，第五、六句必須重疊，而且下面三字必作「也麼哥」，或可作「也末哥」、「也波哥」。
4. 輪迴：佛家語。認為眾生各依其善惡業因，一直在天、人、阿修羅、地獄、惡鬼、畜生等六道之中生死相續，輪轉不停，又稱六道輪迴。
5. 道情：描寫道家思想的作品。內容多勸誡世人看破紅塵超脫物累，或抒發修道者隱居遁世的逍遙。

語譯：上天堂或下地獄是由自己造成的，古人卻不肯明明白白說清楚。到頭來行善做惡都會有報應的，只是時間早晚的問題。你明白這個道理了嗎？你醒悟了嗎？不要在輪迴路上跟著一群執迷不悟的人喧嚷胡鬧。

作者背景小常識

鄧玉賓，生平事蹟不詳。鍾嗣成《錄鬼

簿》稱他為「鄧玉賓同知」，列於「前輩名公樂章傳於世者」，可推知他曾經官至同知，是某官署的副長官。今所存錄者僅《全元散曲》輯有小令四首，套數四套，多為勸人看破紅塵、求仙學道的〈道情〉詞語，曲風清新秀逸，《太和正音譜》評其詞「如幽谷芳蘭」。

名句的故事

〈道情〉是描寫道家思想的作品，內容或是超脫凡塵，或是勸誡頑俗。此曲是用因果輪迴的觀點，說明人的命運是自己造就的，以及善惡循環報應的道理，有警世勸善的意味。

起首便直說人死之後，不是上天堂便是下地獄，這個結果是看生前的作為而決定的。「由人造」這個「人」指的便是自己。因為行善者得善報，作惡者得惡報，報應是一定會有的，只是時間上有快慢的分別而已。

「善惡到頭終有報」也是傳統中國社會中深植人心的觀念，人們相信「舉頭三尺有神明」，上天會根據個人的善行或惡行給與不同的福報與禍殃，甚至能夠澤及子孫或禍延後代。這種觀念，有益於社會秩序的維持與安定。

末句提到的輪迴觀念是佛家語，佛教認為眾生各依其善惡業因，一直在天、人、阿修羅、地獄、惡鬼、畜生等六道之中生死相續，輪轉不停，又稱六道輪迴。只有修道至涅槃境界才能由凡入聖，遠離一切煩惱、生死。作者勉人要修道向善，以免永遠在輪迴道上的地獄、惡鬼、畜生三道之中輾轉無已。

歷久彌新說名句

俗諺說：「善有善報，惡有惡報；不是不報，時候未到」。明代吳承恩《西遊記·第十一回》寫了一段唐太宗遊地府的故事，當太宗看到十八層地獄中的種種慘狀，心中驚駭，判官向他解釋這些俱是生前作惡死後受罪，並說「人生卻莫把心欺，神鬼昭彰放過誰？善惡到頭終有報，只爭來早與來遲。」小說中一定程度地反映了世俗對天堂地獄、善惡報應的認知與想法。

善惡報應的事跡，不論在歷史故事或傳奇小說中都屢見不鮮。清代西周生《醒世姻緣傳》，便敘述一個因果循環、輪迴報應的兩世惡姻緣：前世的主人翁晁源攜妓女珍哥打獵，射殺了一隻仙狐，之後娶珍哥為妾，虐待妻子計氏，計氏自縊而死。轉世後晁源成為極端怕老婆的男子狄希陳，仙狐成了他兇悍潑辣的妻子薛素姐，計氏託生為其妾童寄姐。薛素姐和童寄姐一看到狄希陳就無端生出一股痛恨，兩人想盡各種稀奇古怪的殘忍辦法來折磨丈夫：把他綁在床腳用棒子痛打、用針刺，或抓住他的衣領將炭火倒進去，燒得他皮焦肉綻。後來經過高僧指點，教狄希陳唸頌《金剛經》一萬遍，才得以消除前世冤業。前世業今生受，真箇是「善惡到頭終有報」。

你看他是白屋客，我道他是黃閣臣

名句的誕生

至如他釜有蛛絲甑有塵，這的是我命運。想著那古來的將相出寒門，則俺這夫妻現受著齏款困[1]，就似他那蛟龍未得風雷信。你看他是白屋客[2]，我道他是黃閣臣[3]。自從他那問親時，一見了我心先順，咱人這貧無本、富無根。

～元．石君寶．《秋胡戲妻》第一折

完全讀懂名句

1. 齏款困：像粉末般的窘困。齏，音ㄐㄧ，粉末。
2. 白屋客：指貧窮人家。白屋，以乾茅草覆蓋的房屋。指貧窮人家住的房子。
3. 黃閣臣：指高官大臣。黃閣，丞相府裡的廳事閣。

語譯：至於秋胡家鍋子長滿蜘蛛絲、碗盤鋪滿灰塵，這都是我的命。想起自古以來的將軍宰相多出自貧窮人家，那麼我們夫妻現在承受著像粉末般的窘困，就好比蛟龍還沒遇到颳風打雷時。你看他覺得他是個窮光蛋，我則說他是個高官大臣。自從他來家裡問親事時，我一看到他心裡就先歸順了，我們啊，貧窮是沒有根源的，富貴也是沒有根源的。

作者背景小常識

石君寶，生卒年不詳，學者考據其為女真族，本名石盞德平，為元初雜劇作家，以寫家庭、愛情劇見長。現存有雜劇《秋胡戲妻》、《曲江池》、《紫雲亭》三部。

劇曲的故事

《秋胡戲妻》一劇全名為《魯大夫秋胡戲妻》，敘述秋胡與梅英新婚三天，正值新婚燕爾時，秋胡突然被徵召從軍。爾後十年，梅英獨立撐起家計，奉養婆婆。後來秋胡建功返家，在桑園巧遇梅英，兩人分隔日久，互不相識，秋胡竟出言調戲，被梅英痛罵。梅英回家後，發現調戲她的男子居然是離家多年的丈夫，憤而要求離異，最後在婆婆的勸說及以死要挾之下，勉強答應接納秋胡，以團圓收場。

名句的故事

「你看他是白屋客，我道他是黃閣臣。」

這二句是梅英面對媒婆抱怨秋胡家貧窮時，所提出的反駁。《孟子．離婁下》記錄齊人妻妾的對話，說：「良人者，所仰望而終身也。」對古代的女子而言，丈夫就是她的天、就是她的希望，縱使無奈地說「嫁雞隨雞，嫁狗隨狗」，但每個女子無不期盼著自己的丈夫能夠有所出息、能夠出人頭地，所以當媒人說：「你當初只該揀取一個財主，好吃好穿，一生受用。似秋老娘家這等窮苦艱難，你嫁他怎的？」梅英立刻表明她對丈夫的看法，這二句話也同時是她對丈夫的期許，並且為後來梅英對不相識的丈夫用言語及黃金的調戲不為所動，作了一個有力的鋪陳。

歷久彌新說名句

「秋胡戲妻」是中國古代民間流傳已久的故事，最早的記錄出現在西漢劉向的《列女傳．魯秋潔婦》，描述秋胡娶妻五日即赴外地任官，五年後返鄉，在桑園調戲多年不見的妻子；妻子回到家後才知道調戲自己的竟是丈夫，憤而投河自殺。元代石君寶根據漢代以來的秋胡故事加以改編，成為雜劇《秋胡戲妻》，最大的不同點在於《列女傳》的故事結局是秋胡妻投河明志，石君寶則改成夫妻團圓，以喜劇收場。現代京劇《桑園會》就是由秋胡故事改編而來。

忠孝的在市曹中斬首，奸佞的在帥府內安身

語譯：好不容易才有風調雨順的富足生活，太平盛世裡國君卻寵信這樣的小人。忠誠孝順的人在市集上被砍頭，奸詐邪惡的小人卻在元帥府裡居住。現在到處仗勢欺壓別人，還說什麼朝政一半由國君發落一半由臣子處置。他啊，把依附自己的心腹安插在朝廷內外，只要違背他的人一個個被誅殺滅絕。明明就是人世間的大壞蛋，還自誇是什麼朝廷之外的大將軍。

名句的誕生

不甫能1風調雨順，太平年寵用著這般人。忠孝的在市曹2中斬首，奸佞的在帥府內安身。現如今全作威來全作福，還說甚半由君也半由臣。他他他，把爪和牙佈滿在朝門，但違拗的早一個個誅夷盡。多咱是人間惡煞，可甚麼閫外將軍！

~元．紀君祥．《趙氏孤兒》第一折

完全讀懂名句

1. 不甫能：指好不容易。
2. 市曹：市場、市集，古時多於此處決罪犯。
3. 閫外：指京城或朝廷外，亦指外任將吏駐守管轄的地域。閫，音ㄎㄨㄣˇ。

作者背景小常識

紀君祥，元代大都人，生卒年不詳。紀君祥為元代雜劇作家，著有雜劇六部，現僅存《趙氏孤兒大報仇》，一作《趙氏孤兒冤報冤》。

劇曲的故事

《趙氏孤兒》一劇全名為《趙氏孤兒大報仇》，共有五折一楔子。

春秋時代晉國大夫屠岸賈為了爭權，害死趙盾一家三百口，連貴為駙馬的趙盾兒子趙朔也被逼自殺，懷有身孕的公主則遭囚禁。公主產下趙氏孤兒，將孩子託咐門客程嬰後亦自縊身亡，負責守門的將軍韓厥同情趙家，暗中放走程嬰，並自刎來保守祕密。屠岸賈為了趕盡殺絕，下令將全國一個月到半歲的嬰兒全數殺盡，程嬰連忙投靠退休大臣公孫杵臼，商議將自己的兒子偽裝成趙氏孤兒獻給屠岸賈。程嬰向屠岸賈告發公孫杵臼窩藏趙氏孤兒，犧牲自己的親生兒子換取屠岸賈的信任，而趙氏孤兒反被屠岸賈收為義子。二十年後，程嬰見時機成熟，將事情來龍去脈繪成卷，告訴趙氏孤兒真相。趙氏孤兒明白身世後，擒殺屠岸賈，為趙家報仇，並洗刷冤屈。

名句的故事

「忠孝的在市曹中斬首，奸佞的在帥府內安身。」這二句是將軍韓厥同情趙盾一家的遭遇，發自內心的無奈歎息。

在古代的君主社會，國家的興衰滅亡，決定在君王的身上，如果國君英明，勤政愛民，親賢遠佞，則國家往往能出現太平治世；如果國君昏庸，不事朝政，親佞遠賢，則國家便會動盪不安。《世說新語》中，有一段京房與漢元帝討論前代何以滅亡的對話。元帝歸結出古代國家滅亡，主因是用人不忠，但最大的徵結點在於，這些國君都認為自己所任用的是賢臣、忠臣，才會導致國家衰亡的命運。

春秋晉國在靈公時代，雖有賢能忠心的趙盾輔政，卻因靈公的昏庸無能，聽信屠岸賈讒言，導致趙盾一家遇害，朝政由屠岸賈把持，連公主都被逼自殺。面對如此混亂的政局，連將軍韓厥也看不下去了，卻又無力改變大環境的亂象，只能無奈地發出沉重的歎息。

歷久彌新說名句

「趙氏孤兒」的故事，是中國歷史曾經真實上演過的事件，最早的記錄出現在《左傳》及《史記．趙世家》，不過兩書的記載差異頗大，紀君祥的《趙氏孤兒》主要依據《史記》敷演而成，但情節上做了不少更動。明代有徐元《八義記》傳奇、清代有靈皐軒編撰《節義譜》傳奇，都是以「趙氏孤兒」的故事為底本。

《趙氏孤兒》一劇在十八世紀時傳至歐洲，是中國最早流傳到國外的古典戲劇著作之一。西元一七三五年，《趙氏孤兒》即出現法文譯本，歐洲許多著名作家都曾改編上演過此劇。義大利詩人、劇作家麥塔斯塔西奧曾改編此劇，題為《中國英雄》；德國詩人歌德也曾改編此劇，題為《埃爾佩諾》。西元一七五四年，法國啟蒙思想家伏爾泰把它改編為歌劇《中國孤兒》，演出後轟動整個巴黎，造成熱烈迴響。

贏，都變做了土！輸，都變做了土！

名句的誕生

驪山1四顧，阿房2一炬，當時奢侈今何處？只見草蕭疏3，水縈紆4，至今遺恨迷煙樹。列國周齊秦漢楚。贏，都變做了土！輸，都變做了土！

～元．張養浩〈山坡羊．驪山懷古〉二首之一

完全讀懂名句

1. 驪山：山名，在今陝西省臨潼縣的東南。周幽王死於山下，秦始皇葬於此，山下有溫泉，唐明皇置溫泉宮，後改名為華清宮。
2. 阿房：即阿房宮，在今陝西省長安縣西北，秦始皇時所造，築於上林苑中，為秦代最大規模的宮殿。秦亡，項羽放火焚之。
3. 蕭疏：荒涼疏落。
4. 縈紆：曲折旋繞。

語譯：在驪山上環顧四周，阿房宮已經被項羽的一把火燒了，當時奢侈壯麗的宮殿，現今在哪裡？只看見了荒涼疏落的雜草，迴旋迂曲的水流，到現在遺留的遺憾如同煙霧圍繞樹木一般，揮之不去。戰國時爭天下的列強有周、齊、秦、漢、楚。到如今，贏了的，都變成了土堆。輸了的，也都變成了土堆。

名句的故事

秦始皇滅了六國，耗費巨大的財力物力興建阿房宮，然而沒有幾年，由於施政殘暴，弄得天怒人怨，國破人亡，阿房宮被項羽一把火燒掉，如今只剩一派荒涼殘破。輸了天下的六

國君主，成了黃土一坏，贏得天下的秦始皇，也同樣成一坏黃土。

張養浩寫下兩首〈驪山懷古〉，名句出自第一首，談的是歷來帝王將相爭戰不休，窮奢極侈，結果不論誰贏誰輸，最後不過都是一場空，不值得人稱道。那麼，值得人稱誦的是什麼呢？張養浩在第二首中提到：「驪山屏翠，湯泉鼎沸，說瓊樓玉宇今俱廢。漢唐碑，半為灰，荊榛長滿繁華地，堯舜土階君莫鄙。生，人讚美。亡，人讚美。」上古聖君堯舜雖然不曾建造華麗的宮殿，雖然不曾樹立起高大的石碑，可是他們卻不斷地為後世人們頌揚，不論是活著時、還是去世千百年後。

因此透過兩首〈驪山懷古〉來看，張養浩一方面以質樸的文字，吟出了千古不朽的絕唱：「贏，都變做了土！輸，都變做了土！」明白如話，卻發人深思，名句同時又是警句。另一方面，又提出唯一一條不被歷史長河淘洗殆盡、不被時間沙漏掩埋的道路，便是要帝王們向聖賢君主學習，只有個人德性高尚、天下政治清明，才可以不管軀體毀壞、不受時光限制，皆能夠流芳百世。這樣才是真正的萬古流芳、永垂不朽，而建造豪華的宮室、龐大的陵寢、高聳的石碑，全部都將如同人一樣，有「變做了土」的一天。

歷久彌新說名句

金庸《射鵰英雄傳》第二十九回，黃蓉為裘千仞所傷後，瑛姑指點郭靖、黃蓉二人去找段皇爺求治，但得先經過段皇爺四大弟子漁、樵、耕、讀，才能見到段皇爺。其中，樵子先唱三首〈山坡羊〉，一是〈咸陽懷古〉：「城池俱壞，英雄安在？雲龍幾度相交代！想興衰，苦為懷，唐家才起隋家敗。世態有如雲變改。疾，也是天地差！遲，也是天地差！」二是〈洛陽懷古〉：「天津橋上，憑欄遙望，舂陵王氣都凋喪。樹蒼蒼，水茫茫，雲台不見中興將，千古轉頭歸滅亡。功，也不久長！名，也不久長。」三是〈潼關懷古〉：「峰巒如聚，波濤如怒，山河表裡潼關路。望西都，意踟躕。傷心秦漢經行處，宮闕萬間都做了土。興，百姓苦！亡，百姓苦！」三首皆為張養浩所作。

而黃蓉接唱元末散曲家宋方壺所作的〈山坡羊．道情〉討好樵子：「青山相待，白雲相愛。夢不到紫羅袍共黃金帶。一茅齋，野花開，管甚誰家興廢誰成敗？陋巷單瓢亦樂哉。貧，氣不改！達，志不改！」因此不必動武，樵子就讓他們過了。甚至當郭靖、黃蓉兩人愈走愈遠時，隱約可聽見樵子還在唱：「……贏，都變做了土！輸，都變做了土！」

武俠小說作家梁羽生曾以筆名佟碩寫文章〈宋代才女唱元曲〉，指出郭靖、黃蓉雖是小說人物，但小說背景在南宋，怎可能先唱出元代張養浩、宋方壺所作的小令？但是，小說本來就不是歷史，要求《三國演義》要像《三國志》一樣真實反映歷史，其實是沒有必要的。大家在讀《射雕英雄傳》時，只覺得深受感動。就憑金庸的轉引，及讀者的感動，即可知張養浩〈山坡羊〉作品之成功、流傳之廣遠。

興，百姓苦！亡，百姓苦！

名句的誕生

峰巒如聚，波濤如怒，山河表裡[1]潼關[2]路。望西都[3]，意踟躕[4]。傷心秦漢經行處，宮闕[5]萬間都做了土。興，百姓苦！亡，百姓苦！

～元・張養浩・〈山坡羊・潼關懷古〉

完全讀懂名句

1. 山河表裡：表裡，即內外，也就是潼關內有山、外有河，地勢極為險要。
2. 潼關：在今陝西省潼關縣。地當黃河之曲，據崤函之固，扼陝西、山西、河南三省要衝，自古以來為兵家必爭之地。
3. 西都：東漢建都洛陽，稱為東都，因此稱長安為西京或西都。這裡指古都長安。
4. 踟躕：徘徊不前的樣子。
5. 宮闕，宮門外的望樓。宮闕指天子所居的宮殿。因門外有兩闕，故稱為「宮闕」。在此泛指古代長安富麗堂皇的宮殿建築。

語譯：華山的山巒好像從四面八方奔湧聚集，黃河的波濤洶湧澎湃好像在發出怒吼，潼關城外有黃河，內有華山，山河雄偉，地勢險要。遙望古都長安一帶，徘徊不前，回想起歷代王朝的興衰。令人傷心的是當我路過秦漢時代宮殿的遺址時，看到了無數間的宮殿都已變成了黃土荒墟。王朝建立，百姓深受其苦；王朝滅亡，百姓還是受苦。

名句的故事

〈潼關懷古〉寫於張養浩赴陝西賑災的途中，登上潼關，弔古抒懷。前三句寫的是潼關地形：「峰巒如聚，波濤如怒，山河表裡潼關路」，第一句寫山，以四周山峰奔聚於此，賦予靜態的山動態的生命力；第二句寫河，以潼關為界，黃河原本由北往南變為由西向東流，「怒」字一方面表現出黃河轉向所帶來的湍急怒號，一方面又表達出了人的悲憤之情。第三句則綜合前兩句的「山」、「河」點明潼關地勢——內有華山、外有黃河，形勢很險要。

正因為潼關的地形險要，使得潼關自古以來成為兵家必爭之地，因此秦漢以來在西安一帶建都的歷朝歷代，無不縱馬馳騁於潼關之下。然而，那些朝代的無數宮闕現在都成了一片廢墟：秦始皇的阿房宮被項羽縱火焚燒，大火三月不滅；漢末央宮、唐大明宮同樣輝煌，也同樣在戰亂中被破壞殆盡。至於兵家必爭的潼關，更成為災民四散、號泣景象不斷上演的舞臺。

張養浩在潼關懷古「傷心」的對象，並非那些王朝的興亡更替，而是因王朝爭戰所造成的無數百姓的苦難。為此他寫下了名句：「興，百姓苦！亡，百姓苦！」且不論哪個朝代興盛、哪個朝代滅亡，老百姓都得遭殃受苦：興盛，老百姓得因統治者的大興土木而承受深重的徭役之苦；敗亡之際，干戈動亂，天下蒼生又深陷苦難之中。「興」、「亡」皆一字成句，但一字千鈞，極盡沉痛。

歷久彌新說名句

「懷古」是文學中引人注目的題材，歷來創作的文人相當多。唐代劉禹錫曾經以「金陵」為背景，以魏晉南北朝的歷史盛衰為內容，創作了一系列的懷古詩，尤其是〈烏衣巷〉最為人熟知：「朱雀橋邊野草花，烏衣巷口夕陽斜。舊時王謝堂前燕，飛入尋常百姓家。」劉禹錫藉著權傾一時的世家大族廳堂變為尋常百姓家，表達出他對於朝代更迭的無常之感，並隱約期望引起安史之亂後日漸衰敗的唐代中央的注意。

此外，宋代蘇軾詞作〈念奴嬌．赤壁懷古〉也為大家耳熟能詳，他以「三國周郎」作為全篇的主軸，藉著長江浪花不斷拍打堤岸，赤壁亂石像崩墜的雲，引發人們懷古的幽情：歷史上出現過的英雄豪傑、風流人物，其風采姿容讓人景仰，可是隨著時光流逝，當年那些所謂的風流人物，好像也同樣被長江淘洗，逐漸褪色，終於變成歷史的陳跡了。最後，蘇軾想到周瑜建立功業的年輕與意氣風發，而自己無從報國、年紀又大了，只能在此懷古高歌，不能不有所感慨：「人生如夢，一尊還酹江月」——只好拿起酒杯，向江上明月澆奠，表達對它的敬意。由感慨無奈的心境轉為曠達：過去風流人物也不過是「浪淘盡」，人生也不過如夢，何必執著呢？

可見，許多「懷古」名篇多為藉歷史變化、朝代更替抒發無常的感慨、豁達的心境，然而張養浩的〈潼關懷古〉卻超越了這樣的感歎，他將關注的眼光從以往的帝王將相、英雄豪傑挪至無名的百姓身上，以名句「興，百姓苦！亡，百姓苦！」發表了獨到而深刻的見解，成為「懷古」作品中不可多得的一篇佳作。

霜降始知節婦苦，雪飛方表竇娥冤

名句的誕生

古人云：「繫獄之囚，日勝三秋[1]。掌刑君子，當以審求。」這的[2]是：霜降始知節婦苦[3]，雪飛方表竇娥冤[4]。

～元．孟漢卿．《魔合羅》[5]第三折

完全讀懂名句

1.日勝三秋：形容日子難過，如云「度日如年」。

2.的：真，確。

3.霜降始知節婦苦：霜降同雪飛，炎熱的天氣下雪才知道節婦（竇娥）的痛苦。霜，諧音孀，又可指守寡。

4.雪飛方表竇娥冤：炎熱的三伏天下起雪來，才表明竇娥是冤枉的。

5魔合羅：為梵語音譯。本是佛經中的神名。宋元時期用泥、木等材質雕塑成小孩形狀，七夕時供做乞巧之用，名為「魔合羅」。後來成為小孩玩具。

語譯：古人說：「關在監獄裡的囚犯，過一天比三年還漫長。掌管刑罰的人，應當審慎地尋求案情的真相。」這真是：守寡才知道節婦的痛苦，炎熱的夏天下雪飛霜，才知道貞潔的婦人竇娥的辛苦及冤情。

作者背景小常識

孟漢卿，或作「益漢卿」、「孟雲卿」。元代前期雜劇作家，生平事蹟不詳。亳州（今河南省）人。約當元世祖至元年前後在世。所著雜劇今所知僅《魔合羅》一種。

劇曲的故事

李德昌與妻子劉玉娘在洛陽醋務巷開了一家絨線舖，與堂弟李文道對門而居。文道是個庸醫，對玉娘久存歹念，便趁德昌前往南昌經商時調戲玉娘，遭她嚴辭斥責。

德昌返鄉途中碰到大雷雨，病倒在離家不遠的五道將軍廟動彈不得。適逢賣魔合羅的老人高山到廟裡躲雨，德昌便請高山送信給玉娘，好讓妻子接他返家。高山正好向文道問路，說起德昌病倒之事，沒想到文道故意指東畫西讓他繞遠路到玉娘家，自己搶先抵達將軍廟，騙德昌喝下毒藥後取走財物。

高山到了玉娘家，告知德昌的訊息，並送了一個魔合羅給玉娘之子佛留。玉娘於是匆匆趕到將軍廟，但德昌早已奄奄一息，回家後不久便七竅流血而亡。

此時文道趕來，逼玉娘為妻，玉娘不從，文道就將玉娘送進官府，誣告她與奸夫謀殺德昌，賄賂縣令將玉娘屈打成招，定成死罪。吏員張鼎發現此案破綻百出，疑點重重，要求複審，府尹限張鼎在三天之內結案。張鼎詳加追問，仔細勘查，他從魔合羅的底座看到「高山」的名字，找到高山其人，問清楚事發當日送信始末，終於真相大白。

名句的故事

張鼎認為「劉玉娘藥死親夫」一案，不應該在「銀子又無、寄信人又無、奸夫又無、合毒藥人又無、謀合人又無」諸多疑點的情況下，便將玉娘判了死罪。令史怪他多管閒事，張鼎對他說：「人命事關天關地，非同小可。」接著引用古人教誨，說明執法的人必須理解嫌犯待罪時身心所受的煎熬，公正審慎地追查案情的真相，人命關天，一定要慎重處理。最後他並強調：這真是「霜降始知節婦苦，雪飛方表竇娥冤」。意指凡事都有它的隱微之處，執法之人除了明察秋毫，還要多一分體恤的心。

《竇娥冤》是元代雜劇作家關漢卿的代表作，主角竇娥本與婆婆過著平靜的孀居生活，卻因遭受市井無賴張驢兒父子的糾纏與陷害，終致慘遭刑戮。臨刑前，竇娥申明「若竇娥委實冤枉，身死之後，天降三尺瑞雪，遮蓋了竇娥屍首。」結果真如竇娥所言，炎熱的三伏天下起大雪來了。以後「竇娥冤」就常被用做冤獄的代稱。

歷久彌新說名句

《魔合羅》不但成功地塑造了張鼎這一公正、幹練的能吏形象，也暴露了元代政治腐敗，官吏貪污無能的黑暗面。

本劇第二折，河南府縣令的出場詩便是：「我做官人單愛鈔，不問原被都只要，若是上司來刷卷，廳上打的雞兒叫。」不論原告、被告都先得奉上鈔票，怪不得他向前來衙門告狀的人下跪，聲稱「但來告的，都是衣食父母」，其貪婪的嘴臉躍然紙上。

縣令糊塗無能「單愛鈔」，倚仗蕭令史管理司事，李文道來告狀特別向蕭令史豎起三個指頭說：「我予你這個。」令史還不滿意道：「你那兩個指頭瘸了？」劉玉娘「認罪」後，縣令私下問令史：「恰才那人舒著手與了你幾個銀子？」令史答：「給了五個銀子。」縣令便說：「你須分兩個與我。」可見分贓已是司空見慣的勾當。

與縣令和令史兩個昏官相較，張鼎彷如一股清流，他一出場就說道：「我想這為吏的扭曲作直，舞文弄法，只這一管筆上，送了多少人也呵。」幾句話勾勒出他正直審慎的性格，憑著他的幹練和縝密的心思，終於使劉玉娘的冤情水落石出。

此劇是一齣公案戲，透過貪官與能吏的對比，刻畫出尋常百姓的心聲，他們希望貪官都能受到懲治，好官能為人們伸張正義，執法時多一分體恤——「霜降始知節婦苦，雪飛方表竇娥冤」。

恨天涯流落客孤寒，歎英雄半世虛幻

名句的誕生

恨天涯流落[1]客孤寒[2]，歎英雄半世虛幻[3]。坐下馬空踏遍山水雄，背上劍枉射得斗牛[4]寒，恨塞於天地之間。雲遮斷玉砌雕欄，按不住浩然氣透霄漢[5]。

～元．金仁傑．《追韓信》第二折

完全讀懂名句

1. 流落：飄泊流浪，潦倒失意。
2. 孤寒：貧寒無依。
3. 虛幻：虛假而不真實。
4. 斗牛：星名。二十八星宿中的斗宿和牛宿。
5. 霄漢：天際。

語譯：可恨在天涯中如過客般飄泊流浪，始終貧寒無依；可歎自己一世英雄，這半輩子卻如此虛假而不真實。胯下坐騎徒然走遍雄壯的山水，背上的寶劍光芒枉自照得斗牛星都失去光亮，心中的遺恨充塞在整個天地之間。縱使天上的烏雲遮蔽了雕飾華美的宮殿，但壓抑不住我心中的廣大正氣直衝天際。

作者背景小常識

金仁傑，字志甫，杭州人。生年不詳，卒於元文宗天曆二年（西元一三二九年）。曾擔任經管錢穀的小官吏，與鍾嗣成往來密切。元文宗天曆元年授建康崇寧務官，天曆二年就任，僅一個月就病死於任上。

金仁傑善於作曲，明代朱權的《太和正音譜》評其作品「如西山爽風」。所作雜劇有

《西湖夢》、《追韓信》、《蔡琰還漢》、《東窗事犯》、《韓太師》、《鼎鍋諫》、《抱子設朝》七種。

劇曲的故事

《追韓信》一劇以韓信的生平為主線，引出楚漢相爭的歷史故事。全劇共分四折：第一折「漂母風雪歎王孫」，描述韓信年輕時胸懷大志，偏偏沒有機會施展抱負，一直被人瞧不起，後來受漂母一飯之恩，決意奮發圖強。第二折「蕭何月夜追韓信」描述韓信先後加入項羽及劉邦的軍隊，但一直沒受到重用，決定離開漢營，準備另投明主，希望能找到一個能賞識自己的人。此時蕭何得到消息，還來不及通知劉邦，就親自策馬於月下追韓信，最後成功勸說韓信留下。第三折「高皇親掛元戎印」，描述韓信在蕭何推薦下，被劉邦拜為大將，成為漢軍的主力，屢屢建立奇功，協助劉邦在楚漢相爭中擊敗項羽。第四折「霸王垓下別虞姬」，描述西楚霸王項羽兵敗烏江，因無顏見江東父老，最後在烏江自刎。

名句的故事

「恨天涯流落客孤寒，歎英雄半世虛幻」二句，是韓信決定離開漢營時的心聲，傾訴心中積累已久的憤慨與哀怨。

韓信年輕時貧窮無依，必須寄食在別人家，看人臉色，但他忍下來了；面對鄉里無賴的挑釁，他寧可受胯下之辱，也不願逞一時的意氣之勇。這都是因為他內心懷抱著遠大的志向，所以忍辱負重，只為了等待一個一展長才的時機。秦末大亂，韓信日夜盼望的機會終於來臨，他離開家鄉淮陰，跟隨項梁、項羽的軍隊，期望能嶄露鋒芒。然而在項羽軍中多年，韓信卻一直不受重用，於是毅然決然地棄楚奔漢，轉投劉邦麾下，只是他萬萬沒想到，來到劉邦軍中依然不受重用，這簡直是老天開了他一個大玩笑，讓他有才、有志、也遇到了時機，偏偏卻遇不到能夠慧眼識英雄的伯樂，他只能再次選擇離開。

明初大文豪宋濂的〈秦士錄〉中，描寫文武全才的鄧弼本想為國家建立功業，卻因為丞相和推薦他的德王有仇隙，連帶鄧弼也被打壓，最後只能無奈地發出有志難伸的怨歎：「天生一具銅觔鐵肋，不使立勳萬里外，乃槁死三尺蒿下，命也！亦時也！尚何言！」對於一個胸懷大志的人而言，最大的悲哀莫過於英雄無用武之地。所以，韓信在決定離開漢營時，從內心發出最深沉的吶喊——「恨天涯流落客孤寒，歎英雄半世虛幻」。他的「恨」，是那麼驚天動地；他的「歎」，是如此哀痛欲絕。

歷久彌新說名句

韓信是漢初三傑之一，也是劉邦在楚漢相爭中，能擊敗項羽的主要功臣，他的崛起與敗亡帶有豐富的傳奇色彩，成為後人津津樂道的故事，諸如「胯下之辱」、「一飯之恩」、「多多益善」、「背水一戰」、「明修棧道，暗渡陳倉」、「成也蕭何，敗也蕭何」等成語，都是由韓信的事蹟延伸而來，對後世影響極為深遠。

「恨天涯流落客孤寒，歎英雄半世虛幻」二句說出歷來多少懷才不遇者的心聲；同樣是《追韓信》一劇的第三折裡有「我從來將相出寒門。咱王是一朝天子一朝臣」，本是說漢營上從天子，下至元帥、丞相都出身寒微，後來「一朝天子一朝臣」被比喻人事因領導人的更換而變動，也成為常用詞語。

明代戲曲家沈采所作傳奇《千金記》在「追韓信」的橋段多襲用這套曲詞，如「恨天涯流落客孤寒。歎英雄誰似俺。半生虛幻。」幾乎與「恨天涯流落客孤寒，歎英雄半世虛幻」如出一轍。

正是執迷人難勸，今日臨危可自省

名句的誕生

（揚州奴云：）叔叔，恁孩兒正是執迷[1]人難勸，今日臨危可自省[2]也。（正末[3]云：）這廝[4]一世兒則說了這一句話。

～元．秦簡夫．《東堂老》第三折

完全讀懂名句

1. 執迷：堅持所迷惑的錯誤之事。
2. 臨危自省：在危難時能夠自己反省覺悟。
3. 正末：元雜劇裡扮演男主角的腳色，相當明代以後戲劇裡的「生」，此處指東堂老。
4. 這廝：對人輕蔑的稱呼。

語譯：揚州奴說：「叔叔，那時的我正固執迷惑於錯誤的事，難以聽進別人的勸阻，今天面臨危難，自己才知道反省覺悟。」東堂老說：「這小子一輩子只說了這一句人話。」

作者背景小常識

秦簡夫，元代末期之劇作家，大都（今北京）人，生卒年與生平事蹟均不詳。元代曲家鍾嗣成於《錄鬼簿》中將之列入「方今才人相知者」，並謂：「見在都下擅名，近歲來杭。」推知他先在北方成名，後移居杭州，其活動當在元末至順時期。著有雜劇五種，現僅存《東堂老》、《趙禮讓肥》、《剪髮待賓》三種，皆為倫理劇。其作品曲白通俗自然，人物形象鮮明，本色當行，風格與關漢卿相近，朱權《太和正音譜》評其詞曲如「峭壁孤松」，充滿堅毅的生命力。

劇曲的故事

揚州富商趙國器，因兒子揚州奴遊手好閒，交結無賴，終日沉迷酒色，全然不管家業，因此憂悶成疾。他擔心死後兒子將家產敗光，臨終前，向人稱「東堂老」的好友李實託子寄金。

趙國器死後，揚州奴更不理會東堂老的殷殷告誡，在一幫無賴子弟連拐帶騙的誘惑下，吃喝嫖賭無所不為，十年間把那田產物業、禽畜牛羊、丫環奴僕全都典賣光了，最後連所居住的宅院都不保，錢財揮霍一空後，夫妻雙雙淪為乞丐。

揚州奴在貧困不堪的窘境中，受盡各種生活的磨難，看盡世情的冷暖，終於幡然悔悟，用東堂老之妻給他的一貫錢，開始腳踏實地地做起小買賣，克勤克儉過生活。

東堂老生日那天，他在向揚州奴買來的宅院中擺下酒席，請所有的街坊鄰居同來慶賀新宅。席間揚州奴面有愧色暗自傷神，東堂老當眾宣布當年受託於老友之事，揚州奴所賣出的家產全是被東堂老用趙國器交付給他的銀錢暗中買回，如今揚州奴能浪子回頭，總算不負故人所託，將把所有的產業連本帶利的交還給揚州奴。眾人連稱「難得」，揚州奴感恩不已。

名句的故事

「正是執迷人難勸，今日臨危可自省」是揚州奴在幡然悔悟後，對東堂老說的一句話，也正是全劇的轉捩點。

揚州奴傾盡家產淪為乞丐後，只有東堂老之妻接濟衣食，所有親友避之惟恐不及，現實生活中得到的慘痛教訓，終於令他悔悟，面對東堂老的訓斥，慚愧不已。他用僅有的一貫錢，開始沿街賣炭、賣菜，東堂老為試探他的決心，要下人奴僕「都來聽揚州奴哥哥怎麼叫哩」，揚州奴忍著羞慚叫賣起來。他對東堂老說：「以前不聽叔叔的教訓，才淪落到今日的窮困。」東堂老聽他頗有悔意，接著問他如何過生活，他說捨不得買魚買肉，連賣剩的菜蔬也捨不得吃，怕吃了就傷本錢，「只揀那賣不出去的菜葉兒和著小米來煨熟了，也不須油鹽醬醋，就吃一碗淡粥」。東堂老對妻子說：「他如果早知道這些道理，何至於今天在瓦窯中受苦。」又勸勉揚州奴：「不受苦中苦，難為人上人」要咬緊牙根努力下死功夫。揚州奴感慨萬分地說：「當時自己『正是執迷人難勸，今日臨危可自省』」。

這一長段敘述，細膩地描繪出浪子回頭的轉變過程。正因為能「臨危自省」，使他在一無所有之後沒有一蹶不振，而能痛改前非，放下身段，一點一滴做起，終能重新振作，賦予全劇正面的積極意義。

歷久彌新說名句

《東堂老》是唯一以浪子回頭為主題的元雜劇，元代後期雜劇作家大多以歷史故事或筆記小說為題材，此劇則專從現實生活中取材。沒有複雜的故事內容，也沒有曲折離奇的情節，只以樸實的語言，敷演一個商業社會中常見的不肖子敗家又浪子回頭的故事，蘊含著濃厚的道德勸誡意味，作者透過這個故事，傳遞「勤儉可以興家，佚樂足以亡身」的道理。

《東堂老》曲白通俗，展現出鮮活的生命力。在第二折的〈煞尾〉中，東堂老訓誡揚州奴：「你有一日出落得家業精，把解典處本利停，房舍又無，米糧又罄，誰支持，怎接應？你那買賣上又不慣經，手藝上可又不甚能，掇不得重，可也拈不得輕……痛親眷敲門都沒個應，好相識街頭也抹不著他影。」讀來一氣呵成，痛快淋漓，明人孟稱舜匯集古今名劇編成《酹江集》一書，於此劇眉批上說：「如聽老成人訓誨子弟，句句堪模。」近人吳梅《瞿安讀曲記》也認為：「此記摹寫破家子弟，最為逼肖。」明清以後所作《托孤記》、《金不換》之類的作品，大多從此劇脫胎而來。

豈不聞遠親不似近鄰，怎敢做個有口偏無信

名句的誕生

豈不聞遠親呵不似我近鄰[1]，我怎敢做的個有口偏無信。今日便一樁樁待送還，你可也一件件都收盡。

～元．秦簡夫．《東堂老》第三折

完全讀懂名句

1. 遠親不似近鄰：指遠方的親戚雖然關係密切，但遇有急事或困難時無法及時幫忙，不如住在近處的鄰居，能夠相互照顧、扶持。

語譯：難道沒有聽人說過：住得遠的親戚不如近處的鄰居，可以相互照應。我怎能做個口頭承諾卻不講信用的人。今天把它一樁樁送還給你，你就一件件點收起來。

名句的故事

「豈不聞遠親呵不似我近鄰，我怎敢做的個有口偏無信」，東堂老將趙家產業交還給浪子回頭的揚州奴，所說的這句話，已勾勒出一個有信、有義，重然諾的好鄰居具體形象。

「遠親不似近鄰」源自《韓非子．說林》：「失火而取水於海，海水雖多，火必不滅矣，遠水不救近火也」，遠水救不了近火，因為緩不濟急。後人引申為「遠水不救近火，遠親不似近鄰」，遇有急事或困難時，遠方的親友不如住在近處的鄰居，能夠及時給予照顧、相互扶持。

東堂老受鄰居趙國器之託，照管不肖子揚州奴，雖然他也曾勸趙老：「父母與子孫成家

立計，是父母盡己之心，久以後成人不成人，是在於他，父母怎管的他到底」，但在老友死後，他切實執行承諾，屢次勸誡揚州奴勿沉迷酒色：「那裡面藏圈套，都是些綿中刺，笑裡刀」，遠離那狗黨狐朋：「你有錢呵，三千劍客由他們請，一會兒無錢呵，哎，早閃的我在十二瑤臺獨自行」，他看透世態人情又善於運籌規劃，暗中用趙國器交付給他的銀錢，不但將揚州奴賣出的家產一件件買回來，而且善加經營，等到揚州奴痛改前非，他可是連本帶利的交還趙家產業。

歷久彌新說名句

東堂老認為富貴窮達源於人們自己的努力，與天命無關。他說：「那做買賣的，有一等人肯向前，敢當賭，湯風冒雪，忍寒受冷，有一等人怕風怯雨，門也不出……怎做得由命不由人。」他認為憑自己的才能和辛勞賺取的錢財，是值得自豪的事：「我則理會有錢的是咱能，那無錢的非關命。咱也須要個幹運的這經營。雖然道貧窮富貴生前定，不俫，咱可便穩坐的安然等？」做生意也要靠自己努力去營運，如果硬要說貧窮富貴是生前註定，難道你就坐著等錢財從天上掉下來？這種積極進取的經營態度，和對商賈辛勤努力的肯定，在重農抑商的傳統觀念中是難能可貴的。

還有一個重義守信的好鄰居是《琵琶記》裡的張廣才。當蔡伯喈答應赴試又放不下家裡時，不待伯喈開口，他便說：「自古道：『千錢買鄰，八百買舍』。老漢既忝在鄰舍，秀才但放心前去，不揀有甚欠缺……老漢自當早晚應承。」他果然信守承諾，在物質上屢屢接濟蔡家，在荒災連年的歲月，連蔡家二老的喪葬費用都一力承擔，趙五娘對多次相擾而內心不安，他反安慰道：「你兒夫曾付託，我怎生違背？你無錢使用，我須當代……」將照顧蔡家視為自己當然的任務。

守信義、重言諾，忠心地實踐受託的責任，東堂老與張廣才為「遠親不似近鄰」做了最好的示範。

殘碑休打，寶劍羞看

名句的誕生

梅花渾似真真[1]面，留我倚闌干。雪晴天氣，松腰玉瘦，泉眼[2]冰寒。興亡遺恨，一丘黃土，千古青山。老僧同醉，殘碑休打[3]，寶劍羞看[4]。

～元．張可久．〈人月圓．雪中遊虎丘[5]〉

完全讀懂名句

1.真真：傳說畫中美女的名字。

2.泉眼：泉水湧出的孔穴。

3.殘碑休打：此指不想多看字跡模糊的殘舊拓碑。刻在碑文上的字，皆是用鬃刷、拓包去敲打拓紙，使其顯出字形，故稱「打碑」。

4.寶劍羞看：一說指不願看在虎丘陪春秋吳王闔閭埋葬的寶劍。另一說指無顏看陪春秋吳王闔閭埋葬的寶劍；暗指闔閭雖擁有寶劍，卻無力保護國家，吳國日後終為越國所滅。

5.虎丘：位在今江蘇省蘇州市西北。為吳王闔閭埋葬的地方。

語譯：梅花簡直就像是畫中名叫真真的美女，以其美麗的樣貌挽留我倚靠著闌干觀看。下雪後天氣放晴，松樹上的積雪漸漸融化，但湧出泉水的孔穴仍然冰雪封住。古今興盛衰亡的歷史，遺留多少的憾恨，最後不過都化成一堆黃土，千年下來都不變的青山。就跟老和尚一同喝醉，不想多看殘碑上記載史事的模糊字跡，也不願看與吳王闔閭一同陪葬在虎丘的寶劍。

名句的故事

此曲為記遊之作，作者一開始先描繪虎丘這處歷史古蹟的雪景，繼而借景起興，抒發其對過往歷史的感懷。張可久行遊至虎丘，眼前出現的是令人目不轉睛的高雅梅花、如玉般在松樹上的積雪，以及仍被寒冰封凍的泉眼等天然冬景；他想到了一千多年前埋葬在此的吳王闔閭，不管其生前曾貴為一國之君，珍藏多少把名貴的寶劍，死後一切全都歸於黃土之中。

有關「虎丘」地名的由來，可參見東漢人袁康《越絕書．越絕外傳．記吳地傳》的記載：「闔閭冢，在閶門外，名虎丘。下池廣六十步，水深丈五尺，銅槨（ㄍㄨㄛˇ）三重，墳池六尺，玉鳧之流。扁諸之劍三千，方圓之口三千，時耗、魚腸之劍在焉。千萬人築治之，取土臨湖口，築三日而白虎居上，故號為虎丘。」其意為，闔閭的墳墓位在閶門之外，稱為虎丘。下池寬六十步，水深一丈五尺，銅槨有三層，水銀池有六尺，池中漂浮著玉作成的鳧鴨。此外，有三千把扁諸劍，分別放在三千口方圓的井裡，時耗、魚腸兩把名劍也埋在墳墓裡。當時徵用了上千萬人來築造建治，土石是從臨湖口運送而來，完工後三天，墓上竟出現一隻白虎，所以被稱為虎丘。

吳王闔閭一生愛劍成痴，歷史上最著名的鑄劍師干將、莫邪夫婦，曾以兩人名字命名的雄雌雙劍獻與闔閭，最末同闔閭埋葬的三千把扁諸劍，相傳便是用製作干將、莫邪寶劍所餘的鐵汁鑄成的。

歷久彌新說名句

此曲起句「梅花渾似真真面」之「真真」的典故出自唐人杜荀鶴《松窗雜記》，據說當時有位名叫趙顏的進士，看見一張畫有美人的圖，他對畫工說：「世上不可能有如此美麗的人，要是她能成為活人，我真想娶她為妻呢！」畫工對趙顏說：「畫裡的女子名字喚作真真，你若日夜叫她的名字，到了一百天她必定應聲而出。」趙顏便按照畫工的話去做，女子果然從畫裡走了出來，舉止言談、日常飲食都與一般人無異。兩人結為連理後一年，生下一個兒子。

某日，趙顏的朋友對其說：「你的妻子是個女妖啊！一定會給你帶來災難，我有一把神劍，可以讓你斬妖除魔。」趙顏的友人才剛送來寶劍，真真便哭著對趙顏說：「我本是南岳地仙，不知為何被人畫了我的相貌，你又一直喊著我的名字，我是不忍見你失望才與你在一起的。現在你懷疑我是女妖，我再也不住這裡了！」說完便帶著兒子回到畫中，從此畫裡就多了一個小孩。後來人們常以「真真」代指美人。

清人王鵬運在〈滿江紅．朱仙鎮謁岳鄂王祠敬賦〉上半闋寫道：「風帽（擋風的帽子）塵衫，重拜倒，朱仙祠下。尚彷彿，英靈接處，神遊如乍。往事低徊風雨疾。新愁黯淡江河下。更何堪，雪涕讀題詩，殘碑打。」作者在風雨飄搖中，來到朱仙鎮（位在今河南省開封縣西南）的岳鄂王祠弔謁南宋名將岳飛，其回顧岳飛生前率領岳家軍英勇殺敵，眼看就要大敗金兵，收復北宋失土，在最後卻壯志未酬而為奸人所害。一邊讀著祠堂內的題詩，一邊擦拭止不住的淚水，還不時用手拍打著記載岳飛事蹟的殘破石碑，心中實有無限的感慨。最末一句與張可久同樣借「殘碑」象徵前人的歷史功績與興亡憾恨。

傷心秦漢，生民塗炭，讀書人一聲長歎

名句的誕生

美人[1]自刎烏江[2]岸，戰火曾燒赤壁[3]山，將軍[4]空老玉門關[5]。傷心秦漢，生民塗炭，讀書人一聲長歎。

～元．張可久．〈賣花聲．懷古〉

完全讀懂名句

1. 美人：指秦末西楚霸王項羽的寵姬虞美人，又稱「虞姬」。
2. 烏江：位在今安徽省和縣東北四十里江岸的烏江浦，亦是項羽、虞姬自刎之所在。
3. 赤壁：位在今湖北省嘉魚縣東北、長江南岸，為東漢末年孫權、劉備聯軍大破曹操軍隊之地。
4. 將軍：此指東漢出使西域的班超，封定遠侯。
5. 玉門關：位在今甘肅省敦煌市。古為通西域要道。

語譯：秦末楚、漢爭霸時，項羽被漢軍圍困在垓（ㄍㄞ）下，與美人虞姬自刎於烏江岸；東漢末年，孫吳、蜀漢兩國聯合在赤壁火燒曹操大軍；東漢名將班超，徒然在塞外老去，直至晚年才得以回到玉門關。這些令人傷心的秦、漢兩朝的歷史過往，無情的戰火，總是讓老百姓如同生活在泥濘、炭火之中，讀書人只能感慨地發出一聲長歎！

名句的故事

張可久在此曲的前面三句援引秦、漢史

例，依事件發生的地點由東至西，直指這些留名青史的英雄豪傑，為了成就個人的功業而爭戰不休，不論其最後興亡成敗，受苦的終究還是無辜的老百姓。

《史記．項羽本紀》記錄項羽在垓下被漢軍四面包圍時，夜裡起來飲酒，對著美人虞姬唱道：「力拔山兮氣蓋世，時不利兮騅（指駿馬）不逝。騅不逝兮可奈何，虞兮虞兮奈若何？」虞姬也作歌相和：「漢兵已略地，四方楚歌聲。大王意氣盡，賤妾何聊生？」其後與虞姬皆自刎於烏江岸邊。

《三國志．周瑜傳》描述赤壁一戰，曹操聲勢浩大地率領水師渡江南下，進攻兵力寡少的孫吳、蜀漢聯軍，並將大、小船隻接連一起。孫吳大將周瑜的部下黃蓋獻上一計：「今寇眾我寡，難與持久。然觀操軍船艦，首尾相接，可燒而走也。」周瑜決定採納其建議，果然大破曹軍，取得此一戰役的勝利，也奠定了三國鼎立的局面。

據《後漢書．班超傳》記載，生於儒學世家的班超選擇投筆從戎，他心懷「不入虎穴，焉得虎子」之志，長駐西域三十一年，其間說服了五十餘國與漢朝結盟，以功封定遠侯，聲名遠播。然而到了晚年，他日益思念故鄉，曾上疏請奏皇帝：「臣不敢望到酒泉郡，但願生入玉門關。」最後班超雖然如願以償，但才回到京都洛陽兩個月便病逝了！

作者借以上三段史實，寄寓每場爭戰無論勝敗與否，必定造成「生民塗炭」的悲劇，而這些英雄人物所立的功名也不過像幻夢般虛浮不實；末以「讀書人一聲長歎」作結，表達其身為一名知識分子，面對人民所遭受的巨大苦難，縱有滿懷的理想抱負，卻也只能發出一聲無奈地慨歎，以凸顯歷來統治者對百姓聲音的漠視。

歷久彌新說名句

題目取名〈懷古〉，即是藉由追懷歷史人物或事件，抒發內心的感受。如北宋蘇軾的千古名作〈念奴嬌．赤壁懷古〉，其上片云：

「大江東去，浪淘盡，千古風流人物。故壘西邊，人道是，三國周郎赤壁。亂石崩雲，驚濤裂岸，捲起千堆雪；江山如畫，一時多少豪傑。」此乃被貶官至湖北黃州的蘇軾，其望著眼前滔滔江水激起的雪白浪花，不禁回顧起過往有多少個英雄豪傑曾孕育於此，好比三國孫吳大將周瑜，就是在赤壁打敗了曹操。

同樣為「懷古」之作，南宋愛國詞人辛棄疾在〈永遇樂．京口北固亭懷古〉上片寫道：「千古江山，英雄無覓，孫仲謀處。舞榭歌臺，風流總被，雨打風吹去。斜陽草樹，尋常巷陌，人道寄奴曾住。想當年，金戈鐵馬，氣吞萬里如虎。」高齡六十六歲的辛棄疾，登臨京口（今江蘇省鎮江市）北固山上的北固亭，感歎壯麗的山河雖然千年依舊，卻早已不見過去雄霸江東的孫權（字仲謀）；昔時樓臺林立、歌舞昇平的繁華盛景，以及英雄人物的風流事跡，也全都被歷史的風雨摧殘殆盡。而眼下那條斜陽映照、荒草叢生的偏僻巷弄，相傳曾是南朝宋帝劉裕（小名寄奴）的居住地，想當年劉裕率軍北伐時那股無人匹敵、氣吞山河的聲勢，最後還接收了東晉政權，成為南朝宋的開國君主，對照今昔，實令人不勝唏噓。

人皆嫌命窘，誰不見錢親

名句的誕生

人皆嫌命窘，誰不見錢親？水晶環[1]入麵糊盆[2]，才沾粘便滾[3]。文章糊了盛錢囤[4]，門庭改做迷魂陣[5]，清廉貶入睡餛飩[6]。葫蘆提[7]倒穩。

～元．張可久．〈醉太平．失題〉

完全讀懂名句

1.水晶環：指潤澤透明如水晶般的玉環。比喻清白無瑕、光明純潔的人。

2.麵糊盆：汙濁糊塗的場合。比喻當時的社會或官場。

3.才沾粘便滾：一沾染便滾作一團。比喻同流合汙。

4.文章糊了盛錢囤：一說指讀書人把寫文章當成聚斂錢財的工具。另一說指文章不值錢，只能拿來糊一糊，當作裝錢的材料。

5.迷魂陣：比喻迷惑、坑害別人的圈套或陷阱。元人多用來代指妓院。

6.睡餛飩：一說指躺倒的餛飩；比喻遭受打擊而倒地不起。另一說指「餛飩」音同「渾沌」，可引申迷糊愚昧的狀態。

7.葫蘆提：又作葫蘆蹄，指糊裡糊塗。葫蘆，酒具。

語譯：每一個人都嫌自己的命運窘困，哪一個人不是見了錢便覺得很親近？原本如水晶環般潔白無瑕的人當上了官，就好像跌入了汙濁糊塗的麵糊盆裡，才剛剛沾染便立刻滾作一團，與所有人同流合汙。讀書人把寫文章當成升官發財的途徑，門庭也變成了讓人陷於得意忘形、鬼迷心竅的地方，清白廉潔的人只有遭受打壓的份。（倒不如喝著酒）糊裡糊塗地過日子反而還比較安穩呢！

名句的故事

張可久《小山樂府》中的這首曲子只有曲牌、沒有題目，故作「失題」。與張可久同為元代散曲家的周德清，其在《中原音韻》為此曲所下的標題為「感懷」；明朝人郭勛整理元、明兩代的曲文編成《雍熙樂府》，書中則註明此曲題目為「歎世」。

向來作品清麗典雅，擅長描繪自然風景的張可久，卻在這首小令〈醉太平．失題〉運用了大量的市井俗語，與其平日的寫作風格迴異。曲中以尖酸潑辣的語氣，譴責當時的官場與社會環境，莫不充斥著嫌貧愛富、見錢眼開的人，為了攫取更多的錢財，不惜使出卑劣無恥的手段，清廉賢者根本沒有出頭的機會。不過，在歷經一番激憤的情緒後，作者還是只能無奈地借酒消愁，佯裝出一副糊裡糊塗、滿不在乎的模樣，好讓自己能對醜惡的世風人情看開一些。

極為講究音律、平仄的散曲家周德清，在《中原音韻》評析張可久〈醉太平．失題〉：「窘字若平，屬第二着。平仄好。務頭在三對，末句收之。」意指「人皆嫌命窘」中的「窘」若換成其他的平聲字，便沒有「窘」這個仄聲字來得好。所謂「務頭」，指的是一首曲子中文字最優美、音律最和諧的部分，其認為全曲最為出色的文句，便是「文章糊了盛錢囤，門庭改做迷魂陣，清廉貶入睡餛飩」這三句音韻鏗鏘有力的鼎足對（即三句對，指三個句子可彼此對仗）。

歷久彌新說名句

《戰國策．秦策》記載東周戰國策士蘇秦在未受重用前，曾有一段衣衫襤褸、窘困潦倒的日子，那時不僅妻子、嫂子瞧不起他，連父母也不願跟他說話；等到蘇秦佩帶六國相印，威風凜凜地路過家鄉洛陽時，他的父母連忙打掃庭院、道路，擺設宴席，還遠到城外三十里處迎接，妻子不敢正視他，嫂子匍伏在地，對他拜了又拜。蘇秦問嫂子說：「嫂何前倨（傲慢）而後卑（謙卑）也？」嫂子回答：「以季子之位尊而多金。」蘇秦這時不禁感慨地說道：「貧窮則父母不子（不把兒子當兒子），富貴則親戚畏懼。人生世上，勢位富厚，蓋（何）可忽（看輕）乎哉？」如果連自家親人的窮困、顯達都能如此地現實以對，更遑論是其他人了！

讀書人奮筆疾書，本應為經世濟民而作，但若內容過於曲高和寡或不符當時社會的需要，即便多麼傑出的文章，也會被視為是無用之物。《漢書．揚雄傳》記敘西漢文學家揚雄撰寫《太玄》一書，希望藉由這部作品名揚後世，其友人劉歆讀完《太玄》後對揚雄說：「吾恐後人用覆醬瓿（ㄆㄡˇ）也！」意謂揚雄的文章太過艱深，學者尚無法通曉，恐怕日後只會被人拿來蓋醬缸罷了！此與張可久所言「文章糊了盛錢囤」同樣含有文章不值錢、論著不受人重視的意味。

短命的偏逢薄倖，老成的偏遇真成，無情的休想遇多情

名句的誕生

短命[1]的偏逢薄倖[2]，老成的偏遇真成，無情的休想遇多情。懵懂[3]的憐瞌睡，鶻伶[4]的惜惺惺[5]，若要輕別人還自輕。

～元．宋方壺．〈紅繡鞋．閱世〉

完全讀懂名句

1. 短命：對無德者之罵詞。
2. 薄倖：薄情寡義。
3. 懵懂：糊塗無知。
4. 鶻伶：機靈。
5. 惺惺：聰明。

語譯：缺德的短命鬼遲早要碰上薄情寡義之人，厚道的老實人總會得到真誠的回應，無情的人就別妄想會有人對他深情以待。糊塗人憐惜的只會是頭腦混沌的瞌睡蟲，機靈的人愛惜的則必是聰明人，若是瞧不起別人，一定是因為自己先輕看了自己。

名句的故事

宋方壺在此曲中道盡了自己閱覽人情世故後所得的感想，頗具因果色彩：缺德者遇無義，老實者遇真心，無情者遇絕情，無知者相交，聰明者相惜。一切彷彿冥冥中自有定數，與清朝錢彩《說岳全傳》第七十四回所言：「男男女女，人千人萬，那一個不說是天理昭彰，報應不爽。」似乎可相互印證，證明天地間自有其正義，讀之頗能撫慰人心。

最末一句「若要輕別人還自輕」則有更多

可供玩味之處。亞聖孟子曾道：「夫人必自侮，然後人侮之。」（《孟子．離婁上》）同樣在闡述人因輕慢自己，而導致被他人輕慢的後果。其間的因果關係，已脫離了宿命論的因果，而進階至行為上的因果。我們在悲歎自己的不幸遭遇之前，或許更應先反求諸己，說不定能領悟自身的際遇，只不過是「自作孽，不可活」的一個明證罷了！

歷久彌新說名句

在〈紅繡鞋．閱世〉之後，誕生了不少有類似領悟的文句。明朝《醒世格言》卷三十四：「強中更遇強中手，惡人須服惡人磨。」自以為不可一世的強者卻遇上更強勁的對手，無惡不作的壞人還要被更壞的人折磨。明末雪庵和尚〈剃頭詩〉：「可憐剃頭者，人亦剃其頭。」也同樣在表達欺人者必遭人欺的因果。

中國經典《易經．繫辭上》則早早道盡了這番因果背後的道理：「方以類聚，物以群分，吉凶生矣。」天下人同類相聚，天下物以群相分，善者相聚為吉，惡者聚集為凶。因此若想要趨吉避凶，最好先修身養性，使之向善，才能吸引好人好事到自己的身旁。

從另一個角度來看，吉凶之道也可用古希臘哲學家赫拉克利特所說的「性格即命運」來解釋。因為擁有好的性格，所以能博得他人的尊重，贏得更多成功的機會，進而造就令人稱羨的命運；反之，因為壞性格而導致眾叛親離，不得善終。此番道理，相信不管是從歷史名人中，還是我們身旁的親友裡，都可以找到許多例證。至於俗話說的「可憐之人必有可恨之處」，背後隱藏的深義大致也是如此吧！

也不唱韓元帥偷營劫寨，也不唱漢司馬陳言獻策，也不唱巫娥雲雨楚陽臺

名句的誕生

也不唱韓元帥偷營劫寨[1]，也不唱漢司馬陳言獻策[2]，也不唱巫娥雲雨楚陽臺[3]。也不唱梁山伯，也不唱祝英臺[4]。只唱那娶小婦的長安李秀才。

～元．無名氏．《貨郎旦》第四折

完全讀懂名句

1. 韓元帥偷營劫寨：指韓信暗渡陳倉，平定三秦之事。
2. 漢司馬陳言獻策：此處指劉邦重要軍師陳平。他曾為劉邦六出奇計，使劉邦在楚漢相爭中得以反敗為勝。
3. 巫娥雲雨楚陽臺：戰國時代楚襄王曾遊高唐，夢到巫山神女主動邀王共眠，夢醒後楚王對神女念念不忘。
4. 梁山伯、祝英臺：中國民間故事。敘上虞富家女祝英臺女扮男裝出外求學，與會稽梁山伯同窗三年，情誼深厚，梁不知祝為女子。英臺臨別時託妹許婚，但待山伯得知，前往祝家提親時，英臺已為父母許配馬家，山伯鬱恨病卒，英臺至墓前慟哭，山伯墓裂，英臺奔入，兩人並化為蝶，雙飛而去。

語譯：我今天不是要演唱韓信率軍劫寨的故事，也不是要演唱陳平向劉邦獻策的事蹟，也不是要演唱楚王夜夢巫山神女的故事，也不是要演唱梁山伯的故事，也不是要演唱祝英臺的故事。我只要演唱長安一個李秀才娶小妾的事件。

劇曲的故事

《貨郎旦》一劇敘述李彥和因娶張玉娥為妾，導致家破業敗、妻亡子散的故事。全劇共分四折：

第一折敘述李彥和不顧妻子劉氏反對，娶妓女張玉娥為妾，將劉氏活活氣死，張玉娥過門後，竟又勾結情夫魏邦彥，意圖謀財害命。第二折敘述張玉娥火燒李家，又聯合魏邦彥將李彥和推下河，彥和幼子春郎及乳娘張三姑被一船夫搭救，張三姑將春郎賣給路過的拈各千戶，自己則拜張孛老為父。第三折敘述李彥和落河未死，十三年後與賣唱「貨郎兒」的張三姑相遇，二人相互扶持，回到河南府。第四折敘述三姑被繼承千戶之職的春郎請去演唱，彥和懷疑千戶就是失散的兒子，於是三姑把李家遭遇透過「貨郎兒」演唱出來，三人相認，並捉拿魏邦彥及張玉娥正法。

名句的故事

三姑為了有朝一日能和春郎相認，早將李家的遭遇編成「貨郎兒」的故事，希望如果還有和春郎重逢的機會時，要用這段故事喚醒春郎的兒時記憶。「也不唱韓元帥偷營劫寨，也不唱漢司馬陳言獻策，也不唱巫娥雲雨楚陽臺」三句，就是張三姑演唱「貨郎兒」前的開場序，說明這次要演唱的故事，不是功臣將相豐功偉業，也不是才子佳人愛情故事，而是一段平凡而又真實的經歷。

所謂的「貨郎兒」，指的是宋、元時期，往來於城鄉之間，販賣日用雜物和兒童玩具的挑擔小販。他們沿途敲鑼搖鼓，唱著物品的名稱以招徠顧客。到了元代，歌曲貨郎兒與散說相配合，敘述故事，就稱作「說唱貨郎兒」。

本劇中張三姑演唱的「九轉貨郎兒」，呈現了當時說唱藝術的演出實況，頗具史料價值。現代崑劇中的《貨郎旦．女彈》，便是出自於此。

歷久彌新說名句

中國古代男尊女卑，允許一夫多妻制，上至帝王的後宮佳麗三千人，下到一般富紳土豪的三妻四妾。在這樣男女不平等的社會制度下，產生了許多不幸的家庭悲劇。

最常見的就是帝王后妃的爭寵，造成大量深宮怨婦，著名的有與漢武帝青梅竹馬，武帝甚至表示要「金屋藏嬌」的陳皇后。未料帝王多半不能長情，陳皇后備受冷落，為挽回武帝，只能央請辭賦名家司馬相如寫長門賦。

唐代大詩人李白〈長信宮〉詩有「月皎昭陽殿，霜清長信宮」的句子，用「月皎」與「霜冷」對比，點出受寵與失寵的差異，最後用「誰憐團扇妾，獨坐怨秋風」，刻畫出受帝王冷落的怨婦形象。

在《紅樓夢》中，嫁給寶玉的堂哥賈璉當二房的尤二姐，也因為受不了元配王熙鳳的虐待，最後落得吞金自殺的下場。這些古代多妻制衍生的不幸事件，實在是不勝枚舉。

昌時盛世奸諛蔽，忠臣孝子難存立

名句的誕生

天應醉，地豈迷？青霄白日風雷厲。昌時盛世奸諛蔽，忠臣孝子難存立。朱雲[1]未斬佞人頭，禰衡[2]休使英雄氣。

～明．康海．〈寄生草．讀史有感〉

完全讀懂名句

1. 朱雲：西漢人，成帝時上書勸斬佞官張禹，事敗幾遭殺身之禍。
2. 禰衡：漢末人，曾擊鼓罵曹操，後為黃祖所殺。

語譯：天應該是喝醉了？地豈是昏迷了？青天白日裡卻風雷凌厲。昌明的盛世被狡詐阿諛的小人所蒙蔽，以致忠臣孝子難以生存立足。朱雲斬不了那諂媚者的項上人頭，禰衡也發揮不了他的英雄氣慨。

作者背景小常識

康海（西元一四七五～一五四〇年），字德涵，號對山，別署沜（ㄆㄢˋ，同「畔」）東漁父，乾州武功（今屬陝西）人。弘治十五年狀元，任翰林院修撰。工於詩文，和當時文學理念相近，同樣尊崇復古文風的李夢陽、何景明、徐楨卿、邊貢、王廷相、王九思等人並稱明代文壇的「前七子」。武宗時宦官劉瑾事敗被殺後，康海被歸為劉瑾一黨因而免官。其後寓居揚州，遂放浪形骸，以山水聲伎自娛，經常自作樂府，使女樂按弦歌其慷慨之詞，酣飲作樂，以寄託憂鬱苦悶的心情，終身不復圖謀官職。詩文有《對山集》四十六卷，曲作存《沜東樂府》二卷及雜劇《中山狼》、《王蘭卿》二種，曲風雄放豪邁，頗多憤世之作。

名句的故事

本篇是作者不滿政局的黑暗，發出憤世嫉俗的不平之鳴。

起首便以「天應醉，地豈迷」質問天地。難道是「天醉地迷」才讓這世上如此的是非顛倒、黑白不分？「青天白日風雷厲」寫自然界的「風雷」，也是對現實狀況的比喻。「昌明的盛世」指當朝也比喻天子，被一群狡詐阿諛的小人所蒙蔽了；讓忠臣孝子之流的好人，反而難以生存立足。曲文平白如話，指斥奸邪，直抒胸臆，感情強烈。

康海正當盛年之時，就因為被歸為劉瑾一黨而遭到免官。劉瑾是明武宗時專權的宦官，與康海有同鄉之誼。正德三年李夢陽因草擬彈劾劉瑾的奏章，不幸事情敗露被捕入獄，康海為救助李夢陽與劉瑾通宵周旋，夢陽因此得救。正德五年劉瑾事敗被殺，康海遂被歸為劉瑾同黨罷官為民，當時已官復原職的李夢陽卻袖手旁觀不曾進一詞以相救。康海歸田後寫了一部雜劇《中山狼》，劇中東郭先生冒險救了被追殺的中山狼，中山狼脫險後，恩將仇報，反欲吃掉東郭先生，幸遇杖藜老人將狼騙進書囊中殺死。據說此劇即為影射李夢陽的忘恩負義而作。

康海在宦海風波中看透了官場上爾虞我詐的黑暗，領教了現實人情的冷暖，他自認為無辜遭殃，心中始終有一股揮之不去的鬱悶之氣，此曲便充滿了憤懣感慨之詞。

歷久彌新說名句

末兩句舉朱雲、禰衡兩位歷史人物的事蹟借古諷今，為「忠臣孝子難存立」做印證。

朱雲是西漢時的地方縣令，他上書求見成帝，當著公卿大臣之面，指朝廷大臣皆尸位素餐，請斬佞臣安昌侯張禹以警惕其餘諸人。張禹正是成帝的師傅，成帝大怒，令御史拖出斬首，朱雲緊攀著殿上欄杆，把欄杆都折斷了，他高聲道：「我得以追隨龍逄、比干這些忠臣於九泉之下，心願已足！但不知我朝以後將會何如了？」經辛慶忌叩頭力阻方得赦免。後來成帝覺悟，命保留折壞的殿檻，以表揚正直之臣。後以「朱雲折檻」比喻正直的臣子勇於進諫。

禰衡是東漢末年的名士，他有辯才、長於文辭，性格剛毅自傲。孔融賞識其才華屢次在曹操面前稱讚他，曹操要召見他，禰衡自稱有狂病，不肯前往。曹操懷忿，聽說禰衡善擊鼓，便召他為鼓吏，並大宴賓客，閱試音節。禰衡精彩的表演了一段鼓曲《漁陽摻撾（ㄓㄨㄚ，敲擊）》，「聲節悲壯，聽者莫不慷慨」，司禮官吏要他換上擊鼓者的衣服，他當著曹操的面，不疾不徐脫得一絲不掛，然後將擊鼓者的服飾慢條斯理地穿上去，再奏鼓曲後揚長而去，臉上毫無羞愧之意。曹操只好笑對賓客說：「我本來是想羞辱禰衡，沒想到反被他羞辱了。」這一段事跡被後世敷演成戲劇裡的《擊鼓罵曹》。其後曹操想借他人之手殺掉禰衡，便送他往荊州牧劉表處，不合，又被轉送江夏太守黃祖，後因冒犯黃祖被殺，死時只有二十六歲。

形骸太蠢，手敲破鼓，口降邪神

名句的誕生

形骸[1]太蠢，手敲破鼓，口降邪神[2]；福雞[3]淨酒[4]噁[5]一頓，努嘴拌唇[6]。才說是丁三舍人[7]，又賴做楊四將軍。一個個[8]該拿問，依著律審允[9]，不絞斬也充軍[10]。

～明．陳鐸．〈滿庭芳．巫師〉

完全讀懂名句

1. 形骸：形貌、長相。
2. 口降邪神：誦念咒語，請神降臨。
3. 福雞：供神的雞，祭祀的牲口通稱為福物。
4. 淨酒：供神的酒。
5. 噁：吃、飽嘗。
6. 努嘴拌唇：鼓著嘴，舔著唇。
7. 丁三舍人：丁三與下文楊四泛指某一人，如同張三、李四一般。舍人、將軍皆為官職名，或指貴公子。
8. 一個個：此指巫師。
9. 審允：審問得當。
10. 充軍：將人犯送到偏遠地方服役。

語譯：手敲著破鼓，口中喃喃念咒，請神降臨，這般樣貌實在太過粗蠢。鼓嘴舔唇，飽嘗了一頓祀神祭品。才說是丁家三公子，又賴做楊家四將軍。這一個個巫師都該抓起來審問，依照律例審問得當，就算不絞死斬殺，也要送去充軍。

作者背景小常識

陳鐸（約西元一四八八～一五二一年），

字大聲，號秋碧，下邳（今江蘇省邳州市）人。家住金陵，雖世襲指揮使，卻能關注市井人物和風俗。擅長詩畫，尤其精研音律，樂坊子弟稱他為「樂王」。王世貞在《曲藻》說他：「所為散套，既多蹈襲，亦淺才情，然字句流麗，可入弦索。」錢謙益在《列朝詩集小傳》評他：「穩協流麗，審宮節羽，不差毫末。」可見陳鐸的散曲優點在音律和諧，但內容上多風月閨情之作。最值得注意的作品還是《滑稽餘韻》，能突破取材限制，描寫市井人物的樣貌、生活情態。正如陳鐸自己說的：「曲雖小技乎，摹寫人情，藻繪物采，實為有聲之畫。」真實反映明代中葉以來的城市生活。著有散曲集《滑稽餘韻》、《月香亭稿》、《秋碧樂府》；雜劇《花月妓雙偷納錦郎》、《太平樂事》；詞集《草堂餘韻》。

名句的故事

陳鐸在這首曲子中，描寫社會中的不肖之徒——神棍，假借傳達神諭，招搖撞騙、混吃混喝的惡形惡狀。

首二句醜化了巫師：外形粗蠢、器具破爛，第三句以「邪」字表達作者的不屑以及巫言不足採信。「福雞淨酒嗯一頓」、「努嘴拌唇」，寫巫師貪得無厭，我們彷彿看到一個滿嘴油光殘渣、不知羞恥的形象。而巫師一下說是丁三、又改口說楊四，說話自相矛盾卻又強加辯駁，可見為了欺瞞別人，無所不用其極。「賴」字用得極巧，將巫師已露出馬腳卻又滿不在乎、推卸責任的神情傳達到讀者面前，可謂厚顏無恥。

作者既看穿了巫師詐騙百姓的手段，嘲弄再三後，便以辛辣尖銳的筆觸直斥這些巫師，按律斷刑，不處死也該充軍邊疆。表現出作者嫉惡如仇的大義，也令人讀之大快叫好！

歷久彌新說名句

中國上古時代的傳說裡，盤古開天後，天地間距離並沒有太遠，曾有一段時間是神可下凡、人可上天的生活，但也因此而導致了動亂

——惡神蚩尤亂世。於是，黃帝率領軍隊反抗，最後在九天玄女相助之下，平定這場戰亂。到了顓頊時，記取過往教訓，便命令他的孫子重與黎，一個雙手托天，一個雙手撐地，兩人合力將天地越分越開，從此天地間再不相通，民神分隔天地。這就是古史「絕地天通」的故事。

因為絕地天通，所以除了登天梯（崑崙山），人民就必須透過「巫」與神溝通，而神雖有法術，卻也不能私自下凡。巫師掌握了神諭的發言權，所以在古代巫的地位是很高的，他肩負占卜、禳災、祈福等任務。即便時代進步，迷信的陋習也漸漸革除，但時至今日，仍不乏知識份子鬼迷心竅，更何況是明代。不論哪個時代，只要還存在「寧可信其有，不可信其無」的態度，就會因為自己不懂而相信巫覡、相信「專家」，甚至相信「品牌」。

現今是資訊爆炸的時代，我們有太多事非專業、不清楚。相信專家、品牌、行銷、權威，真確嗎？可靠嗎？或者我們要擺盪到另一個極端，做一個懷疑論者，否定世間一切真實？所以，我們要具備審思、明辨的能力，否則「形骸太蠢」的是受騙者還是騙子，尚未定論哩！

饒君使盡英雄漢，免不得輪迴一轉。雖然跳不出死生關，也省了些離合悲歡

名句的誕生

饒[1]君使盡英雄漢，免不得輪迴一轉。雖然跳不出死生關，也省了些離合悲歡。三魂早上泉臺路[2]，七魄先赴蒿里山[3]，深埋遠藏塵緣[4]斷。自古道蓋棺事定[5]，入土為安。

～明．馮惟敏．〈耍孩兒套．骷髏訴冤〉

完全讀懂名句

1. 饒：儘管。
2. 泉臺路：通往黃泉之路。
3. 蒿里山：泰山之南，傳說為死人居住的地方。蒿，音ㄏㄠ。
4. 塵緣：佛教用語。指人與外界事物所發生的聯繫。
5. 蓋棺事定：語出《晉書．劉毅傳》：「丈夫蓋棺事方定。」指人在死後，這一輩子的是非功過才能論定。此處指蓋棺以後，人就可以安定不受干擾了。

語譯：儘管你用盡了英雄的本領，也免不了由生到死的輪轉。雖然無法跳脫死亡，卻也省卻了許多人世間的分合離聚、悲喜交雜。如今我三魂早就上了黃泉路，七魄也先奔向了亡者居住的蒿里山，紅塵俗世的情緣糾葛就此斷絕，深深埋藏於久遠的過去。自古以來，人們就說死了以後，清靜安定，不受打擾啊！

作者背景小常識

馮惟敏（西元一五一一～一五八〇年），字汝行，號海浮山人。山東臨朐（ㄑㄩˊ）人。

父親馮裕是程朱理學名家，為官清廉正直、家學淵厚，造就馮惟敏博學能文的深厚底蘊，《馮氏家傳》稱其：「含咀英華，為文宏肆。」二十六歲中舉人，但屢舉進士不第，年過半百才初任淶水知縣，之後數次改官，均不得志。六十二歲辭官歸隱於海浮山下的七里溪別墅，並在此終老。馮惟敏詩文詞曲均佳，尤以散曲成就最高。因仕途坎坷和深入民間，使他的散曲觸及各種題材，具有反映社會現實、氣象宏闊、方言運用純熟的特色，在明代曲壇中，是最能保存元曲前期豪放本色的作家，猶如元曲之馬致遠、關漢卿，被譽為「明代散曲第一大作手」。著有散曲集《海浮山堂詞稿》四卷，雜劇《不伏老》一種。

名句的故事

明世宗嘉靖三十四年（西元一五五五年），朝廷在山東開掘銀礦，貪官汙吏於是趁機搜刮民財，百姓人人自危，於是想求神問箕，謀求解決之道。在遍尋道士不得的情況下，作者勉力扶箕祝禱，竟然只得「不可言不可言」六字，極為諷刺地暗示了「鬼怕惡人」的社會現實，可見當時政治敗壞。此事載於馮惟敏另一首套曲作品〈呂純陽三界一覽〉，鬼神尚且如此，何況是人？〈骷髏訴冤〉這首套曲便是在這樣的背景下續寫的。曲子前的小序以戲劇性的方式表現：瞬間請神降示的箕用力寫下幾字，作者不明所以，便進一步追問，結果箕慢慢地寫下了「骷髏訴冤」四字。故事於此開端。

曲中，主角骷髏正慶幸自己脫離人間苦海，從此清靜無憂，哪裡想得到轉眼間就「黃泉曬底，白骨掀天」，終究沒有個清靜的時候。當時，山東巡撫段顧言貪贓枉法，公堂之上冤案無數，如果財力豐厚，就算是人命官司也能夠無罪開釋。更誇張的是「生人有處逃，死屍無處鑽」，後代子孫若無錢財行賄，就只能任憑貪官汙吏強挖墳塚，令祖先不得安息。可憐這骷髏入土已久，卻遭受「乾柴燒」、「滾水煎」，平白受了無妄之災。家家戶戶的墳塚都成了官員堆積如山的萬貫家財，骷髏只能自嘲「俺也曾替你掙了千千」，沒想到官員竟然不思感恩，過河拆橋。一個說只負責挖墳送官，一個說責任不在官府，到頭來還是曝屍荒野。

全曲既辛辣又新奇地寫出明代中葉後的社會現實，連「入土為安」的小小心願也不可得，令人不忍卒讀。

歷久彌新說名句

文學中有一種說鬼故事的類型稱為志怪，從魏晉六朝至今，累積了相當豐富的作品。不論承載故事的體裁是筆記、唐傳奇、元曲或是明清章回，這些鬼故事都生動地側寫了不同時代的社會文化。魏晉時期，干寶《搜神記》：「發明神道之不誣。」那時人們確信鬼神存在而以實錄的態度記載著各種異聞。到了唐代「有意為小說」（魯迅語），演變為更宏大虛擬的故事情節。這當中的人鬼戀曲，在唐人多是浪漫愛情故事，如《廣異記‧劉長史女》竟從幽冥契合而復生，上演有情人終成眷屬的故事。可是到了宋代，女鬼卻多半歸於一種危險符號，如《夷堅志‧胡氏子》，男主角身體染病、荒廢學業，反映宋人對科舉考試和家族延續的焦慮。明清兩朝士人的宦途壓力不減反升，像馮惟敏、蒲松齡這類屢試不第的讀書人不少，他們透過滿紙鬼話來說些什麼？從馮氏〈呂純陽三界一覽〉、〈骷髏訴冤〉、〈財神訴冤〉，我們看到腐敗吏治對人民的殘害。對「致君堯舜上，再使風俗淳」的士人而言，除了反映關注的現實、曲言諷刺，還有什麼選擇？於是在《聊齋誌異》中，我們找到「多是人情，和易可親」（魯迅語）的桃花源。鬼話，於是成為一種「姑妄言之」的想像，是對社會現實的關注與失落。當代鬼話關注的焦點是什麼？也許是我們可以去探索的。

今年不濟有來年，看氣色實難辨

名句的誕生

對著臉朗言[1]扯著手軟纏[2]，論富貴分貧賤。

今年不濟有來年，看氣色實難辨。蔭子[3]封妻[4]，成家蕩產，細端[5]相胡指點。憑著你臉涎[6]，看得俺靦顏[7]，正眼兒不待見。

～明．馮惟敏．〈朝天子．相〉

完全讀懂名句

1.朗言：高談闊論。

2.軟纏：細語漫談。

3.蔭子：兒子因父親得襲官職。

4.封妻：妻子因丈夫受封典。

5.端：仔細看。

6.臉涎：厚著臉皮。

7.靦顏：面帶羞慚。

語譯：看相郎中對著我高談闊論，又拉著我的手細語閒談，評論命中富、貴、貧、賤。說道雖然今年運氣不濟，尚有明年會時來運轉；再看看面相氣色，又說吉凶委實難辨。一會兒庇蔭子孫，一會兒妻子封誥；一下子成家立業，一下子傾家蕩產。看似仔細端詳，其實胡亂指點。任憑你厚著臉皮天花亂墜，看得我是羞愧無言，懶得再瞧你一眼。

名句的故事

這首曲秉持一貫馮氏風格：諷刺滑稽。曲中刻畫一位替人看相的江湖術士，他東說西扯，看似認真仔細，其實胡言亂語的醜態！

作者觀察入微，首三句透過語調「朗言、

軟纏」，動作「對著臉、扯著手」，生動地將相士熱情認真的舉態描摹出來。看似煞有介事地替人看相，實則說話模稜兩可，破綻百出。「實難辨」三字更明白點出，這不過是江湖術士的騙人話術。接著以諷刺筆法，刻畫他們的嘴臉。又是蔭子封妻，又是成家蕩產，彷彿一位面容猥瑣的相士，裝神弄鬼地鼓動舌簧，令人不禁啞然失笑。

最後作者表達自己觀感，直斥江湖術士腆顏無恥，令人不屑，襯托江湖術士的可憎可厭。

歷久彌新說名句

有一天，孔子派遣子貢出訪，子貢很久都沒有回來。於是，孔子讓學生占卜子貢的情況，得鼎卦。鼎卦有折足的意思，所以學生們都認為子貢出事了，恐怕不能回來，只有顏回掩嘴而笑。孔子便問：「顏回，你在笑什麼呢？你認為子貢會回來嗎？」顏回說：「乘船而至，當然無足！」不久，子貢果然回來了！

同樣是鼎卦，解讀的結果卻天差地別、因人而異。人之所以求神問卜，都是希望解決「不順」的疑惑。可是天地神祇，邈不可知，如此天問真能得到啟示嗎？抑或只是得到某種心靈上的暗示，尋求精神慰藉？可以想見，孔子滿心憂慮之情，因學生的悲觀而加重——負面暗示；因顏回之語而釋然——正面的慰藉。如此說來，遭遇人生困頓之際，或向內反求諸己，或向外尋求神祇釋惑。只是命運之說虛無縹緲，若朝向負面解讀，只怕是「惑上加禍」！

馮氏以諷刺之筆，寫出這些江湖騙徒的嘴臉，與顏回解卦的故事一併觀之，令我們警醒：人需保持靈臺清明、樂觀，不為術士所欺。所謂「一命二運三風水，四積陰德五讀書」，強調先天本命運勢，其次為後天風水行善，再其次讀書自立。然而讀書所為何事？不為功名、不為利祿，只為明白事理！由此可知，能克服困難的只有自己，畢竟天助自助者，不要一味迷信。

沒天兒惹了一場，平地裡閃了一跤

名句的誕生

俺也曾宰制[1]專城壓勢豪[2]，性兒又喬[3]，一心待鋤奸剔蠹[4]惜民膏[5]。誰承望忘身許[6]國非時調[7]，奉公守法成虛套[8]。沒天兒[9]惹了一場，平地裡閃了一跤。淡呵呵[10]冷被時人笑，堪笑這宰雞者用牛刀[11]。

～明．馮惟敏．〈油葫蘆．改官謝恩〉

完全讀懂名句

1. 宰制：主宰控制。
2. 勢豪：權勢強大的豪門大家。
3. 喬：高傲。
4. 剔蠹：剔除害人的蠹蟲。
5. 民膏：民脂民膏，人民用血汗換來的財富。
6. 許：奉獻。
7. 時調：合時宜。
8. 虛套：虛偽俗套。
9. 沒天兒：無緣無故。
10. 淡呵呵：呵呵冷笑。
11. 宰雞者用牛刀：比喻小題大作。

語譯：我也曾經掌管縣城壓制豪紳，個性又高傲，一心只想懲惡鋤奸，珍惜人民的血汗錢。誰想得到，這般無私忘我奉獻給國家，卻不合時宜！原來謹守法紀，只是虛偽的官場禮儀、表面功夫。無緣無故竟至宦海生波，平白地被貶官。還被當時人冷嘲熱諷：小小縣官何必小題大作呢？

名句的故事

馮惟敏是明代散曲第一人，風格嗆辣，但政治生涯十分黯淡，年至半百才任淶水知縣。身為人民的父母官，該如何治理人民？漢代的賈誼說：「務使安之。」要如何才能使人民安定？馮惟敏的答案是，將社會的相對剝奪感降到最低。所以在他擔任縣令期間，壓制地方豪紳、懲惡鋤奸，使人民不受欺壓剝削。由於他個性高傲耿介，手段強硬不畏豪強，所以才待施展抱負，就得罪許多既得利益者。在當時的腐敗政治氛圍當中，沒有人聲援他，即使他的所作所為都是為了國家人民，沒有個人私欲，但在他人眼中也不過就是個擋路的石頭、不識時務的傢伙。無怪作者感慨「奉公守法」只是一種行禮如儀的虛偽口號，自己是滿肚子的不合時宜。結果這位愛民如子的父母官，獲得了「疏簡不堪臨民，文雅猶足訓士」的考核評語，最終落得從行政官改任毫無實權的學官之職的下場，真是「平地裡閃了一跤」。明嘉靖四十四年，他改官鎮江府學教授。

這首曲子讀來既辣又酸，主要還在兩個地方：其一，三千年前，當孔子經過弟子子游治理的武城時，聽到城中絃歌不斷，不禁莞爾笑說「殺雞焉用牛刀」。這是說子游大材小用（治小城，何必用到如此大陣仗的禮樂），這笑中有得意、有激賞；馮惟敏這典故用得巧妙，仔細玩味就會發現，他滿腔熱忱換得的是譏諷他「小題大作」，可不是大材小用！倒真像個掄起牛刀的宰雞者，滑稽得很！笑中滿是落井下石、冷眼訕罵的況味。其二，作者擺明了心中怨忿不滿，題目卻用「謝恩」二字。正言反語，這一「謝」，連皇帝都給嘲諷了一番，著實令人一抒胸中塊壘。

歷久彌新說名句

中國歷史上，不得志的文人很多。有文采非凡、命運多舛的屈原，也有自傷自悼以為命不久長的賈誼，當然也有曠達閒適的蘇東坡。文人，一直都在「兼善天下」與「獨善其身」

的夾縫中喘息，很少有人能像顏回這樣安貧樂道。良馬若遇不著伯樂，一身經天緯地之才如何施展？見天下喪亂，又如何能壓抑人溺己溺的襟懷？所以，他們心中有一種澄清天下的抱負，也有一種「寧鳴而死，不默而生」的執著，迸發為篇篇光照塵寰的不朽名作！馮惟敏的自嘲不是千百年來的特例，而是文人群像的共同特質。在面對現實與理想的衝突之際，人該何去何從？是「質本潔來還潔去」的殞命，還是樹起力挽狂瀾的大纛？是海灘上種花的一往無悔，抑是也無風雨也無晴的灑脫？當我們閱讀這些用血淚矛盾編織的人生風景時，我們同樣細味每一位文人的抉擇。當我們遭遇挫折困頓，我們想起這些，因而不致於在抉擇中迷途！所以，可以讚歎《離騷》之美，卻不必贊同屈原的逃避；可以為賈誼惋惜，卻不用學他過度自責、抑鬱以終；在文學中，我們找到安頓己心的方向，可以更坦然灑脫地去嬉笑怒罵……

民愁歎，號天，怨天，這其間方信道做天難

名句的誕生

沖開七里灘[1]，淹倒磻溪[2]岸，釣臺[3]沉，何處投杆？三時不雨田苗旱，一雨無休水潦[4]寬。民愁歎，號天，怨天，這期間方信道做天難。

～明・馮惟敏・〈玉芙蓉・苦雨〉

完全讀懂名句

1. 七里灘：在浙江富春江。嚴光，本姓莊，避明帝諱，改姓嚴。與光武帝一同遊學，等到光武即位，隱居七里灘，耕釣以終。
2. 磻溪：磻，音ㄆㄢˊ，河川名，或稱為「璜溪」。相傳為姜太公垂釣處。
3. 釣臺：釣魚的地方，相傳姜太公於磻溪釣臺直鉤垂釣，終於引得周文王親訪賢才。富春山也有釣臺，相傳是嚴光釣魚的地方。
4. 潦：音ㄌㄠˇ，雨勢盛大，積水成流。

語譯：大水沖破了七里灘，淹沒了磻溪兩岸，昔日賢者垂釣之處俱已沉落水底，又能在哪裡投竿垂釣呢？一年四季，久旱不雨使稻苗枯萎，一下雨卻又無止無休，積水成河。這天災頻仍的日子，空留愁苦百姓悲歎、哭天、怨天，才相信上天難為！

名句的故事

在〈苦雨〉之前，作者寫過同調〈喜雨〉，那是「三時不雨」後的喜逢甘霖，是樂滋滋「眼見的葫蘆棚結了個赤金瓜」的與民同樂，卻在轉瞬之間，行潦川流、「一雨無休」。頗有造化弄人之感！

「何處投杆」四字不可輕放，它緊扣「七里灘、釣臺——嚴光隱居」和「釣臺——姜太公釣魚」的典故。從盛世而言，「投杆」是清閒的。嚴光隱居，是在東漢光武帝復興漢室之後，但在本曲所描寫水旱交迫的天災人禍中，誰又來中興明代？從亂世言，「姜太公釣魚——願者上鈎」，上鈎的是聖主明君周文王，但作者用反詰語氣問「何處投杆」，其實便是「無處」，連「願者上鈎」微乎其微的機率也無。

作者纖細易感的心，便在種種莫可奈何中化為汨汨文字，流瀉出來。聖人不出，吾輩何如？學老百姓「悲歎、號、怨」？不是。作者沒有自暴自棄，他筆調一轉，釋放了自己的困頓。「方信道做天難」，上天尚且難為，何況聖人、俗人！「信」字，有一種迷惘後的灑脫、堅定和寬容，悲中寓恕，頗有「生命會自己找到出路」的況味！

歷久彌新說名句

馮惟敏以「七里灘、磻溪、釣臺」典故暗指身處亂世，賢者不出。這是典型的儒者風範——以經世濟民、澄清天下為己任。與道家的說法相較，更能看出傳統儒者的內心煎熬。

《老子》：「天地不仁，以萬物為芻狗；聖人不仁，以百姓為芻狗。」這句話的意思是：真正的大仁，其實就是不仁，不對特定對象有所偏私。所以，天地大仁，將一切事物都視作輕賤的事物；聖人大仁，將百姓視作輕賤的，沒有偏愛。因為不偏愛，所以讓萬物自行枯榮而不加干涉，讓人民自行興衰而不加引導，一切都順其自然。

但儒者重視「牧民、親民、愛民」，不以百姓為芻狗。當他們因政治現實，只能看著百姓受苦。「求不得」，所以強烈的矛盾、懷疑與無力，所以痛苦。馮惟敏看到人力的渺小，自己的無能為力，深切感受到與人民相同的悲苦，但他沒有鑽牛角尖、自怨自艾，更沒有信念崩潰，他用更寬厚的角度去釋放自己。

人多因指驢說馬，方信道曼倩詼諧不是耍

名句的誕生

自古道：勝讀十年書，與君一夕話。提醒人多因指驢說馬[1]，方信道曼倩[2]詼諧不是耍。

～明．徐渭．《漁陽三弄》

完全讀懂名句

1.指驢說馬：在此指用比喻的方法說明問題。

2.曼倩：西漢東方朔，字曼倩。性格詼諧滑稽，常以寓言勸諫漢武帝。

語譯：自古說道：與你談了一晚的話，比讀了十年書還有用。提醒人們，劇中多是指驢說馬，借這個故事來諷喻他人、他事。因此相信東方朔的詼諧不是戲耍，是有深意的。

作者背景小常識

徐渭（西元一五二一～一五九三年）字文長，號青藤山人、天池生、田水月等，浙江紹興人。明代傑出的畫家、書法家、詩人和戲曲家。

徐渭一生歷盡滄桑。他父母早逝，婚姻不順利，還參加了八次的科舉考試都名落孫山。三十七歲受胡宗憲賞識並協助抗擊倭寇，這是他較為意氣風發的時期。但後來胡宗憲被彈劾死於獄中，徐渭擔心受牽累，竟導致精神崩潰，幾次自殺都沒有成功，四十七歲時精神狂亂將第三任妻子殺死，因此在獄中度過七年的歲月。出獄後顛沛流離，以賣詩文書畫為生，將收藏的數千卷圖書斥賣殆盡，居處帳破席

爛，七十三歲在貧困中死去。徐渭個性狂傲才華橫溢，在文學藝術諸多領域都有驚人造詣，他自稱「吾書第一，詩第二，文三，畫四。」戲曲著作《四聲猿》，戲曲研究專著《南詞敘錄》都得到很高的評價。

劇曲的故事

禰衡、曹操死後都到了陰間。陰曹的判官因禰衡即將被上帝召用為修文郎，突發奇想，把禰衡請了出來，一併放出曹操，要他把舊日罵座的情狀演述一番，好留在陰司做個千古的話靶，也可讓大家見識到善惡報應的結果。禰衡就從曹操脅迫皇室開始罵起，他逼獻帝遷都，殺了懷有身孕的董貴人，殺伏皇后、再把自己的女兒嫁給獻帝為后。他一人將朝政大權獨攬，車旗儀仗超越本分，有陰謀篡位的野心。與袁紹、袁術、孫權、劉備等大大小小的戰役，讓軍民死傷無數。忌人才、害賢良，殺了孔融、楊脩，又將禰衡送與黃祖殺害，一件件細數曹操的罪狀。全劇只有一折，劇情很簡單，就是將曹操的罪惡從頭到尾痛快淋漓地罵了一場，還將禰衡死後方發生之事，補罵一番，直罵到曹操銅雀臺鎖二喬的妄想、死時猶掛念妻妾，要她們初一、十五在靈帳前奏樂唱歌，諸子時時瞻望西陵墓田之事，嘲笑他臨死時如此不豁達。最後玉帝詔書至，曹操還監，禰衡上天庭做了修文郎。

名句的故事

〈漁陽三弄〉是徐渭雜劇集《四聲猿》其中的一篇。以戲中戲的方式，將昔日禰衡擊鼓罵曹的情景，在陰間重演一遍。禰衡在上天庭之前與判官合唱煞尾：「自古道：勝讀十年書，與君一夕話。提醒人多因指驢說馬，方信道曼倩詼諧不是耍。」點明劇中對曹操的痛罵和嘲弄，是指驢說馬，以古喻今，意在提醒當世之人，斥責當世之事。像東方朔般的滑稽詼諧不是無謂的戲耍，其中都是含有深意的。

〈漁陽三弄〉指驢說馬，所指何人？一般認為，本劇是徐渭為諷刺嚴嵩，悼念好友沈煉而作。徐渭的好友沈煉因為上疏揭露嚴嵩父子十大罪狀，遭廷杖五十並削官為民。其後為嚴黨所忌，誣告沈煉與白蓮教串通謀亂而慘遭殺害。此事激起徐渭無限悲憤，加上徐渭本身不為當世所用，報國無門，始終鬱鬱不得志，他把滿腔怨怒，透過禰衡的口，對奸相權臣的種種惡行痛加撻伐，劇中指責曹操狠毒偽善、扼殺人才、殘害忠良，也正是對嚴嵩的嚴厲指控，作者藉此劇抒發蓄積已久的憤懣不平之氣。禰衡最終被上帝召用為修文郎，「文章自古真無價，動天廷玉皇親迓（迎）」，這場否極泰來，正是滿足被壓抑、受迫害文士的自我安慰而已。

歷久彌新說名句

「曼倩詼諧」指的是西漢東方朔，字曼倩。武帝即位之初，徵召天下賢達之士，東方朔送了一份自薦表，用了三千片竹簡，要兩個人才扛得動，武帝看了兩個月才看完，他說自己「勇敢像孟賁，敏捷像慶忌，廉儉像鮑叔，信義像尾生」。孟賁，是戰國時期的勇士，力能扛鼎。慶忌，武藝高強，能徒手獵犀。鮑叔，就是接濟管仲的鮑叔牙。尾生，與人相約於橋下，河水上漲，他抱著橋柱淹死了。武帝讚賞東方朔自許自誇的氣慨，就錄用他。儘管他博學多智，能察顏觀色勸諫皇上，但因性格詼諧滑稽，被武帝視為倡優之類人物，始終不得重用。東方朔在其名作〈答客難〉中說「用之則為虎，不用則為鼠」，道出懷才不遇者內心的痛苦。

東晉葛洪的筆記小說《西京雜記》記載：漢武帝要殺他的奶娘，奶娘向東方朔求救。東方朔說：「你快要被押走時，只要屢屢回頭看我，我會想辦法救你。」奶娘按照他的話做了，東方朔站在武帝身旁說：「你快走吧，皇帝如今已經長大了，怎麼還會記得你當初養育他的恩情呢？」武帝受了感動，就把奶娘放了。

笑藏著劍與槍，假慈悲論短說長

名句的誕生

翻雲覆雨[1]太炎涼，博[2]利逐名惡戰場。是非海邊浪千丈，笑藏著劍與槍，假慈悲論短說長。一個個蛇吞象[3]，一個個兔趕獐[4]，一個個賣狗懸羊[5]！

～明．薛論道．〈水仙子．憤世〉

完全讀懂名句

1. 翻雲覆雨：比喻人情世事就像天氣一般反復無常。
2. 博：換、取，例如：「博得」。
3. 蛇吞象：《山海經》相傳有蛇能吞食大象，便比喻以小吞大，貪心而難以饜足。後世將這種以小吞大的情形，用來比喻人心的貪婪無度。
4. 兔趕獐：語出蘇軾《艾子雜說》「趕兔失獐」外頭趕兔子，屋裡失牙獐。意思是，只看眼前沒有長遠規劃，顧此失彼。
5. 賣狗懸羊：即掛羊頭賣狗肉，比喻說一套做一套，表裡不一。

語譯：人情冷暖世道無常，人生不過是爭名逐利的險惡戰場。那些性喜興風作浪、挑撥是非，笑裡藏刀、口蜜腹劍的人，還成天假慈悲地批評、論斷別人的是非好壞，說穿了不都是一個個貪婪無度，一個個短視近利，一個個表裡不一。

作者背景小常識

薛論道（約西元一五三一～一六〇〇

年），字談德，號蓮溪居士，河北定興人。據定興縣誌記載，他八歲便擅長詩文，少年時，因父親過世家境清寒，於是投筆從戎。從軍三十年，立下不少汗馬功勞。著有散曲集《林石逸興》十卷，每卷一百首，其中較有特色的是描繪邊塞風光戎馬生涯，以及諷刺批判當時社會腐敗風氣、感歎人民生活痛苦之作品。

名句的故事

薛論道生長於明朝末年「北虜南倭」時期，北邊有蒙古寇邊，東南沿海有倭寇入侵，當此國家動盪之際，明世宗卻耽溺於迷信煉丹之術，欲求長生不老而無心朝政，故社會動盪民不聊生。充滿愛國情操，一心想要有所作為而從軍的他，眼見時局如此，其心中憤懣可想而知。因此他以辛辣直白的口吻，毫不留情地批評達官貴人爭權奪利的醜惡以及社會風氣腐敗、是非顛倒的種種亂象。

這首〈水仙子・憤世〉用語淺顯平易，但洞察時弊，針針見血。對於身經百戰看盡戰場上生與死的薛論道而言，官場上爭名奪利、勾心鬥角的鬥爭更是險惡，得勢的人趾高氣昂，失勢的人兔死狗烹。最令他無法忍受的是，官僚為了一己之私欲不惜挑撥是非陷害忠良，不顧民生百姓疾苦，不念戰士枉死邊疆。「笑藏著劍與槍，假慈悲論短說長」後面幾句罵盡了達官顯貴、昏庸官員，一個個只會笑裡藏刀假惺惺地說些場面話，貪婪自私、短視近利、表裡不一。薛論道辛辣鄙夷的口吻，其背後反映了一個為國家願意付出生命的愛國之士，看到國家腐敗積弊，內心難以言喻的沉痛及無奈。

歷久彌新說名句

曲講求明白通俗，結構、節奏上較詞彈性自由，又受雜劇影響講究描摹聲氣、引經據典，充滿庶民白話文學的活潑生命力，本首散曲便是一例。

本句「笑藏著劍與槍」典出《舊唐書・李義府傳》：唐高宗時的宰相李義府表面上待人接物態度溫恭有禮，與人談話態度和緩，總是面帶微笑，其實內心奸邪陰險。他位居權要，旁人若稍有得罪便加以陷害，故人稱其「笑中有刀」，其後便以「笑裡藏刀」這個成語比喻一個人表面上和藹親切，但一肚子壞水。

類似成語還有「口蜜腹劍」，典出《資治通鑑．唐紀三十二》：「世謂李林甫『口有蜜，腹有劍。』」唐玄宗時的宰相李林甫，陰險狡詐，妒忌有才之士，表面上甜言蜜語與之交好，暗地裡卻想盡辦法陷害他人，其後用以形容一個人嘴巴說得好聽，而內心歹毒、處處想算計他人。

「假慈悲論短說長」則脫化於口語歇後語，「貓哭耗子」以及「東家長西家短」。耗子意同老鼠，貓是老鼠的天敵，怎麼會為了老鼠而哭，只是故做悲憫的假慈悲。「東家長西家短」，生動描繪三姑六婆四處串門子，議論他人是非長短。本句中所描繪的醜惡人性、社會腐敗情狀，即使在現今社會中亦時有所聞，讀起來不但心有戚戚焉，更覺得薛論道罵得暢快淋漓大快人心！

自己跌倒自己爬，指望人扶都是假

名句的誕生

自己跌倒自己爬，指望[1]人扶都是假。至親人說的是隔山[2]話，虛情兒哄咱，假意兒待咱，還將冷眼觀[3]。時下[4]且休誇，十年富貴，再看在誰家？跨海難，雖難猶易；求人難，難到至處。親骨肉深藏遠躲，厚朋友絕交斷義。相見時項扭[5]頭低，問著他面變言遲。俺這裡未曾開口，他那裡百般回避。錦上花[6]爭先添補，雪裡炭誰肯送去。聽知！自己跌倒自己起，指望人扶耽擱了自己。

～明．朱載堉．〈黃鶯兒．求人難〉

完全讀懂名句

1. 指望：期待、希望。
2. 隔山：隔了一層，無法深入瞭解箇中情況。
3. 冷眼觀：以事不關己的態度，不願有所牽扯。
4. 時下：眼前當下，此刻。
5. 項扭：項，脖子，轉頭別過臉去。
6. 錦上花：錦上添花

語譯：自己跌倒就要自己爬起來，不要期望別人來攙扶你。即使是家人也無法真正體會你的甘苦，還不就是表面上虛情假意地說些客套話來哄騙我們，實際上冷眼旁觀等著看好戲。現在過得好，沒什麼了不起，等十年之後，風水輪流轉，再看看富貴落在誰家？橫跨海洋是很難，不過還是辦得到；求人幫忙最困難！要求人幫忙時，即便是骨肉手足都躲得遠遠的，知己好友也都斷絕來往。路上遇見，就低頭、轉頭假裝沒看見。開口請他幫忙，就臉色大變支吾推辭。我都還沒開口，他就急著轉移話題。人人都爭著錦上添花，那有人願意雪中送炭。所以你們聽好啦！自己跌倒就自己爬起來，等待別人來扶你，只是耽誤了自己。

作者背景小常識

朱載堉（西元一五三六～一六一〇年），字伯勤，號句曲山人。明宗室鄭恭王朱厚烷嫡子，為明太祖朱元璋九世孫。他多才多藝，精通天文地理、曆算數學、文學、音樂舞蹈等，他在《律呂精義》、《樂律全書》中所提出的「新法密率」，以複雜的數學計算及樂器的實際實驗，算出如何將八度音等分等分為十二律，便是西方後來發明的十二平均律。

朱載堉十五歲時，因其父朱厚烷勸諫明世宗勿迷信道教，而遭降為庶人，朱載堉深感不平因而「築土室宮門外，席藁席獨處者十九年」消極抗議，直到他三十四歲時，父親獲赦恢復爵位，方才入宮。這十幾年間看盡人情冷暖、富貴興衰的經歷，深深影響他的價值觀，並反映於文學創作中。其父死後，他讓出爵位不願繼承，潛心於著作，著有《樂律全書》、《律呂正論》、《律呂質疑辨惑》、《嘉量算經》、《律呂精義》等。

名句的故事

朱載堉雖貴為皇親貴族，卻能生動描寫貧苦百姓生活中所面對的現實百態，這不得不歸因於他父親「自少至老，布衣疏食」儉樸的處世態度以及他大起大落的人生經歷。照理說，身為皇親國戚，旁人巴結逢迎都來不及了，怎會需要看人臉色求人幫忙呢？

自鄭王朱厚烷勸諫世宗，被降為庶人流放安徽後，朱載堉頓時從衣食無憂、人人奉承的天之驕子，變成人人避之唯恐不及的罪犯家眷。至親好友怕受牽連，頂多說說安慰的話語，卻無實際支持的行動，朝中亦無大臣仗義諫言，讓他深深體會「求人難，難到至處」，才能如此寫實地描繪親朋好友百般迴避、推託的情狀，和求人幫忙時的卑微處境，體悟世人多是錦上添花，少有人雪中送炭。名句「自己跌倒自己爬，指望人扶都是假」一開始便清楚明白地寫出世情冷暖，求人不如求己。整首作品呈現了他大徹大悟後，視富貴如浮雲澹泊名利，潛心向學自強不息的人生態度。

歷久彌新說名句

本句以具體的「跌倒」、「爬起來」動作，譬喻人生「遭遇困難、挫折」的經歷以及「振作、克服困難」的過程。每個人都經歷過幼童學步時期，經過無數次的跌倒，越挫越勇，才能學會如何跨出穩健的步伐。如果跌倒了只是賴在地上哭鬧，等著父母來扶，只會養成依賴的個性，永遠也學不會走路。由於此譬喻生動淺顯易懂，古今中外文人、作者亦常以此勉勵後人「失敗為成功之母」，遇到困難挫折，應勇敢面對克服挑戰，而不要依賴他人替自己解決問題。大家耳熟能詳的俗語「從哪裡跌倒就從哪裡站起來」、杏林子〈生之歌〉：「一個人跌倒並不可恥，可恥的是他賴在地上不肯起來。」都是典型的例句。發現地心引力的科學家牛頓也曾說過：「跌倒，爬起來，便是成功。」遭遇挫折切莫依賴他人扶助，天助自助者，唯有靠著自己的力量方能克服困難，從挫敗中成長。

世間人睜眼觀見，論英雄錢是好漢。有了他諸般趁意，沒了他寸步也難

名句的誕生

世間人睜眼觀見，論英雄錢是好漢。有了他諸般趁意，沒了他寸步也難。拐子[1]有錢，走歪步合款[2]；啞巴有錢，打手勢好看。如今人敬的是有錢，蒯文通[3]無錢也說不過潼關[4]。實言，人為銅錢，遊遍世間。實言，求人一文，跟後擦[5]前。

～明．朱載堉．〈山坡羊．錢是好漢〉

完全讀懂名句

1.拐子：腳有殘疾走路一跛一跛的人。

2.合款：合乎規矩，適宜恰當的意思。

3.蒯文通：即蒯通，原名蒯徹，漢初韓信麾下策士，辯才無礙，擅長分析利弊得失。

4.潼關：位於陝西，地勢險惡，易守難攻，為兵家必爭之地。

5.擦：靠得很近。

語譯：只要是有眼睛的世人都知道，論英雄非關是非成敗，只要有錢就是好漢！有錢就諸事稱心如意，沒錢寸步難行。瘸子有錢，即使走路一跛一跛旁人看來都覺得步履矯健；啞巴有錢，比手語旁人也覺得姿態優美。現在這社會，人人看重的就是財富，沒錢的人，人微言輕。即使是辯才無礙的蒯通，要是沒錢，說破了嘴也走不出潼關。說實話，人的一生忙碌奔走都為了賺錢；要向別人借錢時，即使只是一文錢，也得卑躬屈膝跟前跟後。

名句的故事

朱載堉貴為皇親國戚，人生卻幾經波折，出生於皇室自幼便享受榮華富貴，活在別人欽羨的眼神中；而後父親遭罷黜為庶人，他亦能自得於粗茶淡飯的平民生活，專注於研究樂律、曆算等學問，從皇子成為傑出的學者。他特殊的人生經歷，使得他對金錢、財富的看法更加透徹。這首〈山坡羊．錢是好漢〉呈現現實主義的批判色彩，一針見血地針砭明朝當時「笑貧不笑娼」的社會風氣。

四民依序為士、農、工、商。自古以來，商人在中國的社會地位不受重視。明朝初期，明太祖推行「重本抑末」政策，重視農耕發展、鼓勵人民囤田墾荒，以圖恢復民生經濟，因此明代初期商人社會地位低落，直到張居正提出「厚農而資商」，「厚商而利農」的觀念，商人的地位才逐漸獲得肯定，社會風氣亦開始轉變，認為經商有成亦是一種成就。名句「世間人睜眼觀見，論英雄錢是好漢。有了他諸般趁意，沒了他寸步也難」雖然表面上讚揚金錢萬能，實為譏諷世人見錢眼開、唯利是圖的醜惡，批評當時社會價值觀錯亂，「財富」取代「才德」成為衡量一個人的標準，「有錢」甚至能指鹿為馬，顛倒是非。

歷久彌新說名句

金錢與人類的社會活動息息相關，從決定價值到交易買賣都需藉由金錢來衡量。因此早在西晉時，便出現探討金錢的文學作品。西晉惠帝時，文士魯褒有感於當時賄賂風氣盛行，朝廷綱紀敗壞，著有〈錢神論〉，針對錢的外型、功能，以借物說理的方式闡述金錢神通廣大，以及衍生而出的種種光怪陸離的現象。魯褒以「失之則貧弱，得之則富昌」、「錢多者處前，錢少者居後；處前者為君長，在後者為臣僕」說明金錢不僅能決定貧富還能決定人的貴賤，和本篇名句有異曲同工之妙。而魯褒針對銅錢「外圓內有方孔」的外型，稱錢為「孔方兄」，這個稱呼也被沿用至今。

生平勁節清操，怎肯向貂璫屈膝低腰

名句的誕生

（生）俺生平勁節清操，怎肯向貂璫[1]屈膝低腰！（老）叩拜的也頗多，你怎地獨自倔強？（生）一任那吠村莊趨承[2]權要，俺只是守孤忠，心存廊廟[3]。

～清．李玉．《清忠譜》第六折

完全讀懂名句

1.貂璫：漢代宦官多任中常侍，故以中常侍之官帽「貂璫」代稱宦官。

2.趨承權要：逢迎拍馬，迎合達官貴人的心意而行。

3.廊廟：指朝廷、國家。

語譯：（周順昌）我這一生人格操守清白堅貞，哪裡肯向宦官下跪鞠躬哈腰！（李實）其他人不也都叩拜了嗎？怎麼獨獨你這麼倔強？（周順昌）任憑全村莊的人甘於像狗一樣趨炎附勢討好權貴顯要，我只是守著一份對朝廷的忠心。

作者背景小常識

李玉（約西元一五九一～一六七一年），字玄玉，號蘇門嘯侶，又號「一笠庵主人」。他畢生致力於戲曲創作和研究，在明末劇壇頗具聲望。所作傳奇三十多種，今存十八種，又曾編訂《北詞廣正譜》，是研究北曲曲律的重要著作。

劇曲的故事

《清忠譜》全劇共二十五折，根據明朝天啟年間閹黨魏忠賢等人迫害東林黨人周順昌、魏大中、左光斗等史實改編而成。

明末太監魏忠賢握有大權，大肆迫害以顧憲成為首，在江蘇無錫東林書院評論國事的東林黨人。吏部員外郎周順昌因而回到故鄉蘇州。當時的巡撫毛一鷺及太監李實為了巴結討好魏忠賢，特為其建造生祠，周順昌因魏忠賢陷害忠臣魏大中而勃然大怒，前往生祠，對魏忠賢的塑像破口大罵。毛一鷺及李實得知後，便呈報魏忠賢，魏忠賢大怒羅織罪名，派錦衣衛抓拿周順昌下獄刑求。由於周順昌愛民如子，素有聲望，蘇州百姓群情激憤上街阻擋衝撞府衙，引發暴動。而後錦衣衛率兵鎮壓，顏佩韋、楊念如、周文元、馬傑、沈揚結義兄弟五人，為避免殃及無辜，便出面自首而遭處死，周順昌亦死於獄中。次年，崇禎即位，魏黨被黜，周順昌等義士終於沉冤昭雪。蘇州百姓便將魏忠賢生祠拆毀，在原址興建五人墓，紀念這五位義士。

名句的故事

本篇名句出自於第六折〈罵像〉，敘述周順昌收到帖子，邀他同賀魏忠賢塑像入祠，一時怒髮衝冠，前往生祠痛罵塑像，與李實、毛一鷺等人發生衝突的場景。

周順昌看到生祠金碧輝煌，憤恨不平。此時李、毛二人正在生祠中慶祝生祠落成，得知周順昌前來，李實便要他叩拜魏忠賢的塑像。周於是冷笑駁斥，唱出這曲〈脫布衫〉，表示自己有志節，心在國家，不可能向宦官下跪，更痛罵魏忠賢比指鹿為馬的趙高更凶殘，比東漢宦官徐璜、具瑗更貪得無厭。

李玉創作不拘泥史實，本折〈罵像〉便是為了強調當時政治黑暗閹黨橫行，改編史實以凸顯周順昌剛正不阿，強化戲劇效果。事實上，巡撫毛一鷺是在周順昌遇害後，才在蘇州建造魏忠賢生祠。李玉將本折做為全劇樞紐，以周順昌罵魏忠賢塑像引發後續情節，本句更是貫穿全劇的中心思想，闡述義士忠臣高風亮節，不畏權勢仗義執言，表彰其清白節操與寧死不屈的精神。

歷久彌新說名句

在《清忠譜》第一折〈傲雪〉裡，李玉安排周順昌登場時，便令他自言「一身輕似葉，所重全節名」、「冰心獨抱，挺然傲雪孤松」，營造出一位嫉惡如仇，高風亮節的士大夫形象。

而在更早之前，也有一位有著勁節清操的賢臣于謙。相傳于謙在七歲時，有個僧人看到他，便十分驚奇地說道：「他日救時宰相也。」認為他有朝一日，一定會成為能挽救時局的宰相。

而後于謙果然成為國之棟樑，以社稷安危為己任。明英宗親征瓦剌，於土木堡大敗遭擄，舉國人心惶惶時，也是于謙獨排眾議堅不投降，親自督軍迎敵，終於成功保住京城，與瓦剌議和迎回英宗。然而，待英宗復位後，于謙卻被補下獄，以謀逆罪被處以極刑，直到憲宗時才獲平反。

于謙曾作一首〈石灰吟〉：「千錘萬鑿出深山，烈火焚燒若等閒，粉身碎骨渾不怕，要留清白在人間。」他以石灰自比，表示自己無懼錘煉焚燒，即使粉身碎骨，都要堅貞不屈，留得清白的名聲。雖然他遭到冤獄，但我們仍能從這首詩中看到他的氣節，而他的聲名也隨著這首詩的流傳，永遠不墜。

平日價張著口將忠孝談，到臨危翻著臉把富貴貪

名句的誕生

平日價張著口將忠孝談，到臨危翻著臉把富貴貪。早一齊兒搖尾受新銜[1]，把一個君親仇敵當作恩人感。喒[2]，只問你蒙面可羞慚？

～清．洪昇．《長生殿》第二十八齣

完全讀懂名句

1. 銜：官銜。
2. 喒：我。同「咱」。

語譯：平常只會滿口忠孝節義，遇到危急就翻臉貪求富貴。早日一起像狗一般搖著尾巴去接受新的官銜。把國君親人的仇敵當作是恩人來感謝，我只問你知不知道丟臉羞愧？

作者背景小常識

洪昇（約西元一六四五～一七〇四年），字昉思，號稗畦、稗村，別號南屏樵者，錢塘（今浙江杭州）人。洪昇出生於明亡後第二年，青少年時代在動盪生活中度過。入清後，在北京做了二十多年國子監生，無一官半職，生活清苦。他早年來到北京，已有詩名。他曾學詩於名詩人王士禎、施潤章，並和知名文人趙執信等交往。他的傳奇《長生殿》，曾經過十多年的努力，於聖祖康熙二十七年（西元一六八八年）定稿後，轟動一時，被到處傳抄，搬演。次年，因在佟皇后喪期演唱此戲而獲罪，被革去國子監生資格，失去仕進機會，自此只好離開北京，回到故鄉。晚年，抑鬱無

聊，縱情湖山之間。康熙四十三年（西元一七〇四年），在浙江吳興醉後失足落水而死，年五十九。洪昇著有詩集三種：《稗畦集》、《稗畦續集》、《嘯月樓集》。保存下來的戲曲集，只有《長生殿》傳奇，和《四嬋娟》雜劇二種。當時，他和孔尚任齊名，有「南洪北孔」之稱。

劇曲的故事

《長生殿》寫的是唐明皇與楊貴妃的愛情故事。描寫唐玄宗寵愛貴妃，封其兄楊國忠為右相，三個姐妹也同封為夫人；只是唐玄宗後來又寵幸虢國夫人、梅妃，引起楊貴妃的不滿。兩人後來和好，於七夕夜在長生殿對著牛郎織女密誓。唐玄宗終日與楊貴妃遊樂，不理政事，寵信楊國忠。為討好貴妃，甚至不惜耗費大量人力物力從海南採新鮮荔枝，踏壞莊稼，踏死路人。後來安祿山造反，唐玄宗一行人逃離長安，在馬嵬坡軍士要求處死楊國忠及楊貴妃，唐玄宗不得已讓楊貴妃自縊。貴妃死後深切痛悔，受馬嵬坡土地神幫助，登蓬萊山成仙；唐玄宗日夜思念貴妃，派方士尋找，最後感動了織女，讓兩人在月宮團圓。

名句的故事

《長生殿》以安史之亂為背景寫唐明皇、楊貴妃的愛情故事。洪昇一方面通過唐明皇、楊貴妃的故事頌揚生死不渝的愛情，一方面又聯繫他們愛情的發展，揭開了安史之亂前後的社會背景。

愛情方面，從聲色之好到情重恩深，描寫了他們奢靡的生活、愛情的發展。經過七夕密誓、馬嵬之變，既有生生世世結為夫婦的誓願，又有生死之別的經歷，使得愛情上升到了新的高度，也令生死別離後的刻骨相思，得到更多觀眾的同情。在洪昇筆下，楊貴妃是一個值得同情的悲劇人物，而唐玄宗作為縱情聲色的皇帝，值得批評，但身為忠於情愛的帝王，又值得歌頌。因此洪昇將抨擊的矛頭指向弄權誤國的楊國忠、安祿山等人。

名句出自於第二十八齣〈罵賊〉，借樂工雷海青之口，痛罵那些賣國求榮、投降安祿山的舊臣子：「平日價張著口把忠孝談，到臨危翻著臉把富貴貪。」雷海青雖然只是個普通樂工，卻堅貞不屈，正氣凜然，與那些享有高官厚祿但貪生怕死、背義忘恩、爭著投降敵人的眾文臣武將，形成了強烈的對照。

歷久彌新說名句

《長生殿》並非第一部描寫唐明皇與楊貴妃故事的戲劇，自唐代白居易〈長恨歌〉、陳鴻《長恨歌傳》以來，一直是詩歌、小說、說唱、戲劇等各種文學形式反復書寫的題材。戲劇方面，最著名的有元人白樸的《梧桐雨》，不過，《梧桐雨》最後卻是悲劇結局：唐玄宗回京後，退居西宮養老，忽夢貴妃請他赴長生殿，夢境卻為窗外雨打梧桐之聲所驚破，秋景的蕭瑟，秋雨的淒涼，與他晚景的寂寞淒涼、傷感懊恨、愁悶相思相呼應。就在對著梧桐，聽著雨聲，想著貴妃之中，唐玄宗的無盡哀思在讀者心中不斷迴蕩。

《長生殿》一改《梧桐雨》的結局，寫成楊貴妃雖死，卻猶抱癡情，唐玄宗雖生，仍能共守前盟，因此終於能感動天地鬼神，得以共升仙宮，永久團圓。更重要的是，《長生殿》把「情」從故事中抽繹出來，成為具有超越生死的力量，因此在第一齣中即有「今古情場，問誰個真心到底？但果有精誠不散，終成連理。萬里何愁南共北，兩心那論生和死。」故洪昇對於有人稱《長生殿》「乃一部鬧熱《牡丹亭》」的說法也表示贊同。

冤戴覆盆霜，恨氣空填霄壤，啼鵑血盡，今宵魂在何方？

名句的誕生

二更鼓罷，又是三更了。來！快把犯人綁赴法場[1]，等候寅刻[2]開刀。（淨）犯人走動。（生綁上）阿呀！皇天呀！

冤戴覆盆[3]霜，恨氣空填霄壤[4]，啼鵑[5]血盡，今宵魂在何方？（內四更介）（生）又是四更了。阿呀！我米新圖性命，只在頃刻也。

～清．朱素臣．《未央天》第十八齣

完全讀懂名句

1. 法場：刑場。
2. 寅刻：按明代刑法規定，監斬官必須等到天亮才能行刑，劇中秣陵縣令褚無良判決新圖在十一月十七日寅時三刻伏法。寅，寅時，凌晨三到五點。刻，古代一刻為十四．四分鐘，三刻約四十三分鐘。
3. 覆盆：陽光照不到被翻轉覆蓋著的容器裡面，後用來比喻遭到不明不白的冤枉。
4. 霄壤：指天與地。
5. 啼鵑：杜鵑鳥的悲鳴聲。

語譯：三更天了，來人啊，把犯人綁起來，押送到刑場，等寅時三刻一到，就立即處決。（獄卒）走吧。（米新圖被綁著，上場）天呀！我遭到不明不白的冤枉，不知道該向誰申訴，天地之間，充滿著我憤憤不平的情緒，就連杜鵑鳥也為我抱不平，今晚我的魂魄將會在什麼地方？（後臺傳來四更的聲音）（米新圖）四更天了。啊呀！我的生命，只剩下現在啊。

作者背景小常識

朱素臣，名確，號笙庵，以字行，明末清初劇作家，江蘇吳縣（今蘇州）人，生卒年月不詳，約生於明天啟年間（西元一六二一～一六二七年），卒於清康熙四十年（西元一七〇一年）以後。出身貧寒，終身致力於戲曲創作和研究。著有傳奇十九種，今存十種，其中以《翡翠園》、《十五貫》、《未央天》、《聚寶盆》等最為膾炙人口。

劇曲的故事

《未央天》全劇共二十八齣，內容敘述書生米新圖帶著僕人馬義，前往秣陵縣探望大哥新國，但沒想到正好趕上見大哥最後一面，新國不知妻子陶氏正等著自己斷氣，好與鄰居侯花嘴雙宿雙飛，臨終之際，仍是將陶氏託給弟弟照顧，新圖遂請嫂嫂一同扶柩歸宗。守喪期間，難耐寂寞的陶氏色誘新圖，但為其所拒，心有不甘的她遂與侯花嘴密謀，殺害侯妻李氏，割下其頭顱，換上陶氏的衣服，以「姦殺嫂嫂」的罪名構陷新圖。

秣陵縣令褚無良憑著侯花嘴的一面之詞，派人逮捕新圖，並對馬義表示尋得屍頭即可緩刑。馬義之妻為報主人恩惠，自盡而死，馬義割下其頭顱獻給縣令。沒想到縣令食言，仍判十一月十七日寅時三刻斬首。馬義上京擊鼓鳴冤，建康刺史聞朗聞朗被其忠心赤誠感動，承諾稟明皇帝後，重新審理。

大哥新國死後成為天上的神祇，為救胞弟上奏天庭，玉帝令住在未央宮主管寅時的神祇，故意延宕監斬官行刑的時間，直到九更時分，復查官員趕到才天亮（故今戲曲演出有稱《九更天》者），經訴訟審理、明察暗訪後，新圖不白之冤，終獲平反。

名句的故事

米新圖前往秣陵依親，沒想到竟遭到如此橫禍。倘若有司能滅私奉公、明察秋毫，也許他就不致於負屈含冤，被冠上姦殺嫂嫂的罪名，更不會被判刑定讞。

三更天時，新圖被押解綁赴刑場，對自己生命即將在寅時三刻告終，心情鬱積、煩悶到了極點。在時間無情的壓迫下，新圖回想訟案審理期間，自己原本和樂的一家人，因這莫須有的罪行，各分東西，兒子為籌得訴訟費用，典當賣身；妻子為救他多方奔走，哭斷衷腸，叫他怎能不義憤填膺、百感交集呢？於是，他高唱出：「冤戴覆盆霜，恨氣空填霄壤，啼鵑血盡，今宵魂在何方？」這百口莫辯的冤屈，申訴無門的靈魂將何去何從？時間一分一秒流逝，新圖無語問蒼天。

歷久彌新說名句

相傳古蜀望帝杜宇將王位禪讓給治水有功的臣子後，便隱居西山。但心繫百姓生活的他，在新王日漸獨行專斷時，化成杜鵑鳥，勸其體恤民情，因啼聲悽惋、哀傷，留給歷代文人許多想像，也讓人留意到牠如血般火紅的鳥喙，文章中常以「杜鵑啼血」，寄託主人翁的思念之深。如宋人賀鑄〈憶秦娥〉一詞：「三更月，中庭恰照梨花雪。梨花雪，不勝淒斷，杜鵑啼血」，便生動描述了飽受相思熬煎、輾轉難眠的少婦，杜鵑鳥的聲聲呼喚，彷彿成了她不能言訴的思念代言人。

杜鵑花開的季節，與杜鵑鳥活動頻繁的時期相仿，文人便將這兩種生物聯想在一起，再聯繫到望帝的故事，於是鳥與花有了生生世世的牽絆與生命情懷。現代作家張曉風在《從你美麗的流域》的〈杜鵑之箋注〉一文中，憶及自己愛上杜鵑花的原因，乃是母親說過的神話：「杜鵑鳥……牠把自己倒吊在樹枝上叫，叫到後來，血都從舌頭上滴下來，滴到杜鵑花上，花就染紅了。」血灑落在花上，形成美麗色彩，也使杜鵑與中國文學的關係，再添綺麗的扉頁。

中文經典100句06

台灣師範大學國文系 季旭昇 教授 總策畫
文心工作室 編著
定價 二四〇 元

一懷愁緒，幾年離索。錯！錯！錯！

【名句的誕生】

紅酥手、黃滕酒，滿城春色宮牆柳。東風惡、歡情薄，一懷愁緒，幾年離索。錯！錯！錯！

～宋．陸游．〈釵頭鳳〉

【完全讀懂名句】

記憶裡，她那紅潤細嫩的雙手，正提著黃封美酒。遙想那時，滿城盡是迷人的春色，楊柳依依，傍著一大片宮牆。豈料無情的東風，吹散了兩情的繾綣，理不清的一腔愁懷，只空自憶念著別後數載的離情蕭索。真是錯了！錯了！但我又能挽回些什麼？

【名句的故事】

陸游在二十歲左右和唐琬結婚，但陸母對這一位媳婦非常不滿，甚至逼迫他們離婚。不久之後，陸游和王氏結婚，唐琬也改嫁趙士程。七年過去，陸游已是而立之年，但對唐琬的思戀之情卻不曾消損。一日，陸游到沈園遊覽，恰巧趙唐夫婦也在那裡。就在這時，一個小二送了酒菜過來，一問之下，原來是趙士程吩咐的。陸游怛然失神，沉默了半晌，酒和菜肴皆冷了，於是他把眼淚和酒一起嚥下，對著面前的粉牆題下這闋詞。

【歷久彌新說名句】

發展現代電磁學，也是第一部發電機製造人的法拉第與妻子撒拉鶼　情深。一八六五年，他在皇家科學院發表最後一次演講中感謝他的妻子：「她，是我一生第一個愛，也是最後的愛。她讓我年輕時最燦爛的夢想得以實現；她讓我年老時仍得安慰。每一天的相處，都是淡淡的喜悅；每一個時刻，她仍是我的顧念。有她，我的一生沒有遺憾。」

台灣大學中文系教授　卓清芬　強力推薦

中文經典100句07

台灣師範大學國文系 季旭昇 教授 總策畫
文心工作室 編著
定價 二四〇 元

春蠶到死絲方盡，蠟炬成灰淚始乾

【名句的誕生】

相見時難別亦難，東風無力百花殘。春蠶到死絲方盡，蠟炬成灰淚始乾。

～唐・李商隱・〈無題〉

【完全讀懂名句】

相見的機會很難得，別離的時候更覺難捨，暮春的東風已經消沉無力，百花也紛紛凋謝。春蠶吐到最後一絲，方才結束生命，紅燭也燃燒到灰燼，血紅的淚才能拂乾。

【名句的故事】

〈無題〉詩很清楚是首愛情詩，李商隱於詩中化用南朝樂府〈作蠶絲〉：「春蠶不應老，晝夜常懷絲，何惜微身盡，纏綿自有時。」李商隱擷取其蘊意，將之改寫為「春蠶到死絲方盡」，語言更為凝煉、雋永，以絲諧音「思」，代言纏綿深密、千回百轉的情意。

【歷久彌新說名句】

著名的武俠小說大家金庸在《射鵰英雄傳》中，將亦邪亦正、不拘禮法的東邪黃藥師塑造成癡情種，一生一世只守著他的愛妻。在續曲《神鵰俠侶》中就曾描寫楊過第一次到黃藥師居住的桃花島時，在小齋裡曾經看到一幅對聯，寫著「春蠶到死絲方盡，蠟炬成灰淚始乾」。

台灣大學中文系教授 蕭麗華、東海大學中文系教授 呂珍玉 強力推薦

國家圖書館出版品預行編目資料

中文經典100句——元曲／文心工作室編著. -- 初版. --
臺北市：商周出版，城邦文化出版：家庭傳媒城邦分公司發行；
2010.09　面：　　公分.--（中文經典100句；22）

ISBN 978-986-120-327-0（平裝）

1. 元曲　2. 注釋

831.999　　　　　　　99017357

中文經典100句22

元曲

總策畫／季旭昇教授
作者／文心工作室：王云希、吳仲騏、吳昆展、李佩蓉、沈婉玲、黃文奇、黃淑貞、裘依文、鄒巧韻、趙修霈、劉素梅、蔡明蓉
責任編輯／王怡婷

版權／林心紅
行銷業務／甘霖、蘇魯屏
總編輯／楊如玉
總經理／彭之琬
發行人／何飛鵬
法律顧問／台英國際商務法律事務所 羅明通律師
出版者／商周出版
城邦文化事業股份有限公司
台北市104民生東路二段141號9樓
電話：(02) 25007008　傳真：(02)25007759
Blog：http://bwp25007008.pixnet.net/blog
E-mail：bwp.service@cite.com.tw
發行／英屬蓋曼群島商家庭傳媒股份有限公司城邦分公司
台北市中山區民生東路二段141號2樓
書虫客服服務專線：(02) 25007718・(02) 25007719
服務時間：週一至週五09:30-12:00・13:30-17:00
24小時傳真服務：(02) 25001990・(02) 25001991
郵撥帳號：19863813　戶名：書虫股份有限公司
讀者服務信箱：service@readingclub.com.tw
城邦讀書花園：www.cite.com.tw
香港發行所／城邦（香港）出版集團有限公司
香港灣仔駱克道193號東超商業中心1樓
Email：hkcite@biznetvigator.com
電話：（852）25086231　傳真：（852）25789337
馬新發行所／城邦（馬新）出版集團【Cité (M) Sdn. Bhd. (458372U)】
41, Jalan Radin Anum, Bandar Baru Sri Petaling,
57000 Kuala Lumpur, Malaysia
電話：(603)90578822　傳真：(603) 90576622

封面設計／徐璽
電腦排版／新鑫電腦排版工作室
印刷／韋懋實業有限公司
總經銷／高見文化行銷股份有限公司
電話：(02) 26689005　傳真：(02) 26689790　客服專線：0800-055-365
printed in Taiwan
■2010年09月30日初版
■2014年07月01日初版2.5刷
定價260元

城邦讀書花園
www.cite.com.tw

 ISBN 978-986-120-327-0

廣　告　回
北區郵政管理登記
台北廣字第00791
郵資已付，免貼郵

104　台北市民生東路二段141號2樓

英屬蓋曼群島商家庭傳媒股份有限公司城邦分公司　收

請沿虛線對摺，謝謝！

書號：BK9022	書名：中文經典100句——元曲

請於此處用膠水黏貼

讀者回函卡

不定期好禮相贈！
立即加入：商周出版
Facebook 粉絲團

感謝您購買我們出版的書籍！請費心填寫此回函卡，我們將不定期寄上城邦集團最新的出版訊息。

姓名：________________________ 性別：☐男 ☐女

生日：西元__________年__________月__________日

地址：________________________

聯絡電話：______________ 傳真：______________

E-mail：

學歷：☐ 1. 小學 ☐ 2. 國中 ☐ 3. 高中 ☐ 4. 大學 ☐ 5. 研究所以上

職業：☐ 1. 學生 ☐ 2. 軍公教 ☐ 3. 服務 ☐ 4. 金融 ☐ 5. 製造 ☐ 6. 資訊
☐ 7. 傳播 ☐ 8. 自由業 ☐ 9. 農漁牧 ☐ 10. 家管 ☐ 11. 退休
☐ 12. 其他__________

您從何種方式得知本書消息？

☐ 1. 書店 ☐ 2. 網路 ☐ 3. 報紙 ☐ 4. 雜誌 ☐ 5. 廣播 ☐ 6. 電視
☐ 7. 親友推薦 ☐ 8. 其他__________

您通常以何種方式購書？

☐ 1. 書店 ☐ 2. 網路 ☐ 3. 傳真訂購 ☐ 4. 郵局劃撥 ☐ 5. 其他______

您喜歡閱讀那些類別的書籍？

☐ 1. 財經商業 ☐ 2. 自然科學 ☐ 3. 歷史 ☐ 4. 法律 ☐ 5. 文學
☐ 6. 休閒旅遊 ☐ 7. 小說 ☐ 8. 人物傳記 ☐ 9. 生活、勵志 ☐ 10. 其他

對我們的建議：________________________

請於此處用膠水黏貼